汉语言文学 理论与实践多维透视探索

杨 卉 武 珺◎著

北京燕山出版社

图书在版编目（ＣＩＰ）数据

汉语言文学理论与实践多维透视探索 / 杨卉 , 武珺
著 . —北京：北京燕山出版社 , 2022.10
ISBN 978-7-5402-6725-4

Ⅰ . ①汉… Ⅱ . ①杨… ②武… Ⅲ . ①汉语—文学语
言—研究 Ⅳ . ① I206

中国版本图书馆 CIP 数据核字（2022）第 206416 号

汉语言文学理论与实践多维透视探索

著者：杨卉　武珺
责任编辑：战文婧
封面设计：马静静
出版发行：北京燕山出版社有限公司
社址：北京市丰台区东铁匠营苇子坑 138 号
邮编：100079
电话传真：86-10-65240430（总编室）
印刷：北京亚吉飞数码科技有限公司
成品尺寸：170mm×240mm
字数：220 千字
印张：12.25
版别：2023 年 6 月第 1 版
印次：2023 年 6 月第 1 次印刷
ISBN：978-7-5402-6725-4
定价：85.00 元

前

言

我国古代文学理论源远流长,十分丰富,积累了大量符合文学规律和我国文学发展实际且至今仍显得非常精辟、可供择取运用的资料,但是目前这个宝藏还没有得到足够的重视和有效的开发。中国文学创作重在真实表现生活和有各种社会关系的人物的思想感情及性格神态。中国文学理论多从实践中来,有相应的特点。就当前文学理论研究的整体而言,薄弱环节依然存在。尽管近二十年来我们确实比以前取得了更好成绩,需要突破的地方仍然较多。这有多种原因,就我们自己主观来说,观念有待更新、方法有待多样、视野有待拓宽、知识有待充实。鉴于上述背景,作者在参阅大量相关著作文献的基础上,精心策划并撰写了本书。

本书共有八章内容。第一章作为全书开篇,首先介绍了现代汉语的相关基础知识,为下文的展开做好铺垫。第二章主要分析了汉语言文学理论的文字基础,即词和语素、词义研究及发展演变、词义的选用原则及意义选样。第三章结合本书主题,探讨了文学与语言、审美、文化、抒情等要素之间的密切关系。第四章至第七章是本书的重点,主要研究了汉语言文学中的诗词、散文、戏剧、小说。第八章为本书的最后一章,从鉴赏、风格、欣赏、批评、表现、创作等维度探讨了汉语言文学理论。

本书特点主要体现在:

第一,内容丰富,重点突出。

第二,立足前沿,资料翔实。根据实际情况,多数专题会用或长或短的篇幅对选题研究现状进行描述。对于引文多注明出处,力求清晰、准确。

第三,力求创新,兼顾稳妥。在多数专题中都有作者对某一学术问题的独到体会。考虑到学生的实际情况,在观点新颖的同时,尽力使观点相对平整,以利于接受。

第四,视野开阔,方法多样。专题既有对作家、作品的研究,又有对文学思潮的探讨。研究对象不同,研究视角各异,各种方法在本书中都各有侧重地呈现出来。

第五,行文尽可能通俗和简洁。

研究中国古代文论,应以当代意识为指导,融汇古今,古为今用,既有解释,也要发展。我国文学理论批评研究有史、论、评相结合的优良传统。论从史出,论与史都离不开对代表性作家作品的具体分析、美学评价以及同时代、社会、历史文化背景等种种关系的准确理解。从理论到理论,极少从文学的实践中阅读作品,深思其发展变化的原因,是很难理解其新意的。本书力求避免上述现象,从多个视角探讨了汉语言文学的理论知识,并结合一定的实践展开进一步分析,旨在实现理论与实践的紧密结合。

全书由杨卉、武珺撰写,具体分工如下:

第一章、第二章、第五章第二节至第四节、第八章,共 12.2 万字:杨卉(山西艺术职业学院);

第三章、第四章、第五章第一节、第六章、第七章,共 12.2 万字:武珺(山西艺术职业学院)。

本书在写作过程中参考了诸多汉语言文学的文献资料,并引用了相关专家和作者的观点,在这里致以诚挚的谢意,并将参考资料列于书后,如有遗漏,敬请谅解。由于作者学识有限,书中疏漏之处实所难免,恳请广大读者不吝指正。

作　者
2022 年 5 月

目 录

第一章 绪 论

汉语是汉民族的语言。中国除了汉族外，还有 55 个少数民族，这些少数民族绝大多数有自己的语言，但各兄弟民族之间为了交际的便利，迫切需要一种共同使用的语言，汉语也就成为我国各民族之间的交际语言，成为中国的通行语言。现代汉语是指现代通行的汉语。它的口语既有共同的普通话，又有不同的方言；它的书面语是现代白话文。

第一节 现代汉语的形成

汉语源远流长，有着悠久的历史。早在 3000 多年以前，就有记载汉语的文字——甲骨文，这是一种相当成熟的古文字。至于没有文字记载的口语的形成自然就更早。汉语经历了许多世纪的发展，面貌发生了很大的变化，历来有古代汉语、近代汉语、现代汉语的说法，但根据什么分期，如何分期，研究者意见多有分歧。王力在《汉语史稿》中以汉语语法演变为主要依据，参照词汇与语音的变化，提出了一个初步的意见，把汉语的发展分为四个时期：

（1）上古汉语：3 世纪以前（五胡乱华以前）。（3、4 世纪为过渡阶段）

（2）中古汉语：4 世纪到 12 世纪（南宋前半期）。（12、13 世纪为过渡阶段）

（3）近代汉语：13 世纪到 19 世纪（鸦片战争）。（1840 年鸦片战争到 1919 年五四运动为过渡阶段）

（4）现代汉语：1919 年五四运动到现在。

文言文是记载古汉语的书面形式。它是在先秦口语的基础上形成的。当时,它和口语基本上是一致的;到了汉代,开始脱节;到隋唐之际,这种脱节已经十分严重,因此出现了最早的白话文作品,如唐代的变文、宋元的话本等,都接近于当时的口语;到了明清,白话小说大量出现,如《水浒》《儒林外史》《红楼梦》等,特别是《红楼梦》,基本上是用北京的口语写成的。在当时,这些白话文学作品虽然已广为流传,但文言文仍然占统治地位。

到晚清,一些主张革新的先驱者如梁启超等掀起了一场白话文运动,提出"我手写我口"的口号,但这种改良很快就失败了。"五四"新文化运动中开展了一场声势浩大的白话文运动。从此,白话文逐渐取代了文言文,逐步确立了现代汉语书面语——白话文的合法地位。①

汉语的口语在古代就在方言上有分歧,但一直有着共同语的存在。在先秦时期,《论语》中就提出了所谓的"雅言",这可能是当时在较大范围内通用的共同语。汉代扬雄的《方言》中,也曾提到有"通语"的存在,就是说秦汉时期有公共通用的语言。宋元时期,随着政治、经济、文化的发展,以北方话为基础的汉民族共同语逐渐形成。明清时期,以首都北京的语音为标准音的"官话"就是当时民族共同语的口语。辛亥革命后,称作"国语"或"普通话",当时开展的"国语运动"与 1918 年公布的注音字母,促进了以北京语音为标准音的普通话口语的发展。新中国成立以后,国家确立了汉民族共同语的规范标准,并大力推广普通话,又对各地的方言做了普遍的调查和研究,大大地加速了现代汉语口语的健康发展。

第二节　现代汉语规范化发展

在社会发展的历史进程中,汉民族的共同语虽然已经形成,但还没有达到完全的统一和规范。什么是统一的、规范的汉民族共同语,普通话的确切含义是什么? 1955 年 10 月,中国科学院召开了现代汉语规范问题学术会议,经过反复讨论,规定现阶段汉民族共同语就是:以北京语音为标准音、以北方话为基础方言、以典范的现代白话文著作为语法规范的普

---

① 国家旅游局人事劳动教育司 . 汉语言文学知识(第 4 版)[M]. 北京:旅游教育出版社,2008.

通话。

一、语音规范

普通话是以北京语音为标准音的。普通话的语音必须以一个具体的方言点为标准,否则,各地语音之间都有差别。比如,北京与天津相距很近,但语音上,尤其是声调上相差甚远。

以北京语音为标准音,这是在历史发展中形成的。北京在近三四百年以来一直是中国的政治、经济、文化中心,元、明、清三代都建都北京,明清的所谓"官话"就是以北京话为标准音的,"五四"运动以后的"国语运动"也是以北京音系为标准音的。北京音系在历史上已经得到了一定程度的推广。

以北京语音为标准音,是以北京音系为标准,不是说北京话的每一个语音成分都是标准音。北京话中的有些土音是不能进入普通话的,如北京话把"太好了"说成"忒(tui)好了",这都是必须排除的不规范读音。北京话里的轻声、儿化音很多,普通话也应该进行取舍规范。北京话里的异读字,要按交际的需要进行必要的定音和统一。

二、词汇规范

以北方方言作为普通话词汇规范的基础。北方方言分布的地域最广,使用的人口最多,用北方方言写成的大量文学作品,在历史上有着广泛的、深刻的影响,因此以北方方言作为普通话词汇的基础是符合汉民族共同语发展的规律的。例如,"跑"一词,北京土话有"挢""颠儿""撒丫子"三种说法,四川人叫"馄饨"为"抄手",东北人叫"疏忽"为"喇忽",普通话词汇中都不应采用。另一方面,普通话又积极慎重地从其他方言中吸收富有特色的词语来丰富自身的词汇,如"尴尬""垃圾""蹩脚"等吴方言词汇,"搞""名堂"等湘方言词汇,都被普通话吸收了。

为了丰富普通话的词汇,还应积极吸收古汉语中那些适应现代生活、富于表现力的词汇,如"莅临""教诲""觊觎""邂逅"等。对于外来语的词汇,也应积极慎重地吸收,如"干部""狮子""卡拉OK"等就是外来词。

随着社会的变化,普通话中的部分词汇也在不断地更新,旧词的消亡、新词的产生在不断地进行。我们既要反对生造词语,又要积极地吸收新词。

三、语法规范

普通话以典范的现代白话文著作作为语法规范。当然,作为规范是采取其中的一般用例,对于一些个别的受方言、古汉语及外来语影响的不规范的句子,以及一些特殊的用例应该舍弃。

普通话的语法也要吸收古汉语语法、方言语法、外来语语法中有用的格式来丰富语法表达,如"说说看""想想看"等格式取自吴方言,"以勤俭为荣""为祖国而学习"等格式取自古汉语,这些格式都是符合普通话语法规范的。

第三节　现代汉语的地位与特点

一、汉语在世界语言中的地位

从世界语言的发展与现状来看,汉语无疑具有其独特的地位和影响,下面分几个方面来谈。

（一）汉语是有着悠久历史与极强生命力的语言

在语言发展的长河中,各种语言在不断地融合、分离,一些语言产生了,一些语言融合了,一些语言消失了。世界上有一些古老的语言,如古埃及语、古希腊语、古罗马语、古拉丁语等都已消亡,只以书面形式保存在一些文献里和宗教著述里,不再是一种人们使用的活的语言。而汉语一直发展至今,成为一种既古老又年轻的语言。汉语在发展中不但没有被其他语言同化,而且还融合了女真、契丹等古老的语言,可见汉语有极强的生命力。

（二）汉语对周边国家语言产生过重大的影响

日本在古代吸收中国文化发展日本文化时,大量引进汉字、汉词并努力使之日本化,为了用汉字把日语充分地记述出来,日本人从表意文字的汉字造出了表音文字的平假名和片假名,其中片假名是根据汉字的偏旁创造的;平假名由汉字的草书演化而来。现在,日语中一般采用汉字和平假名混合使用的方法,片假名用来书写外来语及欧美等国的人名、地名和专门用语。日语中使用汉字很多,明治维新之前,汉字占了一半,现在也占三分之一以上。根据日本文部省 1981 年公布的材料,日语的常用汉字有 1945 个。①

越南在 18 世纪以前,其书面语中使用的字大都是汉字。越南把汉字称作"字儒",意即儒家的文字。越南的书面语中还使用一种"字喃",即南国的文字,这是按汉字的造字法自造的一种文字。

(三)目前世界上学习汉语的热潮方兴未艾

中国改革开放以来,随着经济实力的增强,国际地位的提高,世界各国与中国在政治、经济、文化、旅游等方面的交往日益密切,世界掀起了一股学习汉语的热潮。汉语水平考试(HSK)已成了中文的"托福"考试,不但在中国大陆举行,而且在世界许多国家举行。世界许多大公司对于汉语水平考试成绩优秀者,会优先录用。

二、现代汉语的特点

现代汉语,是属于汉藏语系的语言,又是一种孤立语类型的语言,跟世界其他语言相比,现代汉语有许多显著的特点。下面分语音、词汇、语法三方面来谈。

(一)语音方面

现代汉语是音乐性很强的语言之一,因为汉语中乐音较多,音节界限分明,加上有曲折变化的声调,听起来富于音乐美。

1. 元音占优势

汉语的音节结构中以元音为主,一个音节必须有元音,但不一定有辅音。一个音节可以由一个单元音构成,如"义务"(yìwù),是个双音节词,每一个音节分别由一个元音组成。一个音节也可以由两个元音或三个元音组成,如"爱"(ài)、"欧"(ōu)、"腰"(yāo)、"微"(wēi)。音节中可以有辅音,一般在音节的开头和结尾。汉语"声"(shēng)中元音前面的"sh"和后面的"eng"都是双字母,只代表汉语中的一个音素,是单辅音,不是复辅音。

① 国家旅游局人事劳动教育司.汉语言文学知识[M].北京:旅游教育出版社,2005.

2. 有声调变化

声调是汉语音节中不可缺少的部分，是汉语语音代表性的特征之一。声母、韵母相同的音节，可以因声调不同而形成不同的音节，以区别意义。声调是每一音节高低升降的变化，从而形成特有的音乐美。

（二）词汇方面

汉语中语素一般是一个音节，由语素构成单音节、双音节、多音节的词，其中双音节词占优势，词形较短，比较匀称。而构成新词的方式比较灵活。

1. 双音节词占绝大多数

现代汉语的词明显有双音节化的趋势，过去单音节的词渐渐为双音节的词所代替，如衣——衣服，石——石头，习——练习。另一些多音节的词又简缩成双音节的词，如落花生——花生，照相机——相机，外国语——外语，外交部长——外长，彩色电视机——彩电。现在，许多创造的新词也是以双音节为主，如"关爱""反思"等。

2. 构词以词根的复合为主

汉语中有多种构词方式，但以复合构词为主，往往是一个词根和另一个词根结合在一起构成一个词，如眉 + 目——眉目，爱 + 人——爱人。这与以加词头、词尾产生新词为主的印欧语系不一样。

（三）语法方面

汉语语法缺乏形态变化，表示语法关系的手段主要是词序和虚词。词类与句子成分之间没有单一的对应关系，词的分类也不能以形态为标志。词的构成以复合为主，构词造句的组合关系比较一致。还有比较丰富的量词。下面主要谈两点。

1. 词序与虚词是表示语法关系的主要手段

词在句子中的先后次序是汉语表示语法关系的主要手段，如"北京队打败了上海队"与"上海队打败了北京队"中两个名词"北京队"和"上海队"的位置发生变化，语法关系随之完全变化，意思也全变了。再如，"我送他的是书""他送我的是书""我的书是送他""他的书是送我""书是我送他的""书是他送我的""是我送他的书""是他送我的书""送我书的是他","送他书的是我",仅"我""送""他""的""是""书"六个词，词序变更就产生如此多的不同的语法关系和语义也不一样的句子。虚词也是汉语表示语法关系的重要手段,如"我们青年人","我们的青年人","我们和青年人",用不用虚词,用不同的虚词,语法关系与语义都会发生改变。

2. 量词十分丰富

汉语的名词不能与数词直接组合,也就是说在表述事物的数量时,在数词与名词之间一定要有量词,而且不同的名词使用不同的量词,如"一只羊""一头猪""一尾鱼""一匹马""一条狗"等。英语中除了度量衡之外,一般不需要量词。

第四节　汉语、汉字与汉文化

汉语在长期的历史演变与发展过程中形成相对稳定的体系内容,一直以来,人们都热衷于对汉语及其文化展开深入研究,从而帮助人们对这一语言有一个充分、全面的了解。

一、语言与文化的关系解读

（一）语言

1. 语言的界定

在日常生活中,"语言"一词的意义是松散的,从下面的例证中即可得到证实。

（1）没想到他竟然用那样刻毒的语言来辱骂邻居。
（2）我无法用语言来表达我此刻的心情。
（3）拉丁语是一种死亡的语言。
（4）我从来没有听人说过美国印第安人的土著语言。
（5）——你知道为什么猫会像狗一样"汪汪"叫吗?
　　　——它是在学着说一种外国的语言。
观察语言的时候,我们首先遭遇的是某一种或若干种类的语言。比如,我们平时用于交流的汉语和英语等,它们是不同种类的语言。

可是,什么是语言学视域中的语言呢,我们应该如何理解语言,它是科学研究确定的对象吗,它是抽象的存在还是具象的模式,它是有待证实的理论抑或是毋庸置疑的结论?

历代语言学研究者都曾尝试界定语言学视域中的语言,梵语语法学家帕尼尼(Panini,约前4世纪)认为:语言有两种,一种是在具体场合说出来的话,即外显性的表达;一种是抽象的语言原则,即语言符号统一体。

巴尔特拉瑞(Bhartrhari)则继承、发展并完善了语言符号统一体理论。他指出,语言的潜在性(kratu)犹如孔雀的蛋黄。在蛋黄里,五颜六色的孔雀以潜在的形式存在。只是到了后来,五彩的颜色才得以实现。同样地,语言(通过语音)终究呈现出部分与序列的形式。

古希腊卓越的斯多葛派(the Stoic)认为:语言包含三个方面。

第一是语言的声音或者材料,这是一种象征或者符号。

第二是语言的符号意义,即言说的内容。

第三是符号所代表的外界事物。

通常,语言在现实的使用中涵盖了两种意义范畴:广义和狭义。

广义的语言至少包含三种意义。

其一,它可以指诸如梵语、藏语、俄语、汉语、日语、英语、法语、拉丁语等任一群体或集团内部的自然规约系统。

其二,它可以指诸如蜜蜂的语言、身势语言、画面语言、花卉语言等具有引申意义或修辞性质的约定俗成的系统。

其三,它可以指诸如逻辑语言、数理语言、坐标语言、旗语等非自然规约系统。

狭义的语言则是语言学的专门术语,是解构了言语体系之后的语言。言语体系由两个部分组成:言语和语言。言语与语言区分理论是索绪尔为了明确语言学研究对象,为了建立独立的语言科学而创建的一个根本性的概念理论。按照索绪尔的观点:言语是指个人说话的行为,是言语器官发出的一定声音和一定意义内容的结合,是以说话人的意志为转移的个人组织活动。所以,言语表现出总体上的千差万别。它的无限多样性是由相同符号的反复出现所组成的,并逐渐呈现出一定的规律和制度。对言语的抽象结果便是语言。

在语言学史上,我们可以看到,有些研究者认为,世界上不存在抽象的语言,只有具体的语言,即交流中的语言。从他们的学术视野和出发点来看,这样的理解具有一定的合理性,他们关注的只是语言的工具性。但是,从普通语言学研究的观点出发,整个世界以往的和现在的语言拥有一种自然的、共同的、抽象的语言,普通语言学关注语言的共性存在。

现代语言学研究证明,对语言的界定必须建立在索绪尔语言与言语的区分理论之上,要在充分认识语言与言语之间的关系之后,我们才能够科学地理解语言,揭示语言的内涵,语言的定义才可能是完整而客观的,才可能是独立而科学的。在言语体系之下,语言是存在,言语是生存;语言是抽象,言语是具象;语言是相对的静态,言语是相对的动态;语言是群体的概括,言语是个人的变体;语言是本质,言语是表现;语言是一般,言语是个别;语言是潜在,言语是显在。二者之间有着明确的分界线,但是它们不是两种不同的现象,而是同一现象的两个不同的方面,是相互联系而存在的。前者以后者为前提,后者归属于前者,语言是作为言语的本质部分而存在于言语之中的,言语则是本质的具体表现,二者在性质上形成结构的统一。从语言与言语的关系中来规定语言的意义,并使之成为概念,这是真正实现对语言的本质特征和内涵做出确切逻辑规定的唯一道路。语言的各个要素,如语音、词汇、语法相互链接,维系语义,言语在语义的联系之中保持着对语言整体的向心力。语言的展开状态其实就是揭示状态,它提供了语言整体所需要的可能性和亲和力。在语言学研究的过程中,我们需要不断地重新提起"语言"定义的问题,而每一次提起都应该是在更高层次上的或者与近似前一次提问相反的或修正的,因为对"语言"进行界定实际上就是对语言本质的拷问,因此这个问题是真正存在已久,却又偏偏难以获得一个终结性的答案,语言学还能在怎样的程度上维持与承受如此致命的压力呢? 在索绪尔之后才真正确立为独立学科的语言学所面临的是本质问题的危机。无论如何,语言学似乎都应当有迅速觉醒的发生,要把研究对象转移到新的基础之上与新的观察视域之中,要在指认语言表现形式的同时,直逼语言之存在本身。

2. 语言的特征

(1)语言的社会文化特征

语言的社会特征主要反映了人的社会性。在人类社会中,人被认定从属于一定的社会经济阶层。由于人类更多地和他同阶层的同伴交往,结果他们的社会行为形成了一定的大家都遵循的模式。这种社会交际具体反映在语言现象中。这些语言现象便具备了一定的社会特征。

语言的社会现象并不仅仅停留在方言的层面上,它有时还跨出方言的范畴,在不同的语言中出现。根朴兹(Gumperz)发现,语言的分类和他们的社会等级吻合。在这个社会语言环境复杂的村落中交际,村民必须同时会几种语言。在美国生活的有些黑人同样也能够操几种社会方言,例如,一名黑人大学生可能既能说黑人英语的社会方言,也能说白人英语的社会方言。在他的语言系统中,一种概念或命题常常可以体现为两种不同的表达形式,即不同的社会方言变体。当他和白人导师讨论申请助学金时,他用的是白人英语。当他转过头来和黑人同学说话时,用的却是黑人英语。因此,必须有一定的机制让他能够对具体的情况做出自己的选择。这些机制在语言系统之外,存在于社会交际知识之中,并成为社会变体的选择条件。由此可见,语言的社会性至少包括语言系统中语言表达变体的选择关系,也包括选择这些语言变体的社会信息方面的激活条件。语言系统内部的社会性主要表现在命题概念和各社会方言表达之间的体现关系。这种体现关系除了自身的符号功能关系外,没有理性对应关系。

从这个角度出发,表达的内容和社会方言之间的关系是任意的。但是,内容和表达之间的如此任意性并不是说表达形式内部可以没有系统性。事实上,黑人英语和白人英语一样也是有规律的,其中包括表达语词之间的组合规律,以及表达内容和表达形式之间的体现规律。从语言系统内部看,社会方言表达形式和语言其他形式一样是有规律的,内容和表达之间不是任意的。但是,我们在更精细的平面上看,两个任意性所涉及的关系是不同的。

涉及语言表达变体选择的社会条件至少包括话语意图、交际者双方的社会关系、交际者自身的社会经济地位等。可见社会方言的选择一般涉及交际目的、预期的交际效果和交际双方的社会关系,而话语者本身的社会地位可能只是社会关系中的一个条件。这些社会条件可以和其他各种条件一起组合成社会变体的选择条件。在不同人的头脑里,它们的权值不完全相同。

从系统操作的角度看,语言的社会性体现在语言交际过程中。中国学者比较钟爱这样一个定义,即语言是人类的重要交际工具。西方学者中的功能派对此也很重视。有必要澄清的是,人类交际工具有各种各样的,但它们均为身外之物;而语言是人本身的一部分,语言交际是人们通过信息承载体的转换让语言现象来为人类传递信息。

社会活动是在一定的文化背景中进行的,所以语言也有其一定的文化内涵。谷德纳夫(Goodenough)认为,文化就是在社会情境中获得的知识和信念。社会文化知识当然也包括一部分常识(常用知识)和专识(专门知识)。广义的文化则是世界观的代名词,它包括了社会常识和专识,还包括一些没有特殊社会标记的知识和概念。但是,两种文化观都将文化和概念知识联系起来。我们也认为,文化包括社会知识(常识和专识),

这些知识同样是概念系统的一部分。它们在人类的社会活动中将概念系统和语言系统连接起来，并构成可以重复激活的经验。从信息操作的角度出发，语言系统中社会方言体现关系的变体，它们的选择条件和含社会文化知识的概念系统有关。由于神经的激活过程是双向的，从语言形式开始激活的信息和来自概念系统的社会文化、常识等信息将共同激活和构造语言系统本身。语言行为在构造和完善语言系统的同时，也构拟和不断调整着概念系统（包括各种知识系统和社会活动等）。正如人在具体的社会文化环境中生活、活动一样，人类语言系统的发展，伴随着社会文化概念系统的发展而发展，两个系统的互相激活又让二者在自己的关系路径中包含了对方的部分连接关系特征。

（2）语言的思维特征

语言和思维关系非常密切。有人认为语言和思维密不可分。柏拉图就声称思维是无声的语言。沃尔夫（Whorf）则从学习的角度出发，提出学习语言就是学习用语言来思维。

如果我们将思维看作一种过程，那么思维过程可以是有意识的，也可以是无意识的，而语言的全过程总是有意识的。有意识的语言过程在一定程度上受到人类意志的控制，但无意识的思维过程便无法受到意志的控制。所以，无意识的思维无法等同于语言。如果思维过程包括记忆和激活调用，那么有事实证明，这两种过程都可以不涉及语言表达，具体表现在两个方面：两种过程可以是无意识的；记忆内容无法用语言表达激活再调用。

我们举证了思维和语言的差异。那么这种差异有没有生理证据呢？我们的回答也是肯定的。福德等提出了一个"思维语言"假设。他们的假设包括两个部分：信念、意愿意图是大脑真实的心理和物理表征，而显性行为则源于这些表征；这些表征具有和意图物体相似的组织特征。

从大脑神经的生理基础出发，这些"真实表征"应该是概念。概念可以组成层级，不同的概念通过共享的概念特征而连通。神经网络也是一种层级组织，神经元也可以和许多其他神经元连通。如果我们想睁开眼睛，那么我们首先要有这个意图概念。这个意图概念激活"睁开动作"概念和"眼睛"概念。当然，我们也可以闭上眼睛，但这两个意图中的概念"眼睛"是不变的，它同时和这两个不同意图连接，既可以和动作概念"睁开"组合，也可以和动作概念"关闭"组合。当然，这些概念必须同时和许多大脑功能区的系统连接，连接的部分除了命令动作的运动系统，还有语言系统、视觉系统等。如果有人叫你闭上眼睛，语言系统通过理解过程激活相关的概念，再由概念激活运动系统，完成闭上眼睛的动作。当然，你还可以效仿他人的动作,同时告诉他人"闭上眼睛"。这时视觉信息激活了概念,概念同时激活了运动信息和语言信息。运动系统指挥关闭的动作,而语言系统则加工输出语言现象"闭上眼睛"。那么,我们说的这些神经过程是否在大脑中存在,语言系统和概念系统是否有不同的生理承载体呢?我们的回答是肯定的。语言系统的生理基础主要是布罗卡区和韦尼克区,而作为思维基础的概念则散布在大脑各部位。根据上述事实,我们的结论是:思维的主要生理承载体是概念系统,概念系统连通包括语言系统在内的各种认知符号关系系统。

（二）文化

人们对于"文化"并不陌生,但是具体"什么是文化",大家却是众说纷纭,没有一个明确的定论。美国人类学家阿尔弗雷德·克鲁伯和克莱德·克拉克洪在《文化:关于概念和定义的检讨》中说:"在这个世界上,没有别的东西比文化更难以捉摸。我们不能分析它,因为其成分无穷无尽;我们不能描述它,因为其形态千变万化。当我们要寻找文化时,它仿佛是空气,除了不在我们手中以外,它无所不在。"综合诸多学者的研究成果,我们将文化分为狭义的文化和广义的文化。

文化具有以下特性。

（1）超自然性。文化是人类独创的,是人类特有的一种方式。文化与人类同生共长,没有人类,就没有文化;没有文化,也就没有人类。人类的祖先在使自己脱离动物界而建立人类社会的过程中创造了文化,才使自己终于成为超越动物的人。文化性是人类的根本属性。文化是人性的体现而非人的动物性的体现。某些动物,如蜜蜂、蚂蚁、猿猴等,可以有类似人类社会的"组织",却没有文化。因此,只要说起文化就一定是指人类的文化。正因为人的根本属性是文化性,人类生活和行为的一切方面无不带上或终于带上文化的印记。饮食文化、性文化、生殖文化就是人类在满足自身基本的生物需要的基础上创造出来的独有的文化,其他动物则不可能创造出来。总之,人的文化性和文化的人性是具有本体论性质的命题,而文化的人性也就是它的超自然性。

（2）符号性。人是一种"符号的动物",符号化的思维和符号化的行为是人类生活中最富于代表性的特征,并且人类文化的全部发展都依赖于这些条件。人类创造文化的过程,其实就是一个不断发明和运用符号的过程。在人类创造文化的过程中,人类将自己对世界的认识、对事物和现象的意义和价值的理解给予了一定的具体的形式,从而使这些特定的形式具有一定的象征意义,这就构成了文化符号,成为人类必须遵循的法则。人类生活在这些法则中,生活在自己创造的充满文化符号的社会中。①
人类活动既受到文化的约束,又在接受文化约束的过程中体现自己的人
生价值。因为文化具有符号性,所以人们在分析一些文化现象的时候,需
要借助符号学的原理和方法。

（3）可变性。文化在一定程度上来说是为了满足人类生活需要而产
生的。当人类生活发生改变,文化必然发生改变。这是文化变化的内在
原因。在人类文化史中,文字的出现、造纸术的发明、印刷术的发明、蒸汽
机的使用、电子计算机的发明、天体运行规律和能量守恒定律的发现等,
这些重大的发明都有力地推动了文化的变革。文化的传播、文化的碰撞
都可能促使文化发生质的变化。例如,佛教的引入,促使中国传统文化的
结构和面貌发生了深刻变化。中国的儒家思想对许多国家的文化也造成
了重大影响。

（4）民族性。文化必须植根于人类社会,而人类社会常以相对集中聚
居并有共同生活历史的民族为区分单位。由此可以说,某种文化总是伴
随某个民族而产生和存在的。文化必须以民族群体作为载体。所谓的民
族性也主要是指文化特性。例如,蒙古族与我国北方汉族人民居住地相
接壤,但是蒙古族文化与汉族文化却有着明显的差别。

（5）区域性。同一个民族分布在不同区域,环境不同,那么在文化上
就会存在一定的差异性。可以说,民族文化因地域性的特点形成了一些
互有差异的次文化,也就是说,在大文化传统的基础上又有各具特色的小
文化传统。小文化传统具有显著的区域性特征,同时又受大文化传统的
统摄。因此,在民族文化的大范围内常有区域性文化同时并存。例如,中
原文化、齐鲁文化、吴越文化,都属于中国上古文化,但由于所处区域不
同,三种文化又具有各自的特征。再如,中国民间曲艺,也是由具有地方
代表性的剧种组成,浙江的越剧、安徽的黄梅戏、广东的粤剧、西北的秦
腔、四川的川剧、河南的豫剧等,莫不各具风姿,绝不雷同。

我们还需要明白,文化的区域性与民族性是不矛盾的,区域性不但不
会损害民族文化的内在统一性,还会丰富民族性的内涵。

（三）语言与文化的密切关系

语言与文化相互依赖、相互辅助、相互影响。语言是文化的重要载体,
语言促进着文化的发展,语言在人类的一切活动中都起着十分重要的作
用,是人类社会生活不可缺少的一部分。文化对语言也有制约作用。语

① 吴为善,严慧仙.跨文化交际概论[M].北京:商务印书馆,2009.

言促进文化的发展,同时文化也影响着语言的发展。在社会文化发展的过程中,语言既受到文化的影响,也得到了自身的发展。

1. 语言是一种文化符号

在文化的建构与传承过程中,语言以符号的形式发挥其自身的作用。语言的产生、演变、流传总是与对应文化的产生、变化和流传保持一致性。一种语言的衰亡意味着一种文化的衰亡。文化本身是一个复杂的整体,由许多要素整合而成。在这个整体中,一些特定的词语反映着"文化内核"并推动该领域的文化建构。这些特定的词语体现了该文化领域的思想范畴、价值观念和认识成果。我们将这些特定的词语称为"文化符号"。"文化符号"不仅体现了一定社会文化思维和文化体制,而且还制约着相应的文化观念、文化心理、文化活动。各种语言都有相当可观数量的这一类文化符号。由于语言具有继承性和保守性,那么"文化符号"也就相应地具备了传承文化的作用。

2. 文化与语言相互影响、相互制约

一种文化的产生与发展,离不开语言的作用,同时文化的发展反过来也促进了语言的进一步发展。著名语言学家韩礼德指出,语言是文化传播和社会变化的重要因素,语言学家借助社会学理论分析语言的使用,社会又影响着语言。环境影响着人类的行为,相应地,环境也影响着语言,制约着语言形式的选择。总之,语言与文化二者之间呈现双向的影响制约关系。

3. 文化与语言之间存在结构层次差异

国内诸多学者认为语言结构层次与文化有着密切的关系。即使语言结构的每个层次都与文化有关,但是我们需要明白,文化对语言的影响是不均衡的。例如,文化对词汇的影响最明显、最突出、最集中,而对语法的影响则比较浅显。文化反映在语言的使用上则比较典型,而反映在语言系统上则比较含蓄。由此可以看出,文化对语言结构层次和使用的影响有强有弱,那些片面地夸大语言与文化之间的关系或否定语言与文化之间关系的认识都是不正确的。

二、汉语、汉字与汉文化的类型特质

当今人类所讲的语言共有数千种。按索绪尔的理论,语言按聚合和

组合关系,构成层级分明、排列有序的人类语言总系统。人类语言总系统下的第一个层级,是人类语言的基本类型。按语言的基本单位——词的语音层面的结构形式,人类语言总系统可分为三种基本类型:以汉语为代表的单音节、孤立型语言和以英语为代表的多音节、屈折型语言,构成现代人类语言总系统中对立的两极,而以日语为代表的粘着型语言,则是处于"过渡地段"的中间型语言。按语言中句子的结构分,则可分为四种类型,除了以上的三种类型外,再加上以北美某些印第安语言为代表的编插型语言。由于词是语言的基本单位,因此两种分类中又以"三类两极"法为最基本的分类法。

汉语在人类语言文字类型的研究中占有重要的地位。汉语是当今世界上使用人口最多的语言。以汉语为主要代表语言之一的汉藏语系是世界上第二大语系。更重要的是,汉语是人类三大基本语言类型之单音节、孤立型类型的典型代表。这种代表地位,从 19 世纪开始,一直为人类语言学界所公认。三大语言基本类型中的中间型——黏着型语言实际所含的语种及使用人口都很少。因而,人类语言的具体研究实际以三大类型中的两极——多音节、屈折型语言和单音节、孤立型语言为主。若就语言结构的角度而言,汉语与梵语被认为是"两极"的典型代表;若就当代语言的实际地位和影响的角度而言,则汉语与英语被公认为是两大代表。一句话,无论从什么角度看,汉语在人类语言类型的研究中均有不可替代的重要地位。

语言的基本类型制约着文字的基本类型,如同索绪尔所指出的,一共有两种文字的系统:一种是表音文字,一种是表意文字。当今的印欧语系诸文字都属表音文字,而表意文字的典型代表就是汉字。

汉字是人类最重要的代表文字之一。它是唯一发源于公元前,又活跃于当代世界的自源文字。公元前,华夏民族创造的汉字是与苏美尔的楔形字、古埃及的圣书字鼎立的人类三大自源文字系统之一。在 20 世纪的现代语言学理论中,它又被现代语言学的创始者索绪尔列为两大基本文字类型之表意文字的代表文字。从而,在人类文字研究中,记录单音节、孤立型汉语的汉字具有——从人类文字总系统的类型分布规律着眼,当是无可争议的——与记录多音节、屈折型印欧语言的字母文字相同的地位。

在人类历史发展的历程中,由苏美尔人创造、处于两河流域全开放式环境中的楔形字,由于其创造和使用者们的交换式生存模式和取代式竞争方式,在其系统规模初具,而未能完成其与语言系统相适应的充分发展的情况下,被广泛地施行了超语型嫁接。之后,更由于苏美尔人的消亡和阿卡德、巴比伦和亚述人的相继迭兴,楔形字被相继借用。这些民族的语言类型都与苏美尔语言不同,他们对所借的楔形字体系不约而同地采用了全盘搬用、局部添改的办法。结果,楔形字被施行了叠床架屋式的多重改造,系统变得十分庞杂,所以尽管一度流行于波斯湾,终因其系统内部的弱点而在竞争中全面失败。大约公元前后,楔形字被迫退出了人类文字的使用范畴,成为历史。古埃及人创造的圣书字是一种充分发展、非完全式记录的文字。两条山脉夹一条河流,造成了几乎全封闭的自然环境,广袤的沙漠中一处天赐丰厚的绿洲,造成了古埃及人自诩为"上帝选民"的封闭心理。

古埃及人不但制造了宏伟的金字塔,还创造了比金字塔更伟大的,作为今日印欧系诸文字源头的圣书字。圣书字是一种利用古埃及语"三辅音原则"而创造的非完全记录型文字。在埃及人封闭的历史中,这种文字得到了与古埃及语相适应的充分发展。更重要的是与楔形字不同,圣书字传播和借用一直处于同语型的范围中,从而使传播递借的过程成为一个逐步升级的良性的发展过程。这种发展,甚至在圣书字本身已随着古埃及的消亡而消亡以后,还有其同语型的借用文字系列在继续着,并且在辗转借用的过程中产生了系统性的突变:符号性质由二元变为一元,记录类型由非完全型成为完全型,同时文字的外形也发生了天翻地覆的变化。正因为其优秀的系统特征,使其在取代式的竞争中具有强大的优势。其结果,它击败了早于它产生并流行于一时的楔形字,成为公元后人类最强大、最重要的代表文字之一。在今天,尽管圣书字本身已成为历史,但是以它为源头的字母文字,因其具有对多音节、屈折型语言的高度适应性和良好功能,而为印欧系诸语言广泛采用,并被公认为是当代最优秀的文字体系之一。

汉字是一种由华夏民族自己创造的,高度适应汉语单音节、孤立型语言类型的,充分式发展的文字。汉字的类型受汉语类型的制约,而汉语又是一种在华夏民族文化类型的基座上诞生、发展的语言类型。汉语、汉字、汉文化之间具有不可分割的密切关系。如上所说,华夏民族的历史,是一部沿着向心凝聚式的轨道发展的历史。中国大地上的竞争,与从西亚到欧洲的竞争类型不同,是一种非取代式的竞争,一种在竞争中互相学习、逐步同化的竞争。这种竞争的结果,形成了辐射式的、诸多层级而同一中心的实体。这样的发展历史,造就了华夏文化向心凝聚式的特质,也形成了中华民族注重民族团结,要求民族统一的传统和心理。汉语,这种在向心凝聚式的华夏文化基座上诞生的语言,是一种结构简明、与人类思维逻辑保持惊人一致的语言类型。华夏民族的共同语产生得很早,并随着历史的推进进行自我超越式的阶段性调整：从公元前 11 世纪周代的"雅言"，到汉代民族大统一时的"通语"，到明清时的"官话"，到辛亥革命后的"国语"，到建国后"普通话共同语"的名称，我们可以窥见华夏民族语言文化演变进程之一斑。

在当代，汉民族的共同语——普通话，对内统领各方言，对外担负起中华民族与世界各民族交际和交流的重任。汉语的单音节、孤立型特点，使汉语系统不需要繁复的外部语法形态，就可以良好地履行其交际职能。因此，语言学者们根据这一特点，又把汉语称为"词汇型语言"，并以"语法型语言"称呼具有繁复的外部语法形态的印欧语系诸语言。

汉字，是一种充分适应汉语和汉文化的文字。从现有资料来看，成系统的汉字出现于公元前 2000 年中期，这之前，则是相当长期的刻画符号阶段。汉字的发生、发展和成熟的道路，同楔形字及圣书字不同。楔形字及圣书字形成较早，但对其语言中词的记录都采取了一定的省略方式，且它们的发展，都是通过不同语种之间的异地借用、辗转嫁接、曲线发展、相互取代的方式逐步成熟的。在其各重要的突变阶段，文字的外形产生了相当大的变异，以致一度被误认为属不同的文字类型。

汉字系统产生的时间要比楔形字及圣书字迟，但从现存最早的系统汉字资料——商代甲骨文看，此时的汉字对其语言中词的记录，已是完全式记录了。汉字的发展建立在华夏文化和语言发展的基础之上，有演变，也有突变。汉字的阶段性突变的主要方式，不是通过外形的变异，而是通过系统内部质的飞跃来完成的。汉字的发生、发展及成熟的历程，与楔形字，尤其是与当代字母文字的前身——圣书字之间的巨大差异，充分说明了索绪尔的文字类型理论的正确性，也说明了语言基本类型对文字基本类型所具有的制约能力。

汉语和汉字，是华夏文化的产物，是华夏民族智慧的结晶。它们不但是华夏民族的宝贵财富，也是全人类的宝贵财富。并且，由于它们是人类语言文字总系统中的基本类型的代表，也就更具有不可替代的地位和作用。

近代以来，欧美学者先后占据了普通语言学和普通文字学研究的领先地位。欧美语言学研究的一枝独秀，造成了复杂的后果。一方面，他们以接力爬山式的研究，达到了超越前人的高度；另一方面，他们受自己使用的语言文字的影响，造成了人类语言文字学研究的倾斜。尤其在普通文字学的研究方面，有意无意地背离了索绪尔的原则，形成了基本理论的重大缺陷。

在近代以来的语言学研究中，汉语的研究是其中较薄弱的一环。因此,我们研究的重点是我们华夏民族的共同语——汉语,并且由于汉字在其与词义的直接联系方面表现出来的特殊优势及其在汉语发生学的研究中具有特别重大的价值,因此我们把汉字作为汉语发生与发展研究的基础和重点之一。21世纪人类语言文字学的新飞跃,也许就体现、寄托在汉语、汉字、汉文化研究的新的突破上。

第二章　汉语言文学理论的文字基础分析

　　词是语言中最小的能够独立运用的有音有义的语言单位，它是由语素构成的，语素是语言中最小的音义结合体，是能够区别意义的最小的语言单位。对词和语素进行研究，有利于对现代汉语词汇有一个系统的认知，对研究现代汉语和有效传播现代汉语等也具有重要意义。

第一节　词和语素

一、词

（一）词的概念

　　语言是人们进行交际的工具。人们总是一句一句地说话，一句一句地写文章，每一个句子都可以表达一个完整的意思。而每一个句子又是由更小的语言单位组成的。对它们进行分析，就会发现有一种具有简单意思和造句功能的、可以自由活动的语言单位。例如：
　　　　我赞美白杨树！
　　这是一个表示赞叹的句子，它又由"我""赞美""白杨树"三个小单位组成。"我""赞美""白杨树"分别表示三个意义，合起来组成句子。但它们又可以自由地、独立地活动，也就是说，它们还可以与别的词组成各式各样的句子。例如：
　　　　我：我爱祖国。
　　　　赞美：我赞美祖国。
　　　　白杨树：路旁有棵白杨树。

因此,我们可以给词下这样的定义,最小的、有意义的、能够独立运用的语言单位。在这个定义中,"最小""有意义""能够独立运用"三个限制语缺一不可。"最小"是说作为一个有意义的能自由活动的单位,是再也不能拆开的了。"能够独立运用"说明它可以自由活动,可以充当句子成分或在句子中表示一定的语法意义,否则就不是词。例如,"白菜"是一个词,有特定的意义,如果拆开成为"白"和"菜",就变成两个意义,而"白菜"这个特定的意义就没有了。所以说,"词是最小的、有意义的、能够独立运用的语言单位"。

(二)词的特点

词具有以下几方面的特点。

1. 词都代表一定的意义

各种词的"意义"含义不同。实词的意义比较实在,指某些概念内容。例如:

餐厅:供吃饭用的大房间,一般是宾馆、火车站、飞机场等附设的营业性食堂,也有的用作饭馆的名称。

留学:留居外国学习或研究。

虚词的意义比较抽象,它们在句中表示一定的语法意义。例如:

副词:不 很 都

介词:把 被 从

助词:了 着 过 的

连词:和 因为 可是

语气词:啊 吗 呢

2. 词一般都具有固定的语音形式

各个音节的声、韵、调都不能改变,改变了就不是原来的词了,或者变得毫无意义,如把"山"念成 sān,就变成了"三"。声调在汉语词中是很重要的区别意义的手段,同样一个词,声调不能轻易改变,如把"山"念成 shàn,就变成了"扇"。词的轻重音也不能随便改变,如把"东·西 dōngxi"("东西"中间的"·",表示"·"之后的字念轻声,以下同)念成 dōngxī,意思也变了,dōngxi 是指事物,dōngxī 是东西南北的东西。再如:

废物(没有用的东西)——废·物(没有用的人)

地道(地下坑道)——地·道(真正的,纯粹的)

合计(合在一起计算)——合·计(商量)

3. 词是最小的造句单位

一般不能把词分解为更小的单位去使用,不论是双音节词,还是多音节词,都是一个不能再拆开的整体。例如:

> 语言这东西,不是随便可以学好的,非下苦工夫不可。

"东西"一词是造句单位,是不能再拆开的整体。"东西"泛指各种各样的事物,如果把它拆成"东"和"西",就成了表示方向的词,同原来的意思完全不同了。

(三)常用的确定词的方法

常用的确定词的方法有以下几种。

(1)能够单独运用的是词。单独运用是指能够单说或单用。

第一,单说,能单独回答问题的是词对一个语素组成的单纯词,这个方法最有效。例如:

> "你去吗?"——"去。"
>
> "你想买什么?"——"笔。"

以上"去""笔"都可以单独回答问题,可以单说,是词。

值得注意的是,由多个语言成分组成的词组,虽然也可以单独回答问题,但不是词。例如:

> "你去吗?"——"不去。"
>
> "你想买什么?"——"白纸。"

以上例句中的"不去""白纸"也可以单独回答问题,但不是词,是词组。

第二,单用,能单独充当句子成分的是词。有些词虽然不能单独回答问题,但是可以在句中充当一定的语法成分,我们也认为是可以单用的语言单位,是词。例如:

> 女:问"新来的老师是男的还是女的"?不能单独回答"女",说明"女"不能单说,但在"女老师""女同学"中"女"充当定语,也是词。
>
> 房:问"那边要盖什么?"不能单独回答"房",说明"房"不能单说,但在"大家都买了房"中,"房"充当句子的宾语,也是词。

(2)把一句话、一个句子中所有可以单说、可以充当句法成分的单位提开,剩下来不能单说而又不是一个词的组成部分是语素。

(3)"最小的"是说词是不能扩展的。可以用扩展法来检查确定是不是词,某一个语言单位中间不能插入别的成分的是词。例如,"白菜"不能扩展成"白的菜"等,扩展后改变了原来的意义,所以"白菜"是词。但要注意有些由两个或几个语素组合成的单位不能单说或很少单说,如"人造""国际"等,但可以用来充当句法成分,它们也是词。在词的定义中,用能否"独立运用"来区分语素和词,用是不是"最小的"来区分词和短语。①

（四）词根与词缀

词都是由语素构成的,根据语素在构词中所充当角色的不同可以分为词根和词缀两大类。一般把自由的或不自由的不定位语素都称为"词根",把不自由的定位语素称为"词缀"。

1. 词根

词根是词语的主要组成成分,意义比较实在。有些词根本身就可以成词,主要是那些单音节的自由或不自由不定位语素。例如:

> 人　山　空　草
> 谁　走　水　学
> 看　中　好　纸

也有的词根不能单独构成词,必须和其他语素组合在一起才能成词。例如,"人民"的"民""窗户"的"户""高兴"的"兴"等。

2. 词缀

词缀是词语的附加成分,是黏附在词根上的语素。词缀可以根据它在构词时出现的位置,分为前缀、中缀和后缀三类。

（1）前缀

黏附在词根前面的词缀。例如:

> 老:老总　老师　老大　老二　老虎
> 阿:阿姨　阿爸　阿妈　阿姐　阿婆
> 第:第一　第二　第三　第四　第五
> 初:初一　初二　初三　初四　初五

（2）中缀

插入词根中间的词缀。例如:

> 得:跑得快　做得到　写得好　想得开
> 里:土里土气　流里流气　怪里怪气

---

① 韩荔华.汉语言文学知识[M].北京:旅游教育出版社,2002.

（3）后缀

黏附在词根后面的词缀。例如：

  子：桌子 椅子 裤子 鞋子

  者：学者 爱国者 志愿者

  头：石头 鼻头 吃头 念头

  儿：盖儿 瓶儿 字儿

3. 类词缀

  "类词缀"是指那些跟词缀非常相似，但是在语义上又还没有完全虚化，有时候还以词根面貌出现的语素。"类词缀"在现代汉语中数量不少，近年来表现得也很活跃，构成了很多新词。下面举几个例子说明。

（1）~性

  "性"的意思是"性质"。"性"与其他语素构成的词一般都是名词，表示"具有~这种性质"的意思。比如，"真实性"就是"具有真实这种性质"之义。

  动词加上"性"之后变成了名词。例如：

    挑战性 破坏性 依赖性

    妥协性 斗争性 调和性

  形容词加上"性"变成了名词。例如：

    多样性 复杂性 积极性

    真实性 独立性 偶然性

（2）~化

  "化"的意思就是"变化""转化"。"化"与其他语素构成的词一般都是动词，表示"使变得"的意思。比如，"美化"就是"使变得美观"的意思。名词加上"化"后变成了动词的。例如：

    戏剧化 平民化 制度化

    电气化 概念化 数字化

  形容词加上"化"后变成了动词的。例如：

    美化 丑化 绿化 简化

    模糊化 庸俗化 透明化

（3）~族

  "族"的意思是"事物有某种共同属性的一大类"。"族"与其他语素构成的词一般都是名词，表示"具有这一特性或行为举止的一类人"的意思。动词或动词性词组加上"族"之后构成名词。例如：

啃老族　打工族　飙车族

暴走族　上班族　追星族

也有名词加上"族"构成名词。例如：

拇指族　单车族　工薪族

也有由形容词加上"族"之后变成名词的。例如：

休闲族

（4）零~

"零"在"零"中的主要表达功能就是对后面的"~"加以否定，对"~"的存在状态和变化过程进行完全否定。例如，"零利率""零投诉"就是"没有利率""无投诉"。

"零~"是一个名词性的词组，"零"后边的成分可以是名词性的。例如：

零距离　零风险　零事故

零利息　零误差　零利率

也可以是动词性的。例如：

零干扰　零投诉　零增长

零排放　零污染　零库存

零容忍　零消费　零损失

（5）~感

"感"就是"感觉"的意思。"感"与其他语素构成的词一般都是名词，表示"~的感觉"的意思。大多数都是形容词加上"感"之后构成名词的。例如：

压抑感　美感　紧迫感

亲切感　失落感　充实感

厚重感　时尚感　兴奋感

也有一些动词加上"感"构成名词。例如：

冲击感　参与感　犯罪感　设计感

还有一些名词也常与"感"组合成词，词性仍然是名词。例如：

口感　手感　体感

骨感　性感　乐感

二、语素

（一）语素的概念

语素是语言中最小的音义结合体，是能够区别意义的最小的语言单位。所谓区别意义，就是区别这个语素的词汇意义和语法意义。例如，"跑"，是一个语素，它的语音形式是"pǎo"，它的词汇意义是"为某种事务而奔走；物体离开了应该在的位置；液体因挥发而损耗"，它是最小的音义结合体，不能再分割成更小的有意义的语言单位。

（二）确定语素的方法

替代法是确定语素的主要方法。

1. 替代法的概念

替代法即用已知语素替代有待确定是不是语素的语言单位的方法，也就是对某个语言片段的各个成分进行同类双向替换。若要检验"汉语"是一个语素还是两个语素，可以用已知语素进行双向替换。例如：

汉语　英语　日语
汉语　汉族　汉字

替换后可以发现，"汉""语"这两个语言单位都可以在不改变基本语义的情况下，分别同其他相关的语素组合。所以，这两个语言单位都是语素。

2. 替代法的注意事项

第一，在替换时，必须保持结构单位意义的基本一致。替代后的语素义同原来语言片段的语义要有一定的联系。比如：

马虎：老虎　猛虎　幼虎
马虎：马蹄　马车　马尾

以上这样的替代明显是错误的，因为替代后的语素义同原来语言片段的语义毫无联系。

第二，在替换时，如果只能进行单向替换，那就得视为一个语素。例如：

蝴蝶：粉蝶　彩蝶
蝴蝶：蝴 ×　蝴 ×

其中，"蝴蝶"的"蝴"可以分别被"粉、彩"等单向替换，"蝶"却不能被别的语言替换，所以"蝴"和"蝶"合起来只是一个语素。

第二节　词义研究及发展演变

一、词义研究

(一)词义的特点

词义具有显著的特点,概括来说主要包括以下几方面。

1.概括性

词义是客观事物或现象在人们头脑中的概括的反映。概括,就是把客观存在的事物或现象的共同特点归结在一起。词义所反映的任何一种客观事物或现象都是进行了概括的。在概括的过程中,既抓住了共同特点,又舍掉了许多个别的具体的东西。例如,"人",它的词义就概括了人的一切属性,也包括古今中外一切活人和死人。再如,"旗子"这个词,它的意义是"用布、纸、子或其他材料做成的标识,多半是长方形或方形"。这个意义是从"红旗""国旗""彩旗"等概括起来的,它并不是指某个具体的旗子。又如,"分析"这个词,它的意义是"把事物、现象、概念等划分成简单的部分,找出它的本质、全性或因素"。这个意义是从"化学分析""分析问题""把这件事分析一下"等活动现象概括起来的共同特点。

由此可以看出,词义反映的都是概括起来的同一类事物或现象的共同特点。它可以把这一类事物或现象同其他事物或现象区别开来。例如,"发明"的词义和"发现"的词义都是从人们的活动现象中概括起来的。它们都概括地反映出一类现象的共同特点。这就把客观存在的两类不同的现象区别开了。

2.民族性

词义的民族性就是指不同语言体系中的词所反映出的特定的民族文化特征。比如,汉语里有丰富的称谓词,和当事人的关系不同,就用不同的词语来称谓,如"叔叔""伯伯""舅舅";而在英语中却概称为 uncle,这就是中国传统伦理观念在汉语词义上留下的印记。又如,农历八月十五中秋节历来是中国人相当重视的传统节日。在这一天,亲人们欢聚一堂,在月圆之夜边吃月饼边赏圆月。月饼这种食品就是中国人依照月亮的形状打制而成,"月饼"这个词象征着"团圆、美满"。相对地,在西方人眼中的 turkey（火鸡）象征着丰收和兴旺的意思，每当感恩节来临，每个家庭都会准备这样一道菜，以感谢上天赐予的好收成。

3. 社会性

语言是人类最重要的交际工具。任何语言都是为了交际的需要而创造的，并且是在全社会成员的交际中逐步发展起来的。所以，语言既不是自然现象，也不是个人现象，而是一种社会现象。同样，语言中词的词义也是使用同一种语言的社会成员共同确定下来的。它不是由个别的人任意规定的。因此，词义才能成为社会成员所共同理解的。

声音和意义结合在一起成为说汉语的人共同使用的词，这个词表达了共同了解的词义。这就是所谓的"约定俗成"。词义既然是社会成员在使用中共同确定下来的，它就具有社会性。也就是说，使用同一种语言的人所使用的词，它的词义就应该是大家共同了解的。这就给我们提出了一个学习词汇、正确理解词义的任务。如果我们不能正确理解词义，就不能正确理解别人的意思，也不能准确地表达思想。例如，我们说"骏马在飞奔"，大家都知道句中的"骏马"一词是指"跑得很快的马""好马"。又如，"为实现四个现代化攻克科学堡垒"中的"堡垒"一词，原义是"在冲要地点作防守用的坚固建筑物"，可是在本句中是用来比喻科学上难于攻破的事物，这个比喻义也是大家都明白的。词义具有的这种社会性使人们交流思想成为可能，也只有正确地理解词义，才能很好地交流思想。

4. 指物性

任何一个词在语言实践中，总是具体地指示某一事物、某一现象或某一抽象意思的。例如，在具体的对话"李四怎么样""人很聪明"。其中"人"这个词就具体指李四这个人。

5. 发展性

语言的词汇几乎处在经常变动之中。词汇的变动表现在两方面：一方面表现为新词的产生和旧词的消亡，另一方面表现为词义的发展变化。词义的发展变化表现的形式是多种多样的。有的是词的意义所反映的对象比以前扩大了。例如，"江"原来只是长江的名称，后来泛指一切江水。"河"原来只是黄河的名称，后来泛指一切河流。有的是词的意义所反映的对象比以前缩小了。例如，"汤"古代泛指热水，这个意义保存在"赴汤蹈火"这个成语和"汤泉""汤池"这些词里。现在一般都指喝的汤。

有的是词义所反映的对象发生了转移。例如，"走"在古代是跑的意思,现在指"步行"。词义的发展变化,也表现在一个词的义项的增减方面。增加是主流。例如,"形势"本来只有"地势"这个意义,如"形势险要"。现在有了"事物发展的状况"的意义,如"国际形势"。"怜"古代有两项意义:一个是"怜悯",一个是"爱"。现在只用"怜悯"这个意义。

6. 准确性和模糊性

词义是明确的,同时又是模糊的。例如,"高",与"矮"相反,是明确的,但具体到说某一物或人,就具有一定的模糊性。当然,不是所有的词都同时具备这两重性,也不是在任何语言环境中词义都准确或者都模糊。例如,"中华人民共和国"等总是明确无误的,而"上午"之类的时间名词,"红""快"之类的形容词,"桌""杯""点"之类的量词则总是有点模糊性。词义的两重性给词语的运用带来方便,如"高个子"这个词,我们可以随意称呼身长较一般人高的人,而不必具体确切地得知人们的身高后再去"一米八的人""一米九的人"那样称呼了。

(二)词义的内容

1. 概念义

概念义是词义构成的基础。它是一个词的核心意义,是人类对客观事物的性质、特征等的基本界定。通常情况下,词典对词给出的解释大多是概念义。例如:

爱国:热爱自己的国家。

查阅:查找阅读。

矮小:又矮又小。

桌子:上有平面,下有支柱,面上用以放东西或供做事情用的事物,一般用为家具。

安静:没有声音,没有吵闹和喧哗;安稳平静。

2. 附属义

附属义是指人们附加在词语上的意义,包括感情色彩和语体色彩。

(1)感情色彩

感情是人们对客观对象的主观态度、感受或评价。词在指称客观事物或现象时所表达的人们对该事物或现象的爱憎褒贬等感情,就是该词的感情色彩。概括来说,词的感情色彩可以分为褒义、中性和贬义三种类型。

①褒义色彩

褒义是指词语身上带有赞许、喜爱等表示肯定的主观色彩。例如：

　　美丽　大方　温柔
　　正直　才干　自信
　　勇敢　干净　诚实

②贬义色彩

凡是表达了批评、厌恶、轻视等感情的词，其感情色彩就是贬义的，是贬义词。例如：

　　小气　愚蠢　自负
　　庸俗　丑陋　虚伪
　　无耻　卑鄙　欺骗

③中性色彩

中性词指的是没有明显感情倾向的词语，既可以用在赞美、喜爱等场合，也可以用在批评、厌恶等场合。中性词在汉语中占大多数。例如：

　　明白　了解　兴趣
　　下雪　洗脸　小孩
　　上网　邮件　钱包

（2）语体色彩

词语的语体色彩就是指这个词是惯常使用于书面语体还是口头语体中。常用于书面语的词具有书面语体色彩，常用于口语中的词具有口头语体色彩。

①书面语体色彩

书面语体色彩词庄重典雅，用于较为正式的场合。例如：

　　给予　磋商　文案
　　弊端　沐浴　来宾
　　孤高　耿直　亵渎

②口头语体色彩

口语语体色彩词一般通俗易懂，常用于日常交际。例如：

　　乡下　脑袋　估摸
　　拉扯　劲头　开心
　　日头　辣子　馍馍

3. 联想义

词的联想义是指通过联想而产生的词的新意义。简单来说，就是词除了本身带有的意思之外，还会让人们联想到一些别的意思，这些意义总是和词语的概念意义联系在一起,但是又不属于词本身的意义。联想义常出现于某种语境中,它属于隐含的意义。例如,人们一提到"天安门",就自然而然地会联想到中国的首都北京。但是"北京"并不属于"天安门"的词义范围内,所以这些都属于词的联想义。

联想义是以经验为依据的。它因不同的文化而存在着差异,义项也有较多变化,所以属于开放系统。例如,"妇女"的联想义可以是"脆弱的""需要庇护的",也可以是"干练的"等。世界上其他民族的语言同样存在着联想义。例如,英语中的起重机 crane 原义是鹤,这完全是取二者之间的形似而给予命名的。命名的始因是联想,手法是比喻。有些词看来只是有比喻义而无本义,其实它们是由联想转为比喻而创造出来的。例如,"黑心"字面义为"黑色的心脏",实际上是用来比喻"人心的阴险狠毒"。

4. 社会义

词的社会义是指由于社会环境、时代背景、思想、职业、语言或方言等的不同而产生的意义。例如,在中国处于封建社会阶段的时期,"女性"的联想义之一是"柔弱",它的社会义之一是"地位低下,是男性的附庸"。通常情况下,词的社会义和联想义是相互交织在一起的。

(三)词义的解说

1. 概括要准确

解说词义有一个传统的方法,就是"字不离词,词不离句"。这种方法的好处是不脱离语言运用的实际,不脱离上下文。因为学习一篇文章,或者讲解一篇文章,是要把文章的内容弄懂,着重领会它的精神实质。搞清楚文章中一些词的词义,目的是理解全篇的内容。解说词义,当然不能脱离这样的目的。但是,这样解说词义,也要注意防止把词义解说得支离破碎。

(1)字不离词

字不离词是解说合成词的词义的方法。"字"指构成合成词的语素,分析语素,对理解合成词有时候很有帮助。例如,"举"单独作为一个词来用,是"向上托"的意思,还有"推选"的意思。但是,充当合成词语素的"举"还有一个"全"的意思,如"举国欢腾"里的"举国",是"全国"的意思。结合着"举国"等合成词,解说"举"是"全"的意义,既可以讲明"举"这个字的意义,又可以讲明用"举"构成的合成词的词义。需要注意的是,分析语素不能望文生义,解说要合乎科学。如果不注意准确地概括,单就字面进行解说,就会发生错误。

（2）词不离句

词不离句是结合上下文解说词义的方法。一个词只有在具体的上下文里才有明确的意义。离开上下文,就很难理解它准确的含义。当然,结合上下文,不脱离句子解说词义,也要防止另一种偏向,即把词义局限于某一具体的句子上,片面理解词义。比如,"国际主义"这个词,本来是"各国无产阶级、劳动人民在民族解放、消灭资本主义制度的斗争中互相支持,紧密团结在一起的思想"的意思,但由于这个词出现在"罗盛教烈士的国际主义精神与朝鲜人民共存"这句话中,联想到罗盛教是出国去抗美援朝的战士,就曾有人想当然地把"国际主义"的意义理解为"出国去援助别人"。这就是片面地理解词义。所以,必须注意词义概括的准确性。

2. 表达要明确

词义的解说,可以有详有略。不论怎样解说,表达都应该明确。比如,"思维"这个词,《新华字典》是这样解说的:思维,在表象、概念的基础上进行分析、综合、判断、推理等认识活动的过程。

一般解说,可以说得简单点。简单地说,思维就是动脑筋、进行思考,思想是动脑筋产生的结果。思维是人脑活动的能力,它是没有阶级性的,我们不能说"资产阶级的思维"和"无产阶级的思维"。这个词,在哲学词典里,一般要用很大的篇幅来解说,那就更详尽了。总之,我们解说词义,应该根据需要,力求简明扼要,避免烦琐。

二、词义的发展演变

（一）词义的扩大

词义的扩大有这样两种类型。

第一,词义扩大后,原来狭小的意义只保留在词的历史中,而在现行词中这个意义消失了,就是说旧义和新义不是并存的。例如:

江:在古代专指长江,后来泛指一切江流。

河:古代仅指黄河,现在泛指一切河流。

这两个词原是专有名词,后来成为普通名词了。

毛病:原来指恶马身上的旋毛,徐咸《马相书》称:"马旋毛者,善旋五,恶旋十四,所谓毛病,最为害者也。"现在泛指一切事物的缺点或不足之处。

中国：古代的意思是"国中"，相对四方而言，指我国中部，是中华民族的一部分疆土。《诗经·民劳》"惠此中国，以绥四方"。大意是：先把愿德加在周朝的京城地方，那才可以安定四方的诸侯。现在"中国"是指中华民族的全部疆土。

雌：原来指鸟之阴性者，后泛指一切生物之阴性者。

雄：原来指鸟之阳性者，后泛指一切生物之阳性者。

嘴：原来仅指鸟的口部，后来泛指动物（包括人）的口部，以及形状或作用像口的东西。

这种词义扩大，旧义虽然不再与新义并存，但是新义依然包括了旧义指称的事物，依然可以用新义去指称原来旧义指称的事物，只是不再局限于旧义的指称范围上罢了。这同后面要讲的词义的转移是不同的。

第二，词义扩大后，原来的意义和扩大后的新义并存，即一个词有几个相关联的意义，而它的确定的意义则靠一定的上下文或语言环境来决定。词义的扩大同人的认识能力不断走向高级阶段、思维日趋精密有密切关系，是人的思维发达的一种反映。

（二）词义的缩小

词义的缩小的演变过程及其结果，正好同词义的扩大相反。词义原来的指称范围比较广大，后来变得比较狭小了，这就是词义的缩小。例如：

金：原指一切金属："木受绳则直，金就砺则利，君子博学而日参省乎己，则知明而行无过矣。"（《荀子》）后来则专指金属中一种贵重的元素，"金、银、铜、铁、锡"。

丈夫：古代男子通称为"丈夫"，现在专指女性的配偶。

事故：古代指各种事情，现在专指意外的不幸的事。

丈人：古代指男性长老者，现在专指妻之父。

瓦：原指一切用土烧制成的器皿，现在只指用土烧制成的用来铺盖屋顶的建筑材料。

坟：原义可指一切高大的土堆，现在却专指坟墓。

臭：原义指一切的气味，现在专指坏味。

禽：原为飞禽走兽的总称，现在只指飞禽。

子：原义包括儿子和女儿，现在却只指称儿子一方。

勾当：原义可以指各种事情，现在专指坏事情。

事故：原义也是指各种事情，现在专指在生产上或工作上出现的意外的损失或灾祸。

以上例子,古代的词义指称的范围广大得多,而现在的词义所指称的范围则是古代词义很小的一个局部,这是很典型的词义的缩小。

(三)词义的转移

词义的转移是指词的意义所指称的对象由甲转换为乙。例如:

去:古代是"距离""离开"之意:"我以日始出时去人近,而日中时远也。"(《列子》)现在"去"的意思是"由甲地(对说话人是近处)向乙地的移动"。

走:古代是"跑"的意思:"宋人有耕者,田中有株,兔走触株,折颈而死,因释其耒而守株,冀复得兔。"(《韩非子》)现在"走"是指动物(包括人)的双脚交替缓行。

兵:古代是指兵器:"及至文、武,各当时而立法,因事而制礼。礼法以时而定,制令各顺其宜,兵甲器备,各便其用。"(《更法》)现在"兵"是指军人,战士。

权:原指秤锤,现指权利。

事:原指官吏,现指事情。

钱:原指一种农具,现在则指钱币。

斤:原指斧子一类的工具,现在则指十两为一斤,是重量单位。

精:原指上等的细米,现在则指经过提炼或挑选的和精华、完美等意义。

脚:原指小腿,现在则指人或动物的腿的下端,接触地面支持身体的部分。

书记:原指秘书,现在则指党团组织的负责人。

牺牲:古代统治阶级祭神用的牛、羊、猪等祭品:"牺牲玉帛,弗敢加也,必以信。"(《左传》)现在"牺牲"是指为了正义的目的舍弃自己的生命,或泛指放弃、损害一方的利益。

行李:古代指两国来往聘问的使者:"行李之往来,共(供)其乏困。"(《左传》)现在指外出携带的行装。

消息:古代指生长消灭或兴盛衰落:"日中则昃(昃,太阳西斜),月盈则食(蚀,亏缺),天地盈虚,与时消息。"(《易·丰》)现在指音讯、新闻。

就现有情况来看,造成词义转移的主要原因,还是词的义项发展变化的结果。例如,"年"原为"谷熟"的意思,后来引申出新义为"年月的年",

在发展过程中,它的原义逐渐消失了,从而形成了"年"的词义转移的情况。另外,由于假借的原因,也可以造成词义的转移。例如,"密"原义是指称"一种山",后假为"精密字",后来在使用的过程中,"密"的原义消失了,假借义"精密"却被普遍使用起来,结果形成了"密"的词义的转移。当然,现在"密"作为"精密"解的独立的词义已很少使用,它已逐渐转化为语素义了。

第三节　词汇的选用原则及意义选择

一、词汇的选用原则

无论是讲话还是写文章总是离不开选用词。所以,选用词汇具有重要意义,概括来说,在选用词汇时应遵循一定的原则,这些原则主要包括以下几方面。

(一)用词要表达简洁

用词做到表达简洁,这句话的意思是说在写文章和讲话中没有多余的无用的词。《史记·吕不韦列传》说,吕不韦主持门下食客编著了一部《吕氏春秋》,并把它公布在咸阳市门,请过往诸侯游士宾客增删,有能增损一字者给千金重赏,以此来显示《吕氏春秋》用词的精当。这样的做法显然有些夸张,但从中可以得到重要启示,即无论是说话还是写文章,都要做到用词简洁。下面举一些用词不简洁的例句。

(1)你应该改掉这些坏习惯。

(2)她太热了,于是用手从头上摘下自己的帽子不断扇着。

(3)她太胖了,她决定开始从头到脚减肥。

(4)他有着远大的、崇高的、令人羡慕的理想。

(5)他的妈妈去世离现在已经九年了。

(6)谁知这次分手,竟是他们最后的永诀。

(7)她的孩子非常喜欢这个美丽的、年轻的、二十几岁的老师。

(二)用词要表达准确

用词做到表达准确,是指我们说话写文章所使用的词,对于打算表达的意思来说要是最恰当的,表现力最充分的。词离开具体的表达需要,本无准确不准确的问题,所以我们使用词,要从表达需要这个实际出发。讲话写文章的目的,按照最通常的说法是为了表情达意。人们都希望自己的文章、讲话能够得到读者、听者的赞赏。而要取得这样理想的效果,一个重要条件就是用词要合乎表达准确的原则。概括来说,要想取得表达准确的效果,必须要做到以下几点。

1. 用词要做到概念准确明晰

用词要做到概念准确明晰,如北宋王安石有一首绝句《泊船瓜洲》:

京口瓜洲一水间,

钟山只隔数重山。

春风又绿江南岸,

明月何时照我还?

当时有人从他的草稿中发现,"春风又绿江南岸"一句中的"绿"字,曾先后写了"到""过""入""满"等十来个字,最后才定为"绿"字。这个"绿"字确实比改掉的其他字都好,准确地描绘出了诗的意境,不仅点染出了江南的富有魅力的春色,而且映现出了万物复苏、生机盎然那种春的活力。再如:

（1）但我是向来不爱放风筝的,不但不爱,并且嫌恶它,因为我知道这是没有出息孩子所能的玩艺。

（2）但我是向来不爱放风筝的,不但不爱,并且嫌恶它,因为我以为这是没有出息孩子所能的玩艺。

以上两句话,引自鲁迅的《风筝》一文,（1）是初稿,（2）是改定稿。（2）将（1）中的"知道"改为了"以为",因为"知道"一词的意思是说"对于事实或道理有认识",而鲁迅在上面那句话中想要表达的意思,是说他当年的一种与童心不同的个人好恶,那么既然是个人好恶,自然可能会与其他人的观点不一样,所以要想表达这个意思,用"以为"就比"知道"要准确很多。又如:

（1）那坐在后面发笑的是上年不及格的落第生,在校已经一年,故颇为熟悉的了。

（2）那坐在后面发笑的是上学年不及格的留级生,在校已经一年,故颇为熟悉的了。

以上例句引自鲁迅的《藤野先生》一文,句（1）是原稿,句（2）是改定稿。句（1）有两处用词在概念上模糊,即"年"和"落第生",经过鲁迅琢磨推敲,"年"改为"学年","落第生"改为"留级生",改用的这两个词就清晰准确了。

首先,"年"是自然时间的单位,而"学年"是学校教学时间的单位,从秋季开学到次年暑假前,或从春季开学到次年寒假前,所经历的这段教学时间为一学年。就这两个词的含义和概念看,它们是有明显差别的,不能混淆。

其次,"落第"是科举时代应试未中的意思,后来泛指升学、招聘、竞赛考试未被录取或榜上无名,"落第生"就是未被录取的考生。句(1)中写到的那个"坐在后面发笑"的学生,作者的本意是说这个学生在上一学年的考试成绩不合格,因而没有资格升入高年级。用"落第生"来表达这个本意,显然也是不妥的,改用"留级生"这个词,不仅合乎大家习惯的说法,而且也准确了。

2. 用词要注意语体的特点

用词注意语体的特点是用词做到表达准确的一个重要方面,因为有相当一部分词的词义,本身就含有语体特点的因素。

首先,口语体和书面语体在用词方面有通俗和文雅的差别。同是口语体,日常社会生活的口语和涉外场合的口语,在用词方面也不尽一致,前者灵便自若,后者严谨庄重。

其次,同是书面语体,由于文体形式有各种不同类型,在用词方面也就随之显示出不同的特点。表述法规、党的路线方针政策、政府工作报告、外交事宜的各种正式文稿,在用词方面就具有高度的准确、概括、精密以及庄重严肃又通达显豁的特点。各种小说、诗歌、散文等文学作品在用词方面准确的前提下,又具有具体、形象、生动、活泼的特点。例如,《红楼梦》九十六回写到林黛玉听说贾宝玉、薛宝钗定亲这个不快消息时的心情是这样的:那黛玉此时心里,竟是油儿、酱儿、糖儿、醋儿倒在一处的一般,甜、苦、酸、咸,竟说不上什么味儿来了。曹雪芹完全没有用"痛苦""难受"一类对于文学作品说显得平庸、概念化的词语,而精心选择了表示味觉印象的一些词,又用了"倒在一处"的词组,使几个具有味觉印象的词的含义顿然又得升华。文艺作品的用词如果和法规一类文稿的用词一样,那么这样的文艺作品大概就不会有什么读者了;相反,法规一类的文稿的用词如果像文艺作品的用词那样五花十色、千姿百态,那么也难免会让人们觉得莫名其妙,甚至啼笑皆非。

(三)用词要做到表达明白易懂

概括来说,用词做到表达明白易懂,需要做到以下几点。

1. 要注意多用生动活泼的口语词

不要误以为写文章非要用上一些文绉绉的"高明词"，这是一种极幼稚的想法。讲话写文章，其实就是在同别人谈心、交流思想，既然这样，就应该"明白如话"，老老实实地说出来、写出来。

2. 口语词和书面语词本是相辅相成的，写文章确实需要使用书面语词

应该注意的问题是，一要自己先弄明白某些书面语词的意思，自己似懂非懂，别人看起来肯定是糊涂的，二要少用或不用生僻词。鲁迅在《作文秘诀》一文中批评了三十年代上海一些反动资产阶级文人复古倒退的行径，说他们写文章故意从故纸堆中挖出一些艰涩冷僻的古词语，卖弄自己。比如，作文论秦朝事，放着"秦始皇开始烧书"这样明明白白的话不说，偏要写作"始皇始焚书"，进而再改为"政俶燔典"（政，秦始皇姓嬴，名政；俶，开始；燔，焚烧；典，典籍），使人难以看懂，才善罢甘休。鲁迅当年批评的这种坏现象，在今天也是值得我们重视的。

二、词汇的意义选择

在语言具体的运用中，选词在意义方面有以下几点要求。

（一）简练

简练是指用词不重复啰唆，干脆利落。思路不清晰，不了解词的意义及语法、语用特点，都会造成语言的重复。例如：
　　（1）他长得非常酷似他的父亲。
　　（2）刘芳对待自己的工作很认认真真、勤勤恳恳。
　　（3）他们的工资里包括上下班的车贴、餐费。

以上三个例子都存在重复啰唆的问题，第一个例子中的"酷似"本身就含有程度高的意思，所以不需要再加上"非常"了；第二个例子中的形容词"认认真真""勤勤恳恳"重叠之后也含有程度高之义，所以在它们前面再加上"很"等程度副词就会造成语义重复；第三个例子中"车贴"一词的意思就是"职工上下班的交通补贴"，所以不需要再加限定语"上下班的"了。

留学生们在学习汉语的过程中也常会犯重复啰唆的错误。例如：
　　（1）她喜爱的爱好是插花。
　　（2）我非常很喜欢小猫。

（3）这两个事物之间有着非常紧密和密切的联系。

（4）小的时候，我经常被别人欺负，每次回到家，爷爷看见了，他会一边安慰我，一边教我打架应该怎么打。

（5）我非常期待等您的回信。

（6）我先介绍一下我自己的简历。

（7）我的女儿非常像我的好处，脾气很好。

以上例子中都存在啰唆的语病，应该将其改为：

（1）她的爱好是插花。

（2）我非常喜欢小猫。

（3）这两个事物之间有着非常紧密的联系。

（4）小的时候，我经常被别人欺负，每次回到家，爷爷看见了，他会一边安慰我，一边教我应该怎么打架。

（5）我非常期待您的回信。

（6）我先介绍一下我自己。

（7）我的女儿非常像我，脾气很好。

需要注意的是，选词造句时一方面得注意不能重复啰唆，另一方面也不能因为过分地追求简练而影响了意义的准确表达。例如：

（1）在老师的指导下，顺利完成实验。

（2）她是个既勇敢又聪明的。

以下两个例子就是因为过于简练而对表达意思造成了障碍，应该改为：

（1）在老师的指导下，她顺利完成实验。

（2）她是个既勇敢又聪明的小女孩。

（二）确切

确切是指所用词语能够恰当地描写客观事物，表达思想感情，也就是能够通过准确的形式来正确表达内容。我国文学作品中都很重视词语选用的准确性。例如：

巡警：我给你挡住了一场大祸！他们一进来呀，你就全完，连一个茶碗也剩不下！

王利发：我永远忘不了您这点好处！

巡警：可是为这点功劳，你不得另有份意思吗？

（《茶馆》）

这段话说的是一些士兵跑进王利发的茶馆要钱，巡警从中调解，最后王利发给了士兵们一些钱，然后士兵才离开的事情。对于这件事，王利发用的是"好处"一词，分量比较轻，他认为帮忙从中调解是巡警分内的事情，并不是他们帮了自己多大的忙，所以对于巡警，只要表示一下就可以了。而巡警并不这样认为，他用了"功劳"一词，认为如果没有自己，那么王利发就会吃大亏，整个茶馆都可能完蛋，所以王利发应该非常感谢自己才对，应该给自己更多的钱才对。从这两个词中也可以看出人物不同的心理状态，准确地表达了人物的性格特点。

留学生们因为各种原因，在课堂练习、写作文的过程中常常犯一些用词不确切的错误。例如：

（1）我上学每次取得好成绩，妈妈都会奖励给我动漫本。

（2）白天我和妹妹去上学，爸爸妈妈去上班，我们全家人要到夜黑才能团聚。

（3）我们一言说定，不能反悔。

（4）她对来这里参观的每个人都很热闹。

（5）我们都很怕总经理，他性格严格，很少说话。

（6）她这次去国外，除了旅游外，还要学习了外语。

（7）我们班有很多人种，如美国人、英国人和韩国人。

（8）我知道奥林匹克公园从这里不太远，但是我还没有去过。

（9）有时候我把我的照片送给我的家看。

（10）我和杰克、丽丽、罗西大家是四个人。

以上十个例句中都没有达到表意确切的要求。应该改成：

（1）我上学每次取得好成绩，妈妈都会奖励给我动漫书。

（2）白天我和妹妹去上学，爸爸妈妈去上班，我们全家人要到天黑才能团聚。

（3）我们一言为定，不能反悔。

（4）她对来这里参观的每个人都很热情。

（5）我们都很怕总经理，他很严肃，很少说话。

（6）她这次去国外，除了旅游外，还要学习外语。

（7）我们班有很多外国人，如美国人、英国人和韩国人。

（8）我知道奥林匹克公园离这里不太远，但是我还没有去过。

（9）有时候我把我的照片送给我的家人看。

（10）我和杰克、丽丽、罗西一共是四个人。

（三）生动

生动指的是用语言文字反映生活和描写人物时，能够做到细腻和灵活，具有真实感，能够唤起读者的形象感，给人留下深刻的印象。具体来说，要做到生动，必须要从以下几方面着手。

1. 选用比较华丽并且描写性强的词语

我国的文学作品中非常重视形象的描绘，以使读者能够有身临其境的感觉。例如，诗人用"五月榴花红似火"描绘炎炎夏日；用"吹面不寒杨柳风"描写融融春意；用"千里冰封，万里雪飘"描写银装素裹的冬日；用"碧云天，黄花地，西风紧，北雁南飞"描摹神清气爽的秋景；用"天苍苍，野茫茫，风吹草低见牛羊"描写北方草原的辽阔；用"黄鹤一去不复返，白云千载空悠悠"刻画出黄鹤楼的苍凉；用"两岸猿声啼不住，轻舟已过万重山"刻画三峡的雄伟；用"水光潋滟晴方好，山色空蒙雨亦奇"描写西湖的妩媚。

2. 选用一些动作性强的词语

每个人的所作所为都是自身性格的具体体现，在写作过程中如果能够选用一些动作性强的词汇，注意对人物的细致描写，那么就能使人物形象生动，栩栩如生。例如：

> 轮到一位穿红毛线衣的同学跳了，只见她仔细地量好脚步后，在班主任的鼓励下，飞一般冲出了起点。她跑得快极了，简直就像一支离弦的箭一般。在身体即将撞到竹竿的一刹那，她猛地向上一跃，一只脚先跨过了竹竿，另一只脚由于用力过猛，收得晚了些，稍稍地碰了一下竹竿，我的心一下子提到了嗓子眼，好险啊！竹竿在架子上跳动了两下，总算没有落下来。一块悬到了半空中的石头终于落了地，刚才竹竿即将掉下来时，人群中曾发出"唉呀，糟糕"的惋惜声，现在却变成了"真险啊"！的惊叹声。

以上这段文字是对跳高比赛的一段描写，在这段描写中，运用了一些动作性极强的词语，将那位穿红毛线衣同学跳高的一系列动作清楚地描绘了出来，使读者身临其境，仿佛亲眼看到了这场精彩的比赛。

3. 选用一些比拟性的说法

除了以上两点外，还可以根据语境适当地选用一些比拟性的说法，这

样会给人一种形象的感觉,能够为自己的作品增色不少。例如,以下的新闻标题:

京城"会虫子"赶场忙
————穿得好说得少蹭顿饭领红包

以上例子中的主标题用"会虫子"来巧妙比喻那些假借开会之机来捞取好处的人,副题四个简明的短语,概括精练,形象生动。

第三章　汉语言文学理论的多角度透视

　　文学观念就是对文学的看法，是对"文学是什么"的回答。文学观念属于历史的范畴，它是流动着的、变化着的，世界上没有一种文学观念是永恒不变的。例如，刘勰和亚里士多德属于不同的民族、处于不同的时代，就有不同的文学观念。本章将从多个维度研究汉语文学理论的基础知识点。

第一节　文学与文学理论

一、文学

　　文学是一种广延性很强的事物，涉及面很宽。因此，我们任意变换一个视点，就会有一个新的文学观念。在本书中，我们把文学理解为人的一种精神活动，并寻找一个必要的坐标，大致回顾历史上曾产生过的几种主要的文学观念，在此基础上，提出我们的文学观念。

　　我们认为真正意义上的文学是人类的一种精神活动。文学的完整活动必须考虑到作家、生活、作品、读者以及这几个方面的联系。如果从这个角度看，那么美国学者艾布拉姆斯（M. H. Abrams）的广为流传的文学"四要素"理论就比较值得我们重视。艾布拉姆斯说：每一件艺术品总要涉及四个要点，几乎所有的力求周密的理论总会在大体上对这四个要素加以区别，使人一目了然。第一要素是作品，即艺术作品本身。由于作品是人为的产品，所以第二个共同要素便是生产者，即艺术家。第三，一般认为作品总得有一个直接或间接导源于现实事物的主题——总会涉及、表现、反映某种客观状况或者与此有关的东西。这第三个要素便可以认为是由人物和行动、思想和情感、物质和事件或者超越感觉的本质所构成，常常用"自然"这个通用的词来表示，我们却不妨换用一个含义更广的中性词——世界。最后一个要素是欣赏者，即听众、观众、读者。作品为他们而写，或至少会引起他们的关注。

艾布拉姆斯认为文学活动应包括作品、作家、世界和读者四个要素。实在说来，把文学活动分为四个要素并不是什么高深的理论，稍有文学常识的人都是可以了解的。艾布拉姆斯的艺术"四要素"理论并不复杂，但却把文学活动的要素及其联系揭示得很清楚，一切文学作品都有源泉，这就是生活，即上图的"世界"，也即刘勰所说的"自然"，亚里士多德所说的"行动中的人"。生活要经过作家的艺术加工改造，这样才能创造出具有意义的文本，这就是"作品"。如果把文本束之高阁，不跟读者见面，也还不能构成完整的文学活动，所以读者也是文学活动中重要的一环。文学活动是以作品为中心所展开的活动，这就是艾布拉姆斯关于文学"四要素"的见解。这种看法对我们是具有启示性的。[①]

二、文学理论

研究文学及其规律的学科统称为文艺学。文艺学这个学科名称是1949 年中华人民共和国成立以后从俄文翻译过来的，实际上正确的名称应是文学学。文学是一种多维的、复杂的、广延性极强的事物。文艺学作为对文学这一事物的完整的研究，也应该是一个复杂的系统，即由若干相互联系但又具有不同科学形态的分支构成的知识体系。

不过无论在中国还是在西方的一些国家，最早研究文学的科学都叫"诗学""诗论"，即以对文学中最早发生的诗歌这一体裁的研究来统领对整个文学的研究，实际上是以部分代替整体。这无疑是有缺憾的。直到19 世纪，整个文学研究也还基本上处于笼统的未分化的状态，各种不同的文学研究，在范围、对象、任务、功能上并无太大的区别。20 世纪以来，各门学科得到迅速发展，分工更具体、明确，这不能不影响到文学学科的发展；再加之文学实践的需要，文学研究视角、方法的多样化及其成熟，文艺学终于形成了若干相互独立又相互联系的分支，而严格意义上的文学理论才作为文艺学的一个独立分支得以成立。

目前，国内外文学理论界一般把文艺学区分为文学理论、文学批评和文学史三个分支，这三个分支在研究的范围、对象、任务、功能上都有所不

---

① 童庆炳 . 文学理论新编 [M].北京：北京师范大学出版社，2010.

同。美国当代著名学者韦勒克(Wellek)与沃伦(Austin Warren)说：在文学"本体"的研究范围内，对文学理论、文学批评和文学史三者加以区别显然是最重要的。韦勒克和沃伦的上述意见是恰当的。不过在这里我们要做一点补充。文艺学所包括的三个分支虽然各有其独特的研究范围、对象、任务和功能，但又是互相联系、互相渗透、互相作用的，并不是截然分开。文学理论要以文学史所提供的大量材料和文学批评实践所取得的成果为基础。如果文学理论不根植于具体文学作品的分析和文学发展历史的研究，文学理论所概括的文学基本原理、概念、范畴和方法，也就成了"空中楼阁"，失去了存在的依据。反过来，文学史、文学批评又必须以文学理论所阐明的基本原理、概念、范畴和方法为指导，离开这种指导，文学史、文学批评就失去了活的灵魂，成为一堆混乱的材料的堆砌和随心所欲的感想的拼凑。

通过以上叙述，我们对文学理论的学科归属有了一个总的概念：文学理论是文艺学中三个分支之一，它与其他分支有极其密切的联系，它通过对文学问题的审视，侧重于研究文学中带一般性的普遍的规律，它力图指导、制约其他分支的研究，但它本身又必须建立在对特殊的具体的作品、作家和文学现象的研究基础上。

第二节　文学与语言

一、语言是文学的第一要素

人们常说文学是语言的艺术，语言是文学的第一要素。最早对语言做出如此明确定位的人是高尔基，他说：文学的第一个要素是语言。语言是文学的主要工具，它和各种事实、生活现象一起，构成了文学的材料。由此可以看出，高尔基虽然强调了语言对于文学的重要性，但他实际上是一个"工具"论者，他对语言的重视依然局限于"工具"论的思维框架中。所谓工具论，即认为语言只是一种"形式""工具""媒介""载体"，它的功能在于表达生活和情感的内容，内容具有"优先权"，而包括语言在内的形式则处于被内容决定的位置。

语言工具论有其合理的一面，因为语言是思想情感的物质外壳，没有语言的固定，思想与情感依然处于原生状态当中，散乱一片。而只有通过语言，才能为思想情感赋形。但是，也必须指出，由于语言工具论过分强调了语言的从属地位,致使许多现象无法得到充分解释。比如,当人们谈到理性内容或思想情感对于语言具有绝对的优势时,可能会遭遇这样的追问:人们在思维的时候需要不需要语言?如果不存在没有语言的思维活动,那么语言在思想被表达之前就已经参与了思维活动。因为有了语言,才有了思维过程;因为有了思维过程,也才有了思想的成果。"工具"论者更多地看到了思想的结果需要借助语言,而没有看到思想的过程同样需要依靠语言。而一旦意识到语言参与甚至塑造了思想,语言工具论的偏颇也就暴露出来了,人们也就需要对语言重新认识。

二、文学语言是人们把握世界的一种方式

正是意识到语言工具论的缺陷,语言本体论开始浮出水面。自从有了索绪尔(Ferdinand de Saussure)对"语言"(language)和"言语"(parole)的区分后,人们对语言的看法发生了很大的变化。杰姆逊(Fredric Jameson)指出:在过去的语言学中,或是在我们的日常生活中,有一个观念,以为我们能够掌握自己的语言。语言是工具,人则是语言的中心,但现代语言学正是在这个意义上成为一场哥白尼式的革命。……结构主义宣布,说话的主体并非控制着语言,语言是一个独立的体系,"我"只是语言体系的一部分,是语言说我,而不是我说语言。正是由于结构主义语言学对语言的高度重视和强调,语言获得了前所未有的殊荣,语言也因此上升到"本体"的地位。

那么,从本体论的角度为语言定位有无道理呢?回答依然是肯定的。从某种意义上说,人是在不断地与自身打交道而不是在应付事物本身。他使自己被包围在语言的形式、艺术的想像、神话的符号以及宗教的仪式之中,以致除非凭借这些人为媒介物的中介,他就不能看见或认识任何东西。这种说法与"语言是存在的家"(海德格尔),"想象一种语言意味着想象一种生活方式","我的语言的界限意谓我的世界的界限"(维特根斯坦)等断言有异曲同工之妙。当维特根斯坦从"生活方式""世界的界限"等方面来思考语言的问题时,他的论述应该说是非常精湛的。因此,我们也可以设想,一个只会说方言的人,他的世界的界限不会超出他的家乡之外,一个掌握了一门外语的人,他的世界会比一个没有掌握外语的人的世界大许多,他拥有了与那种语言相配套的思维方式、感觉方式和生活方式。而在卡西尔看来,语言则是人们认识事物的中介,有了某种语言,也就有了某种现实,也有了人们对这种现实的感觉和认知。

　　既然语言在本体论者的眼中如此重要,那么从本体论的角度看,语言与文学的连接点又在哪里呢? 本体论者认为,语言是人们把握世界的一种方式,文学语言就是人们审美地把握世界的一种方式。在生活中,我们拥有了新的语词或新的语词的组合,表明了我们对生活的一种新的姿态,它或者意味着一种旧的生活方式的结束,或者意味着一种新的生活方式的开始。在文学世界中,新的语词、新的句式和新的表达不断出现,世界的边界由此得到拓展。作家使用了一种新语言,意味着一种新的审美经验的诞生,意味着一种新的审美天地的营造。读者接触到这种语言,也意味着接触到一个崭新的世界。正是在这一意义上,我们可以说语言是存在的家园,语言也是文学的家园。

　　然而,正如语言工具论有其缺陷一样,语言本体论也有其片面性。如果说工具论没有看到文学作品中语言的特殊性,把文学语言与其他领域的语言混为一谈,那么“本体”论则过分夸大文学语言的诗性特征,而没有看到文学语言与其他领域中的语言的共同性,即任何文学语言都是建立在日常语言的基础上的,它不是文学家造出来的另一类语言。

第三节　文学与审美

　　人们常说,文学是语言的艺术。“艺术”这个特征,一方面将文学与其他以语言为媒介的文类区别开来,另一方面又将文学与其他非语言媒介的“艺术”门类联系起来。如果从“艺术”这个角度看,文学与音乐、绘画、舞蹈、戏剧、影视艺术等都具有一个基本的特征——审美,它们都属于康德所说的“美的艺术”。

一、中国文学的审美化历史

　　中国古代表示文学作品的概念是“文”和“文章”,用“文学”指代现代意义上的“文学作品”,是在西方现代文学观念输入中国后才流行开来的。中国传统语境中的“文学”一词,最初是指关于文献典籍的学问,如孔门弟子按专长分为四类:“德行:颜渊、闵子骞、冉伯牛、仲弓;言语:宰我、子贡;政事:冉有、季路;文学:子游、子夏。”(《论语·先进》)随着

"文"内涵的不断分化，"文学"的外延也逐渐缩小。南朝宋文帝设立"文学""儒学""玄学""史学""四学"，这里的"文学"已经类似于现在所说的"文学理论"，而"文"则接近现在所说的"文学作品"。

"文"本义指花纹、图案，含有审美因素。孔子称"言之无文，行而不远""质胜文则野，文胜质则史"，这里的"文"也有审美意味在内，但还是对所有言语写作甚至文学制度的共同要求。直到汉代，人们对"文"的评价重点仍然放在伦理观念和作者人格方面，属于道德批评而不是审美批评，如刘安、班固、扬雄、王逸等人对《楚辞》的批评。魏晋时期，由于社会的大动荡和思想的大解放，诗歌辞赋中的抒情性愈来愈浓，人们对诗赋的表达形式也积累了愈来愈多的经验，文体分化愈来愈细，各类文体的功能愈来愈专。此时出现了很多论述文体的专著，如挚虞的《文章流别论》、陆机的《文赋》、刘勰的《文心雕龙》等。《文赋》言："诗缘情而绮靡，赋体物而浏亮。"对诗赋的审美特征做了比较简洁精当的描述。在研究各种文体特性的过程中产生的"文笔论"和"声律论"，集中反映了当时文学家和理论家对文学审美性的认识。他们一般把内容以抒情为主、句式以骈偶为主、行文押韵的文章称为"文"，而将那些说明事义、散行句式、不带押韵的文章称为"笔"。《文心雕龙·总术》总结当时流行的对"文""笔"的看法说："今之常言，有文有笔；以为无韵者文也，有韵者笔也。"这里的区分标准仅仅是押韵与否，比较单一。萧统《文选·序》提出以"事出于沉思，义归于翰藻"作为选文的依据，既要求情感的深沉，又要求辞藻的丰赡，标准比较全面。梁元帝萧绎在《金楼子·立言》中将当时的学者分为儒、学、文、笔四种，认为："屈原、宋玉、枚乘、长卿之徒，止于辞赋，则谓之文。"又说："至如不便为诗如阎纂，善为章奏如柏松，若此之流，泛谓之笔。吟咏风谣，流连哀思者，谓之文。"他在文体中强调辞赋，在表达上强调声律（吟咏），在内容上强调深情（哀思），在功用上不以实用为目的，倾向性更加鲜明。萧子显也称："文章者，盖情性之风标，神明之律吕也。蕴思含毫，游心内运，放言落纸，气韵天成；莫不禀以生灵，迁乎爱嗜。"（《南齐书·文学传序》）

声律论的代表人物沈约主张："夫五色相宜，八音协畅，由乎玄黄律吕，各适物宜。欲使宫羽相变，低昂舛节，若前有浮声，则后须切响。一简之内，音韵尽殊；两句之中，轻重悉异。妙达此旨，始可言文。"将声律要求视为"文"的基本特征。除此之外，当时刘勰还提出了"物以情观，情以物兴""情往似赠，兴来如答""物有尽而情有余"等抒情理论，钟嵘也对五言诗的审美特征做了全面的描述，提出了"滋味说"。综合这些观点可以看出，人们逐渐把以诗赋为主的文章从纷杂繁多的实用文体中突出出来,强调抒发个人的真挚情感,追求声调、节奏、韵律之美。

此后,魏晋出现的这些关于文学审美特性的基本概念和命题不断丰富发展,人们对文学审美的认识不断深入。唐代殷璠的"兴象说"、皎然的"诗境说"、司空图的"诗味说",宋代严羽的"以禅喻诗说",明代公安三袁的"性灵说"、汤显祖的"唯情说"、李贽的"童心说",清代王夫之的"情景说"、叶燮的"理事情说"、王世禛的"神韵说"等,都体现了对文学审美规律的坚持。清末王国维等人引入西方现代美学思想,在与中国传统文学观念互相参照、融合的基础上形成了"境界论",提出"有真景物真感情者,谓之有境界"等美学命题。鲁迅在《摩罗诗力说》一文中推崇西方现代浪漫主义诗人的美学风格和美学观念,提倡文学艺术的"无用之用"。这些都标志着对文学审美性质的认识由传统走向现代。稍后的朱光潜、宗白华、钱锺书等人都站在中西美学的交会点上对文学和艺术的审美性做了系统的阐释。

二、文学审美性在文学作品中的表现形式

(一)文学反映的是人与世界的审美关系

审美关系是人与世界的价值关系中的一种,即以一棵古松为例:古松与人类的实用关系是在人类长期的建筑和家具制造的实践中形成的,在这种关系中,古松的木质的疏松、纹理的粗细、色泽的深浅等属性引起人们最高度的关注。古松与人类的认识关系是在人类对这个物种特征的观察、分析、研究中形成的,在这种关系中,古松的性状、构造、关系、归属等生物学属性受到人们的特别注意。古松与人类的审美关系则是在人类对自然的长期审美活动和艺术活动中形成的,在这种关系中,古松苍劲挺拔的枝干和青翠清疏的松叶所构成的一个生气贯注的完整的生命形象即古松的审美属性占据了人们的全部意识。

在长期社会历史实践中,人类与世界间建立了多种价值关系,包括实用价值、认识价值、道德价值、政治价值、宗教价值、审美价值等。文学所反映的主要是人与世界的审美价值关系,体现的是社会生活的审美价值。当然,文学所反映的人与世界的审美价值关系不是一种孤立的存在。

审美价值与非审美价值是辩证统一的:一方面,对审美价值的获得往往与对其他价值的拥有相互矛盾,如对实用价值和认识价值的追求会抑制甚至破坏审美价值,对政治价值的过分强调也会导致对审美价值的忽视和贬低。另一方面,审美价值永远和世界的其他价值内在地联系在一

起,审美关系和人与世界的其他关系永远是共生的,它们相互渗透,相互依存。审美价值不是一种抽象的存在,它总是具体体现在社会生活的各个方面。现实的审美价值具有一种溶解和综合的特性,可以把认识价值、道德价值、政治价值、宗教价值等都溶解于其中,综合于其中。

因此,我们在文学作品中看到的实际情形是,文学艺术不但不排斥非审美价值,相反,总是将非审美的认识因素、道德因素、政治因素以及宗教因素交融在一起,使之成为文学审美对象的一个有机的组成部分。文学作品中的审美因素总是以一种独特的方式凝聚起政治、道德、认识等各种信息。在审美价值与认识价值、政治价值、道德价值、宗教价值的关系上,一方面不要走向唯美主义,唯美主义主张文学作品的美仅仅在于作品的形式,如色彩、节奏、韵律等,轻视文学对认识、政治、道德等社会生活的反映,将审美与认识、道德、政治割裂开来;另一方面也不赞成单一的认识论观点,这种观点片面地强调文学作品的认识价值、道德价值和政治价值,往往使文学作品成为某种政治观念图解、道德说教甚至变相的社会学著作。上述两种偏颇在中外文学史上都曾经多次出现,甚至给文学自身的发展造成了很大的干扰和破坏。

（二）文学作品的审美性

审美性是文学艺术的特质,它与文学中的其他因素如认识、政治、道德等不即不离,但是又不等同于这些因素本身。缺少了审美性,文学作品就成了一些人事景物的堆砌;有了它,即使是那些庸常丑怪的事物也会产生艺术魅力。可以借用"格式塔"心理学派的术语"格式塔质"来命名文学作品的这种审美特质。格式塔质不是事物各种成分的性质的简单相加,也不同于其中的任何一个因素的性质,而是一种超越于各个组成因素的、具有整体性的性质。

如果以音乐为例,那么格式塔质不是那些单个的音符,甚至也不是节奏或旋律,而是节奏与旋律之上的"音乐"。如果以绘画为例,那么格式塔质不是那些线条与色块,也不是构图与物体,而是构图与物体之上的"画面"。文学作品中的格式塔质也是这样,它不是作品的具体题材,也不是传达的媒介——语言,它是中国古人欣赏的"气""神""韵""境""味"以及"象外之象""景外之景""言外之意""韵外之致",它是西方文学家、文论家推崇的"诗意"和"文学性"。有了它,诗也是诗,小说也是诗,戏剧也是诗,散文也是诗,甚至哲学著作、历史著作中也有诗。

还可借用一个物理学名词把文学的格式塔质称为"文学审美场","场"不是单纯的物质,也不是单纯的能量,它是物质与能量的结合体。场不是某个孤立的物体所能产生的,反映的是世界的整体联系、宇宙的整体联系。它存在于每一个物体之中、之间、之内、之外。文学审美场正是文学艺术的整体结构关系中所生成的新质。当人们面对一部文学作品,可以循迹找到创造、反映、表现、再现、心理、社会、评价、道德、游戏、语言等诸多因素,但却找不到"文学审美场"。它在有无之间、虚实之间。意大利美学家克罗齐(Benedetto Croce)把艺术的这种审美整体质称为"直觉品",把艺术的这种审美整合功能称为"混化"。他认为,在直觉品中,一切元素要素都是混化的:混化在直觉品里的概念,就其已混化而言,就已不复是概念,因为它们已失去一切独立和自主……放在悲喜剧人物口中的哲学格言并不在那里显出概念的功用,而是在那里显出表现人物特性的功用。同理,画的面孔上一点红,在那里并不代表物理学家的红色,而是画像的一个表示特性的元素。反之,如果这种"混化"即审美化的功夫不够,文学作品中的知识就会成为卖弄,文学作品就会成为变相的医药手册、园艺手册、游戏手册、旅游手册……

文学审美场不仅关系到文学文本的构成,而且关系到文本的接收。文学审美场不是某种静止的东西,它是活生生的现实效果,生成于文学文本与作家心灵、文学文本与读者心灵的相互作用。文学审美场是不断流动变化的感应,随着文学文本的内在语境和外在语境的变动而不断更新。

第四章 汉语言文学中的诗词分析

诗歌是人类最古老、最自然也是最普遍的一种表达方式之一，无论一个民族多么弱小、多么落后，它都拥有感人的甚至是庞大的诗歌宝库。中国的古诗词以其悠久的历史、精妙的用词和深远的意境而著称于世，是中国语言文化的精华所在。

第一节 古诗词基本理论

一、诗歌起源论

（一）诗歌起源于生产劳动

远古歌谣是对文学艺术起源于生产劳动这一马克思主义文艺观的最好解释。原始人在其劳动的过程中，在筋力的张弛和工具运用的配合下，自然地发出劳动的呼声。这种呼声具有一定的高低起伏和时间停顿，或者重复而无变化，或者变化而有规律，这样就产生了节奏。节奏是诗歌构成的基本要素之一，是各种音响按作者的意志进行长短强弱的组合，是诗歌的重要表现手段。恩格斯在《劳动在从猿到人转变过程中的作用》里，对劳动创造语言、劳动创造思维、劳动创造文学艺术做了科学的说明。劳动促进了人类大脑的发达，促进了人与猿的分离，从而使人类摆脱了猿类而成为具有高级思维能力的动物。同样，语言也促进了人类劳动的文明化，在劳动过程中一起着减轻强度、减少疲劳、协调动作、增加愉悦的作用。例如，《淮南子·道应训》说："今夫举大木者，前呼邪许，后亦应之，此举重劝力之歌也。"所谓"举重劝力之歌"，就是指人们集体劳动时，一唱一和，借以调整动作、减轻疲劳、加强工作效率的呼声。举重时是这样，从事其他劳动或社会工作时也是这样。《礼记·檀弓》说："邻有丧，舂不相"；"人喜则斯陶，陶斯咏，咏斯犹，犹斯舞。"就是说在舂碓时发出呼声，在喜乐时且呼且舞。再从现实生活来看，纤夫拉纤时发出的号子声，建筑工人打夯时发出的呼喊声，伐木工人搬运木材时发出的短歌声，都是集体劳动的产物，音调和谐而有节奏。从这里我们可以明显感受到劳动与诗歌的密切关系，并证明了文学艺术起源于劳动生产这一科学论断的正确性。①

皇甫谧《帝王世纪》里所载《击壤歌》云："吾日出而作，日入而息。凿井而饮，耕田而食。帝何力于我哉？"说是尧帝时一个八十岁的老人所唱的歌。我们且不论这首诗是否产生在尧帝时代，但它所表现的的确是远古社会快乐的自由的劳动生活，是对劳动的赞美，是劳动达到极致时自然而然发出的愉悦歌声。同样，人们在生产劳动中还扩大了社会接触面，产生了爱情，通过歌唱来表达对爱情的渴望和对爱情生活的颂扬。历史传说中大禹治水十九年，三过家门而不入，他的恋人涂山氏唱出了人类历史上第一首短歌："候人兮猗！"《易经·归妹上六》说："女承筐，无实。士刲羊，无血。"前一首是篇凄美的短诗，后一首是篇有情有景的牧歌，淳朴而又真实。后一首是说，在广大的牧场上，男男女女都在劳动，男的剪羊毛，女的往筐里装，和谐而美好。殷墟甲骨文卜辞中所载："今日雨。其自西来雨？其自东来雨？其自北来雨？其自南来雨？"也是与生产劳动密切相关的，是人类对自然现象的观察与推测。

（二）对"诗歌起源于游戏"的认识

我们之所以要反复阐述诗歌起源于生产劳动这一基本事实，是因为在诗歌起源的问题上，存在着许多非马克思主义的错误的观点，如果不把这一问题澄清，我们就无法从源头上确立正确的马克思主义的文艺观。

关于"文学艺术起源于游戏"，曾经是西方文学理论中很盛行的一种观点。但我们认为这种观点是错误的。诗歌的起源只能一元化，而不能多元化。就好像一棵大树，主根只能有一个，而不能有多个，其他的根都是旁生的、派生的。诗歌只能起源于生产劳动。正如马克思所说，人类首先要解决吃穿住行，然后才能从事文化娱乐等活动。同样，诗歌在起始阶段，反映的只能是那时的人类为了解决温饱问题而从事的狩猎、捕鱼、伐木、耕种等活动，是生产劳动促进了诗歌的产生。人类的第一需要即温饱问题解决了，然后才有剩余的精力去从事游戏活动，去写那些游戏诗。试

---

① 王晓枫著.古诗词研究新论[M].太原：山西古籍出版社，2005.

想,一个人饿着肚子,冷着身子,他发出的呼喊,只能是渴望得到食物和衣物,根本没有心思去游戏,或做那些解决不了问题的游戏诗。我们可看汉乐府诗《东门行》《孤儿行》《妇病行》:

东门行

出东门,不顾归。

来入门,怅欲悲。

盎中无斗米储,还视架上无悬衣。

拔剑东门去,舍中儿母牵衣啼:"他家但愿富贵,贱妾与君共辅糜。上用仓浪天故,下当用此黄口儿。今非!"

"咄!行!吾去为迟,白发时下难久居。"

孤儿行

孤儿生,孤子遇生,命独当苦。

父母在时,乘坚车,驾驷马。

父母已去,兄嫂令我行贾。

南到九江,东到齐与鲁。

腊月来归,不敢自言苦。

头多虮虱,面目多尘。

大兄言办饭,大嫂言视马。

上高堂,行取殿下堂,孤儿泪下如雨。

使我朝行汲,暮得水来归。手为错,足下无菲。

怆怆履霜,中多蒺藜,拔断蒺藜肠肉中,怆欲悲。

泪下渫渫,清涕累累。

冬无复襦,夏无单衣。

居生不乐,不如早去,下从地下黄泉。

妇病行

妇病连年累岁,传呼丈人前一言。

当言未及得言,不知泪下一何翩翩。

"属累君两三孤子,莫我儿饥且寒,有过慎莫笪笞,行当折摇,思复念之!"

乱曰:抱时无衣,襦复无里。

闭门塞牖,舍孤儿到市。

道逢亲友,泣坐不能起。

从乞求与孤儿买饵,对交啼泣,泪不可止:"我欲不伤悲不能已。"探怀中钱持授交。

入门见孤儿,啼索其母抱。

徘徊空舍中,"行复尔耳,弃置勿复道!"

从上述三首汉乐府诗中我们可知,生存是人的第一需要,人饿极了是什么事都干得出的,"拔剑东门去"就是真实的写照。要解决第一需要只能通过生产劳动,不然就会有无数的孤儿行,无数的妇病行。此三首诗中的主人公已苦寒饥饿到了垂死的边缘,哪还有心思再去从事游戏活动。假如他们个个是诗人,也没有力气再去写什么游戏诗。所以,游戏是温饱之人干的事,游戏诗是吃饱喝足之后的剩余精力之作。诗歌绝不可能起源于游戏,只能起源于为解决饥饿苦寒问题而从事的生产劳动中。

(三)对"诗歌起源于模仿"的认识

亚里士多德用心理学的观点,来解释诗歌的起源。亚里士多德认为诗的起源是以人类天性为基础的,人有两个本能:一是模仿的本能,一是求知所生的快乐。在他看来,诗的主要功能是"再现"外界事物的印象。

这种把文学艺术的起源归之于"本能"和好奇的观点,在西方国家也很流行,带有很大的唯心主义成分。他们不仅这样解释文学的起源,也这样解释新闻传播活动的起源。美国新闻学者卡斯柏·约斯特在其所著《新闻学原理》(美国1924年版,是美国新闻院校的通用课本)一书中说:"人一生下来就有一个传播消息的说话器官和一个收受消息的听觉器官,这两个器官永远在想着发挥它们的作用。人类同时又具有无穷无尽的好奇心,它创造了一种对事物的不断的兴趣,这些对事物的好奇心是新闻欲的起源。"很明显,这是唯心主义的新闻观点。另一位美国传播学者威尔伯·施拉姆在其所著《传播学概论》一书中也表达了相同的观点,我们不妨参看:

说传播学是从原始单细胞生物开始的,也许太夸张了,但是这些生物也能处理某种信息,这就是传播学的实质。这些生物至少是能够从什么东西是有营养的和什么东西是没有营养的这个角度观察它们的环境。但是,它们的信息是化学的。没有任何人记录下从化学信息到动物能够用它们的感觉器官接受信息并传播信息这一历史。然而,如同奥林匹克运动会跳高比赛中那伟大的一跃,却需要在跑道上经历亿万年的时间,它要克服自身的巨大障碍,处理从环境得到的信息以及同其他个体建立关系。在越过了这个高度以后，动物也还只是刚踏上我们认为是现代传播学的门槛。

我们之中谁也不会怀疑狗能传播。但是，正如肯尼思·博尔丁在他的极其有趣的著作《印象》中所说，狗并不知道在它生前有过狗和它死后还会有狗。狗在追逐猫时肯定是传播信息的，但是它们从来没有在事后停下来说"这次追逐很精彩，但还没有昨天那么出色"。或者说"要是你们堵住那条胡同，它就跑不了啦！"但是，来到夏威夷的石器时代的人就能做到这一切。他们能够处理信息，批评和改进他们自己的行为。他们能够设想自己没有经历过的过去，又能设想自己不会身历其境的未来。他们能够理解善恶、权力、正义等抽象概念。他们运用传播的技巧已到了这样的地步，使得他们能够从需要和目标出发产生对环境的印象，并把印象牢牢地印在他们头脑里。

第一批互相传播的动物和在夏威夷登陆的第一批会传播的人之间发生的情况，是感官越来越远地延伸以掌握更多信息，声音和姿势越来越远地延伸以发送更多信息，使人的信息便于携带并在时空方面与人本身更可分的一个连续不断的过程。

唯心主义的世界观决定了他们不可能看到事物的本质，只能停留在事物的表象上，把人的本性作为研究的结果。新闻传播活动与文学艺术活动一样，都起源于人类的生产劳动，都是劳动的产物。用火把作为信号传递信息的起因也是为了捕获野兽，协调狩猎行动。我国《吴越春秋》中所录的远古歌谣《弹歌》也记述了原始人打猎的过程："断竹，续竹。飞土，逐肉。"这些都说明了新闻或文学与狩猎活动的密切相关，而不能仅仅归结为"本能""好奇"或"模仿"。

二、比兴理论与形象思维

毛泽东在《致陈毅》信中说："诗要用形象思维，不能如散文那样直说，所以比兴两法是不能不用的。赋也可以用，如杜甫之《北征》，可谓敷陈其事而直言之也，然其中亦有比兴。比者，以彼物比此物也；兴者，先言他物以引起所咏之词也。韩愈以文为诗，有些人说他完全不知诗，则未免太过，如《山石》《衡岳》《八月十五酬张功曹》之类，还是可以的。据此可以知为诗之不易。宋人多数不懂诗是要用形象思维的，一反唐人规律，所以味同嚼蜡。"毛泽东提出作诗要用比兴两法和形象思维。

比兴的名称究竟最早起源于何时,现在很难确定。查阅上古经典史籍,我们也只能得到一鳞半爪的记载,解决不了实质问题。但有些材料还是给我们以启示作用的。再就是值得注意孔子的诗歌理论。孔子说:"诗可以兴,可以观,可以群,可以怨。"孔子提出的"兴",一般都被人们解释为文学作品有感染力量,能"感发意志",这当然是无须异议的。但是,孔子的"兴观群怨"说与比兴并不是毫无联系的,起码他看到了诗歌具有美与刺的作用,这对后来的比兴讨论以深刻影响。郑玄《周礼·大师》注中说:"比,见今之失,不敢斥言,取比类以言之。兴,见今之美,嫌于谄谀,取善事比喻劝之。"郑玄是用美与刺的作用来阐述比兴性质的,可以说受到孔子"兴观群怨"说的启示。唐代陈子昂说"仆尝暇时观齐、梁间诗,彩丽竞繁,而兴寄都绝。"白居易称赞张籍的诗是:"风雅比兴外,未尝著空文。"可见,他们都很重视美刺与比兴的内在联系,是孔子"兴观群怨"说的继承和发展。

但我们并不是说《左传》提出的"比"和孔子提出的"兴"已经具有完整的意义,只能说给我们的探讨以启示,不能抓住这片言只语便大做文章。真正提出比兴名称的是《周礼·春官》,它说周太师"教六诗:曰风、曰赋、曰比、曰兴、曰雅、曰颂"。《周礼·春官》最有价值的地方就是完整地提出了赋比兴的名称,可惜的是没有具体地阐述赋比兴的含义,这就使得后来的探讨者发生了争议。但《周礼·春官》明显的倾向就是把赋比兴与风雅颂等为一谈,统称为"六诗"。风雅颂是《诗经》音乐部分的名称,也就是三种内容不同的诗体。《周礼·春官》既然把赋比兴与风雅颂等为一谈,可见也是把赋比兴划归为诗体之类了。

《毛诗序》的作者首开讨论风雅颂、赋比兴含义之先河。其辞曰:

> 故诗有六义焉:一曰风,二曰赋,三曰比,四曰兴,五曰雅,六曰颂。上以风化下,下以风刺上,主文而谲谏,言之者无罪,闻之者足以戒,故曰风。……是以一国之事,系一人之本,谓之风;言天下之事,形四方之风,谓之雅;雅者,正也,言王政之所由废兴也。政有大小,故有小雅焉,有大雅焉。颂者,美盛德之形容,以其成功告于神明者也。

《毛诗序》的作者清楚地阐述了风雅颂的含义,指出这是三种内容不同的诗体,这就使得诗歌与音乐分离开来,获得独立的文学地位。他指出:风是各国的土乐,也就是各国的民歌。雅是朝廷正乐,也就是王公大夫的作品。颂是赞美歌。《毛诗序》对风雅颂的解释,成为以后两千多年的定论,可见它是十分正确的。遗憾的是,这位作者没有进而解释赋比兴的含义。但有一点最值得注意的地方,就是作者称风雅颂、赋比兴为"六义",

不像《周礼·春官》那样称为"六诗",可见作者并无意把赋比兴与风雅颂等为一谈。胡念贻先生在《诗经中的赋比兴》一文中说:"《毛诗序》所说六义,和这六诗相同。"这个观点显然是错误的。"六义"是指概念而言,"六诗"是指诗体而言,这二者是不容混淆也不应该混淆的。《毛诗序》在肯定了风雅颂是三种不同的诗体后,没有把赋比兴也归为一类,这本身就是一个很了不起的发现,说明作者是有鉴别能力的。作者言"六义"而不言"六诗",就是区别看待赋比兴与风雅颂的。至于为什么作者不进而阐明赋比兴的含义,这是个十分复杂的问题,无法也无须推究的。

由于《毛诗序》的正确性,后人很少对风雅颂再提异议,只是在赋比兴的解释上众说纷纭,莫衷一是,形成争鸣的局面。大致划分起来,不外乎有两派说法。一派是汉人的说法。认为"兴"有比喻的意思,是借比喻来寄托心情。这一派对后世发生了很大的影响。汉人讲到赋比兴的,现在可以找到五家:

(1)毛诗。《毛传》把《诗经》中属于"兴"一类的诗都注明出来,总共有116条。但"比"和"赋"都没有注。关于这点,孔颖达《毛诗正义》认为是"赋直而兴微,比显而兴隐"。孔颖达是了解《毛传》的意思的。《毛传》只注"兴也",可见他对于"兴"的特别重视。同时可以看出,《毛传》认为"兴"的含义是深婉的,不加以注明后人就不能理解。

(2)孔安国。孔安国在解释孔子的"诗可以兴"时说:"兴,引譬连类。"孔安国是把它当作赋比兴的"兴"来解释的,他对"兴"的看法与《毛传》相同,即兴含有比喻的意思。

(3)郑玄。郑玄在《周礼·春官》中说:"赋之言铺,直铺陈今之政教善恶。比,见今之失,不敢斥言,取比类以言之。兴,见今之美,嫌于谄谀,取善事以喻劝之。"郑玄对于"兴"的解释,也和《毛传》一样,有比喻的意思。不过,兴是比喻美的,比是比喻恶的。

(4)郑众。他说:"比者,比方于物。兴者,托事于物。"

(5)王逸。他在《离骚章句》里说:"《离骚》之文,依《诗》取兴,引类譬喻。故善鸟香草,以配忠贞;恶禽臭物,以比谗佞;灵修美人,以媲于君;宓妃佚女,以譬贤臣;虬龙鸾凤,以托君子;飘风云霓,以为小人。"

这五家对于"兴"都有一个共同的看法,即都把兴看成譬喻。依孔安国的话来说是"引譬连类",依郑众的话来说是"托事于物",其实"类"和"事"是一致的。孔安国是说诗人从譬喻引到他所要说的思想,郑众是说诗人把他所要说的思想寄托在自然景物上。郑玄认为兴比有美恶之分,这是他的独创的见解。

另外一派就是汉以后的学者,他们不满意汉人把比兴弄得纠缠不清,想把兴从比喻的意义上摆脱出来。这派人可以下列六家为代表：

（1）刘勰。他在《文心雕龙·诠赋》篇中说："赋者铺也,铺采摛文,体物写意也。"在《比兴》篇中说："比者,附也。兴者,起也。附理者切类以指事,起情者依微以拟义。起情故兴体以立,附理故比例以生。比则畜愤以斥言,兴则环譬以托风。盖随时之义不一,故诗人之志有二也。观乎兴之托喻,婉而成章,称名也小,取类也大；关雎有别,故后妃方德；尸鸠贞一,故夫人象义。义取其贞,无从于夷禽；德贵其别,不嫌于鸷鸟。明而未融,故发注而后见也。"刘勰认为比有刺的作用,兴有美的作用,这是对郑玄观点的肯定。他阐述"兴之托喻,婉而成章,称名也小,取类也大",这就是孔安国所说的"引譬连类"的意思,而说得更清楚。

但刘勰与汉代学者根本区别的地方,就是认为兴和比是两个既有联系而又毕竟不等的概念。他说比是"切类以指事",兴是"依微以拟义",一个是用别的物类来比喻自己所要说的事体,一个是通过隐约委婉的起情来表述自己的心境曲意。刘勰的意见无疑是正确的。刘勰在解释比兴时对孔子、郑玄关于美刺的继承和发展,对后代诗歌理论的影响是巨大的。白居易就曾经在《与元九书》中对"兴"义做过这样的阐述：

> 噫! 风雪花草之物,三百篇中岂舍之乎? 顾所用何如耳。设如"北风其凉",假风以刺威虐也；"雨雪霏霏",因雪以愍征役也。……皆兴发于此而义归于彼,反是者可乎哉? 然则"馀霞散成绮,澄江净如练","归花先委露,别叶乍辞风"之什,丽则丽矣,吾不知其所讽焉,故仆所谓嘲风雪弄花草而已。

白氏的观点代表了比兴争议中美刺说的新发展。

（2）挚虞。他在《文章流别论》中说："比者,喻类之言也；兴者,有感之辞也。"挚虞说"兴"是"有感之辞",不肯说它有譬喻之义,因为怕和"比"弄得混淆起来。

（3）钟嵘。他在《诗品序》中说："诗有三义焉,一曰兴,二曰比,三曰赋。文已尽而意有馀,兴也；因物喻志,比也；直书其事,寓言写物,赋也。"钟嵘说："兴"是"文已尽而意有馀。"这个见解是颇为新奇的。他把"比"解释为"因物喻志",这与《尚书·尧典》中所说的"诗言志"和《毛诗序》中所说的"诗者,志之所之也,在心为志,发言为诗"的理论是有着源流关系的,只不过更具体、更清楚。可见,他也是有意识地区别比与兴的含义。

（4）朱熹。他在《诗集传》中解释说："'赋'者,敷陈其事而直言之也；比者,比彼物喻此物也；兴者,先言他物以引起所吟之辞也。"朱熹对赋比兴的概念从形式上做了新的解释,这是一个伟大的贡献。这种理论对后人区别比兴产生了深远的影响。朱熹把赋比兴解释为《诗经》三种不同的艺术手法,可见他明白赋比兴从形式上是可以区别判断的。但朱熹没有把他的理论正确地运用到对《诗经》的注解上,在解释具体例子时,有时仍不免走《毛传》的老路。例如,他解释《关雎》:

> 周之文王,生有圣德,又得圣女姒氏以为之配,宫中之人于其始至,见其有幽闲贞静之德,故作是诗。言彼关关然之雎鸠,则相和鸣于河洲之上矣;比窈窕之淑女,则岂非君子之善匹乎?含其相与和乐而恭敬,亦若雎鸠之情挚而有别也。后凡言兴者,其文意皆出此。

这和《毛传》几乎没有区别,这里也用了"亦若"两个字,和"比"又纠缠起来了。这说明朱熹所谓"先言他物以引起所吟之辞",只是在形式上提出了"兴"的新说,在具体运用中是存在着矛盾的。

(5)严粲。严粲认为兴可分为"兼比"和"不兼比"两种。他以《关雎》为"兴之兼比者",《葛覃》《卷耳》为"兴之不兼比者"。他的划分是有道理的,在比兴争议的区域里另辟了一条新径。

(6)郑樵。郑樵否认"兴"有比喻的意义,他在《六经奥论》中说:

> 关关雎鸠,是作诗者一时之兴,所见在是,所得在彼,不谋而感于心也。凡兴者,所见在此,所得在彼,不可以事类推,不可以义理求也。兴在驾秀,则"鸳鸯在梁",可以美后妃也;兴在尸鸠,则"尸鸠在桑",可以美后妃也;兴在黄鸟、在桑扈,则"绵绵黄鸟""交交桑扈",可以美后妃也。如必曰关雎然后可以美后妃,他无预焉,不可以语诗也。

郑樵认为兴是"所见在此,所得在彼,不可以事类推,不可以义理求",这种见解是非常新奇大胆的,它否定了"兴""比"间的内在联系。

上述两派可以说是有汉以来争议比兴影响较大的代表,我们反复列举了一系列的论述,从中可以发现:赋比的问题是容易解决的,最棘手的是难以给兴找出一个客观标准。截至今天,开展比兴的讨论还是十分重要的。毛泽东给陈毅谈诗的一封信中说"诗要用形象思维,不能如散文那样直说,所以比兴两法是不能不用的。赋也可以用,如杜甫之《北征》可谓敷陈其事而直言之也,然其中亦有比兴。比者以彼物比此物也,兴者先言他物以引起所咏之词也"。这就是说,比兴两法实质上就是形象思维的方法。古人在讨论的时候意识到了这一点,只是与我们今天的提法不同而已。毛泽东论比兴引用了朱熹的定义,可见朱熹的意见是值得肯定的。

第二节　古诗词的艺术风格

一、田园山水诗的风格类型

人与自然的关系反映到审美观照与欣赏的活动中,是以两种向度和两种心态的形式体现出来的,那就是自然的人化和人的自然化。

自然的人化实质上是人对自然的一种意念化和定格化。即审美主体在欣赏自然美时带有主观选择性,自然美能否成为现实的审美对象,取决于它是否符合审美主体的道德观念。因此,在对自然进行解释时,就往往带有主观规范性。这种审美向度的源头可以追溯到孔子那里。

对大自然的观照在中国古代诗人的审美心理上是有过一段路程的。先秦时期的诸子百家注重于品德修养,而忽略了对大自然本身美的欣赏。这时期的理论家以孔子和庄子为代表,他们虽在审美对象上有选择差异,但通过对自然山水的观照以达到"道"的升华的目的却是相同的。孔子曾提出过"智者乐水,仁者乐山"的著名命题,朱熹在《四书章句集注》中解释说:"智者达于事理而周流无滞,有似于水,故乐水。仁者安于义理而厚重不迁,有似于山,故乐山。"看来是在山水的自然属性中寻找与人的道德属性相似的地方,以作为比照。后来战国和汉代学者纷纷对孔子的这个命题进行解释和发挥,就形成了所谓"比德"的理论。刘向《说苑·杂言》的几段对话最有代表性:

> 子贡问曰:"君子见大水必观焉,何也?"孔子曰:"夫水者,君子比德焉。遍予而无私,似德。所及者生,似仁。其流卑下句倨皆循其理,似义。浅者流行,深者不测,似智。其赴百仞之谷不疑,似勇。绵弱而微达,似察。受恶不让,似包。蒙不请以入,鲜洁以出,似善化。至量必平,似正。盈不求概,似度。其万折必东,似意。是以君子见大水观焉尔也。"

> "夫智者何以乐水也?"曰:"泉流溃溃,不释昼夜,其似力者。循理而行,不遗小间,其似持平者。动而之下,其似有礼者……通润天地之间,国家以成,是智者所以乐水也。《诗》云:

思乐泮水,薄采其弗,鲁侯戾止,在洋饮酒。乐水之谓也。"①

"夫仁者何以乐山也?"曰:"夫山笼耸巍峨,万民之所观仰,草木生焉,众物立焉,飞禽萃焉,走兽休焉,宝藏殖焉,奇夫息焉,育群物而不倦焉,四方并取而不限焉,出云风通气于天地之间,国家以成。是仁者所以乐山也。《诗》曰:太山岩岩,鲁侯是瞻。乐山之谓也。"

这几段对话的重点是说明,山水所以成为君子观照的对象,是因为君子以山水比德。也就是说,山水的自然形象的某些特征可以象征人的高尚的道德品质。

在这种理论的影响下,中国最早的诗歌《诗经》并没有出现纯粹的山水诗。孔子所提倡的学《诗》可以"兴观群怨""迩之事父,远之事君""多识草木虫鱼之名",也是看重《诗经》的教化作用和增长知识的作用。《诗经》中有一些对山水的描写。例如:

蒹葭苍苍,白露为霜。所谓伊人,在水一方。(《蒹葭》)

关关雎鸠,在河之洲。窈窕淑女,君子好逑。(《关雎》)

伐木丁丁,鸟鸣嘤嘤。出自幽谷,迁于乔木。(《伐木》)

这样的描写,只是把山水当作劳动和生活的背景,或者把山水当作比兴的媒介,并不具备独立的审美价值。

《楚辞》中对山水的描写开始丰富起来,出现了许多美丽动人的画面。例如:

表独立兮山之上,云容容兮而在下。杳冥冥兮羌昼晦,东风飘兮神灵雨……雷填填兮雨冥冥,猿啾啾兮狖夜鸣。风飒飒兮木萧萧,思公子兮徒离忧。(《山鬼》)

这显然比《诗经》前进了一步,但山水依然处于从属的地位,是作为《楚辞》作家发泄心中的苦闷和寄托美好理想的附属品,山水仍然没有从人的道德观念的束缚中独立出来。

二、李商隐与朦胧诗

李商隐以其娴熟的创作技巧和深谙哲理的审美观照,在中国诗史上创造了前人所未能深入发掘的、具有浓郁东方色彩的朦胧之美,也可以说,正是李商隐,为后世爱情诗的创作启开了进一步拓展朦胧美的艺术之

① 吴建民.中国古代文学理论的当代阐释与转化[M].南京:凤凰出版社,2011.

门。艺术贵在创新,李商隐以"无题"为标志的主要爱情诗,就是对诗歌朦胧美一次成功历史尝试:

> 飒飒东风细雨来,芙蓉塘外有轻雷。金蟾啮锁烧香入,玉虎牵丝汲井回。贾氏窥帘韩掾少,宓妃留枕魏王才。春心莫共花争发,一寸相思一寸灰!《无题》

像李商隐这类高度蕴藉朦胧美的千古绝唱,即便在文化昌明的今天,仍是不可多得的艺术范本。李商隐既是朦胧美的开拓者,也是朦胧美的实践者,而后人对诗歌朦胧美的进一步认识和探求,正是沿着李商隐的足迹继续向前迈进的。

在艺术手法上,朦胧与含蓄毕竟不属于同一意境类型。含蓄讲究"言不尽意""含不尽之意,见于言外",但它与朦胧地借某种自然物象的模糊性来表现诗人的意识的迷离,显然是两回事。况且意境含蓄比起意境朦胧,诗词的可感性要强得多。所以说,朦胧与含蓄的美学特征有相通之处,也有明显的区别。

三、边塞诗的风格类型

以边塞为题材的诗在唐代极为流行,盛唐时蔚为壮观,具有豪爽俊丽而风骨凛然的共同风貌,创造出了清刚劲健之美。

唐代边塞诗的历史源头可以追溯到《诗经》那里,下面这篇《秦风·无衣》就颇有此类诗的风味:

> 岂曰无衣?与子同袍。王于兴师,修我戈矛,与子同仇!岂曰无衣?与子同泽。王于兴师,修我矛戟,与子偕作!岂曰无衣?与子同裳。王于兴师,修我甲兵,与子偕行!

这首诗作于秦文公时,表达了秦国官兵同甘共苦、同仇敌忾的气概,互勉互励,要对西戎进行战斗。诗中气势豪迈,催人奋发。

楚辞中也有抗敌卫国的歌曲,则直接描写战争的场面,如《国殇》:

> 操吴戈兮被犀甲,车错毂兮短兵接。旌蔽日兮敌若云,矢交坠兮士争先。
>
> 凌余阵兮躐余行,左骖殪兮右刃伤。霾两轮兮絷四马,援玉枹兮击鸣鼓。
>
> 天时怼兮威灵怒,严杀尽兮弃原野。出不入兮往不返,平原忽兮路超远。
>
> 带长剑兮挟秦弓,首身离兮心不惩。诚既勇兮又以武,终刚

强兮不可凌。

身既死兮神以灵,魂魄毅兮为鬼雄。

这写的是秦楚之间的一场车战,歌颂广大将士为国献身,以鼓舞人民复仇抗秦。通篇诗句勇武刚健,是首激烈悲壮的战地歌曲。

到了汉乐府,就有了反映屯边战士生活的诗篇,情辞极为凄苦。例如:

战城南

战城南,死郭北,野死不葬,乌可食。为我谓乌,且为客豪。野死谅不葬,腐肉安能去子逃。水深激激,蒲苇冥冥,枭骑战斗死,驽马徘徊鸣。梁筑室,何以南?何以北?禾黍不获君何食?愿为忠臣安可得!思子良臣,良臣诚可思。朝行出攻,暮不夜归!

十五从军征

十五从军征,八十始得归。道逢乡里人,家中有阿谁?遥望是君家,松柏冢累累。

兔从狗窦入,雉从梁上飞。中庭生旅谷,井上生旅葵。舂谷持作饭,采葵持作羹。羹饭一时熟,不知贻阿谁。出门东向望,泪落沾我衣。

第一首写汉代在北方边疆驻扎军队,且耕且战,诗中借守边战士之口,表达了获得良好将帅的愿望。第二首记述了一位服役老兵退伍后,回家看到的悲惨情景,表现了战争的残酷性。

魏晋之际,天下大乱,连年战火不息,三曹、七子及七贤中都有反映战乱的诗篇。例如:

关东有义士,兴兵讨群凶。初期会盟津,乃心在咸阳。军合力不齐,踌躇而雁行。势利使人争,嗣还自相戕。淮南弟称号,刻玺于北方。铠甲生虮虱。万姓以死亡。白骨露于野,千里无鸡鸣。生民百遗一,念之断人肠。(曹操《蒿里行》)

饮马长城窟,水寒伤马骨。往谓长城吏:"慎莫稽留太原卒!""官作自有程,举筑谐汝声!""男儿宁当格斗死,何能怫郁筑长城!"长城何连连,连连三千里。边城多健少,内舍多寡妇。作书与内舍:"便嫁莫留住。善事新姑嫜,时时念我故夫子。"报书往边地:"君今出语一何鄙!""身在祸难中,何为稽留他家子?生男慎莫举,生女哺用脯。君独不见长城下,死人骸骨相撑拄!""结发行事君,慊慊心意关。明知边地苦,贱妾何能久自

全？"（陈琳《饮马长城窟行》）

　　壮士何慷慨？志欲威八荒。驱车远行役,受命念自忘。良弓挟乌号,明甲有精光。临难不顾生,身死魂飞扬。岂为全躯士,效命争战场。忠为百世荣,义使令名彰。垂声谢后世,气节故有常。（阮籍《咏怀诗》）

这些诗都写得慷慨悲壮,雄浑豪放,很能代表和体现汉魏风骨。

第三节　古代女诗人及女性文学形象

一、诗中的女性形象和词中的女性形象

　　在中国古代诗词中,女性形象一直占据着重要的位置,形成了古代诗词的重要话语内容。但我们通过细致分析就会发现,诗中的女性形象与词中的女性形象有着很大的不同。在诗中,女性有着与男性同等的地位,她们是受尊重的,社会赋予她们以自然人的身份,参与对社会问题的讨论。因此,诗中的女性形象是以严肃的态度创作出来的,作者对她们是以平视的目光看待的。而在词中,女性成了受男性欣赏、观赏甚至玩弄的对象,她们更多时候是充当男性失意之后以解慰忧闷的配角和陪衬,甚至还有更多的人成为男性泄欲的对象。所以说,诗中的女性形象与词中的女性形象是有区别的,这一点务必引起研究者的注意。[①]

　　（1）诗中的女性形象有着劳动的健康美,她们以平等的劳动者的姿态出现在读者的视线中,使人们觉得她们的生活方式是健康的,心情是愉快的,她们同样在为社会创造着价值。而在词中,女性成了男性宴会上的花瓶摆设,成了供人取乐的工具,她们有时模样愁苦,有时感怀伤情,其实,她们成了男性士大夫复杂人生感慨的宣泄口,她们把人们的目光从田野里拉回到了酒宴花丛间。

　　在远古歌谣中,就有对女性劳动生活的赞美。例如:

　　　　士刻羊,无血。女承筐,无实。

　　这是作者远望时得到的印象:男的在杀羊,却不见流血;女的往筐里装东西,却怎么也装不满。其实,作者是在说:男的在剪羊毛,女的在装羊毛,他们的心情是愉快的,他们过着牧歌式的田园生活。

　　---

　　① 　王晓枫.古诗词研究新论［M］.太原：山西古籍出版社,2005.

在《诗经》里，这种赞美女性、赞美劳动的诗篇比比皆是。

采采芣苢，薄言采之。

采采芣苢，薄言有之。

采采芣苢，薄言掇之。

采采芣苢，薄言捋之。

采采芣苢，薄言袺之。

采采芣苢，薄言襭之。

全诗采用了反复歌唱的方法，鲜明的节奏感中洋溢着欢快的气氛。这首诗是古代民歌中歌咏劳动的佳品，天然朴宜，言浅意深，韵味浑成，活泼的韵律形象地表现了劳动妇女对劳动的热爱。

于以采蘋？南涧之滨。

于以采藻？于彼行潦。

于以盛之？维筐及筥。

于以湘之？维锜及釜。

于以奠之？宗室牖下。

谁其尸之？有齐季女。（《采蘋》）

十亩之间兮，桑者闲闲兮，行与子还兮。

十亩之外兮，桑者泄泄兮，行与子逝兮。（《十亩之间》）

尤其是《十亩之间》，表现了男女之间劳动后的喜悦之情，大家相伴而行，说说笑笑，这种健康快乐的田园生活真令人羡慕。

我们再看温庭筠的词：

南园满地堆轻絮，愁闻一霎清明雨。雨后却斜阳，杏花零落香。无言匀睡脸，枕上屏山掩。时节欲黄昏，无憀独倚门。（《菩萨蛮》）

……虚阁上，倚阑望，还似去年惆怅。春欲暮，思无穷，旧欢如梦中。（《更漏子》）

秋风凄切伤离，行客未归时。塞外草先衰，江南雁到迟。芙蓉凋嫩脸，杨柳堕新眉。摇落使人悲，断肠谁得知？（《玉蝴蝶》）

词中的这些女性，就全都是一副伤心断肠的愁苦模样。虽然她们的无聊与惆怅，主要是因情郎远去而引发，但从其伤春和悲秋的心绪中，我们分明感知着词人本身对于时光流逝的深深忧惧。词中"摇落使人悲"一句，就泄露了"天机"。此句明显是从杜甫"摇落深知宋玉悲"（《咏怀古迹之二》）中化出，表现了一种男性士大夫的复杂人生感慨——千百年前的宋玉曾因秋气而感发"草木摇落而变衰"（《九辩》）的身世之感，而生当晚唐衰世的温庭筠自己，又何尝不怀有着有宋玉相似的时序惊心、人生苦短的感慨。因此,《花间集》所描写的男女恋情,除开沉溺欢情、热烈温馨的一面之外,更多的就是那类伤春悲秋、美人迟暮的心态和场景,其后一面中便潜藏着对人生短暂的无奈和忧伤。所以,只消细细体味此类"闺怨"词的词境,就不难感知其惜时伤逝的哀怨"词心"。

由此而发展为西蜀士大夫文人醉心于醇酒美人,笔下出现几近酒色享乐的描写,女性形象完全变了样:

惜良辰,翠娥争劝临邛酒。(韦庄《河传》)

寻芳逐胜欢宴,丝竹不曾休。美人唱,揭调是甘州,醉红楼。(毛文锡《甘州遍》)

相见休言有泪珠,酒阑重得叙欢娱,凤屏鸳枕宿金铺。兰麝细香闻喘息,绮罗纤缕见肌肤。此时还恨薄情无?(欧阳炯《浣溪沙》)

罗衣隐约金泥画,玳筵一曲当秋夜。声颤觑人娇,云鬟袅翠翘。酒醺红玉软,眉翠秋山远。绣幌麝烟沉,谁人知两心?(魏承班《菩萨蛮》)

从中可知,酒和女色,简直已成为花间词人的家常便饭。这与诗中那种健美的女性形象,已发生了质的变化。

(2)诗中的女性形象在恋爱婚姻上与男性是平等的,是和谐相处的,有着健康高尚的节操,构成了人类最温馨的生活方式。而词中的女性成了男性的依附品,她们的从属地位已使她们失去了独立的人格价值。

我们看《诗经》中的一些作品:

关关雎鸠,在河之洲。窈窕淑女,君子好逑。参差荇菜,左右流之。窈窕淑女,寤寐求之。求之不得,寤寐思服。悠哉悠哉,辗转反侧。参差荇菜,左右采之。窈窕淑女,琴瑟友之。参差荇菜,左右芼之。窈窕淑女,钟鼓乐之。(《关雎》)

桃之夭夭,灼灼其华。之子于归,宜其室家。桃之夭夭,有蕡其实。之子于归,宜其家室。桃之夭夭,其叶蓁蓁。之子于归,宜其家人。(《桃夭》)

静女其姝,俟我于城隅。爱而不见,搔首踟蹰。

静女其娈,贻我彤管。彤管有炜,说怿女美。

自牧归荑,洵美且异。匪女之为美,美人之贻。(《静女》)

女曰鸡鸣,士曰昧旦。子兴视夜,明星有烂。将翱将翔,弋凫与雁。弋言加之,与子宜之。宜言饮酒,与子偕老。琴瑟在御,莫不静好。知子之来之,杂佩以赠之。知子之顺之,杂佩以问之。知子之好之,杂佩以报之。(《女曰鸡鸣》)

《关雎》是《诗经》的第一首诗歌,也是一首著名的民间情歌。诗歌大意是写一个小伙子,在河边看到一位美丽的姑娘,因而产生了无限的思慕之情。从思想内容上来看,是对当时淳朴民风的反映,是十分纯洁健康的。《桃夭》是一首祝福新婚、祝福新娘的诗,用自然界的美好景物咏叹了新娘的美丽,她一定能给这个家庭带来安宁和好运,带来家室兴旺。《静女》写男女约会,是古代诗歌中常见的题材,以男子口吻而写,赞颂了姑娘的美丽与活泼可爱。《女曰鸡鸣》叙述夫妻相爱相解,亲近和悦,全诗朴实的对话洋溢着浓厚的生活气息,情趣盎然,表现了家庭生活的恬静、和谐与美好,是一篇不沉湎于爱情,使人情感净化的好诗。

(3)诗中多有那些女扮男装、保家卫国的女性形象,她们是巾帼英雄,是女中豪杰。而词中就缺乏这种英武的女性形象了。

我们可看《木兰诗》。《木兰诗》是首叙事诗,它为我们塑造了一位代父从军、保卫祖国的女英雄的形象。她有着坚韧不拔的独特个性,也有着普通妇女的丰富情感,事奇诗奇,如昆山玉鸣凤凰叫,为之快绝。

《木兰诗》还有另一版本,我们可看:

> 木兰抱杼嗟,借问复为谁?欲闻所戚戚,感激强其颜。老父隶兵籍,气力日衰耗。岂足万里行,有子复尚少。胡沙没马足,朔风裂人肤。
>
> 老父旧羸病,何以强自扶?木兰代父去,秣马备戎行。
>
> 易却纨绮裳,洗却铅粉妆。驰马赴军幕,慷慨携干将。朝屯雪山下,暮宿青海傍。夜袭燕支虏,更携于阗羌。将军得胜归,士卒还故乡。
>
> 父母见木兰,喜极成悲伤。
>
> 木兰能承父母颜,却卸巾帼理丝簧。昔为烈士雄,今复娇子容。
>
> 亲戚持酒贺,父母始知生女与男同。
>
> 门前旧军都,十年共崎岖。
>
> 本结兄弟交,死战誓不渝。
>
> 今者见木兰,言声虽是颜貌殊。
>
> 惊愕不敢前,叹重徒嘻吁。世有臣子心,能如木兰节。
>
> 忠孝两不渝,千古之名焉可灭?

两首诗题材相同,都是北朝乐府民歌中的叙事佳篇。这首诗似是文人作品,语言简洁明快,调子质朴刚健,写战地生活和行军及战斗的情景,把握特征,要言不烦,木兰形象鲜明生动,光彩照人。

《魏书·李安世传》中还记有北朝的一首歌谣《李波小妹歌》:

李波小妹字雍容,褰裙逐马如卷蓬。

左射右射必叠双。

妇女尚如此,男子安可逢!

　　诗中的李波小妹,武艺高强,所向无敌,勇猛善战,从中可以看出我国古代北方地区尚武的民风。

　　我们还可以在其他一些诗歌里看到刚直的女性形象,她们虽然没有像木兰一样驰骋沙场,或像李波小妹一样有侠骨义胆,但她们在日常生活中,以严肃的生活态度,维护了女性的尊严。例如:

陌上桑

日出东南隅,照我秦氏楼。

秦氏有好女,自名为罗敷。

罗敷喜蚕桑,采桑城南隅。

青丝为笼系,桂枝为笼钩。

头上倭堕髻,耳中明月珠。

缃绮为下裙,紫绮为上襦。

行者见罗敷,下担捋髭须。

少年见罗敷,脱帽着帩头。

耕者忘其犁,锄者忘其锄。

来归相怨怒,但坐观罗敷。

使君从南来,五马立踟蹰。

使君遣吏往,问是谁家姝?

秦氏有好女,自名为罗敷。

罗敷年几何? 二十尚不足,

十五颇有余。使君谢罗敷:

宁可共载不? 罗敷前致辞:

使君一何愚! 使君自有妇,罗敷自有夫。

东方千余骑,夫婿居上头。

何用识夫婿? 白马从骊驹。

青丝系马尾,黄金络马头。

腰中鹿卢剑,可值千万余。

十五府小吏,二十朝大夫。

三十侍中郎,四十专城居。

为人洁白皙,鬑鬑颇有须。

盈盈公府步,冉冉府中趋。

坐中数千人,皆言夫婿殊。

《陌上桑》是汉代乐府诗中的一首著名的叙事诗,集中笔墨刻画了一个坚贞美丽的农家女子形象,她巧妙地拒绝了太守的调戏,柔中带刚,绵里藏针,自尊自强。

同样的内容,同样的形象,在词里几乎是找不到的。我们看不到词里的花木兰,看不到词里的秦罗敷。我们只能从辛弃疾的词中读到:"倩何人呼取红巾翠袖,揾英雄泪!"词中的女性,只配给英雄擦泪,自己是当不了英雄的。李清照算是个奇女子,但她的词里也没有女性英雄。她倒是赞美过一位英雄:"生当作人杰,死亦为鬼雄。至今思项羽,不肯过江东。"但这位英雄依旧是男性。

二、唐代女诗人

有唐一代,诗风兴盛,能诗善吟者遍于朝野,真可谓帝王将相、朝士布衣、童子妇人、商流羽客、青楼歌女,皆能出口成章,诗坛上群星灿烂,百卉竞芳。更难得的还是产生了一批女诗人,为唐代诗坛增添了一道亮丽风景,其中成就较高的为李冶、薛涛、鱼玄机三人。

（一）李冶

李冶,字季兰,自幼就聪颖慧敏。据计有功《唐诗纪事》记载:"季兰五六岁,其父抱于庭,作诗咏蔷薇云:经时未架却,心绪乱纵横。父恚曰:此必为失行妇也。后竟如其言。刘长卿谓季兰为女中诗豪。"

李冶中唐初曾为乌程(今浙江吴兴)地方女道士,晚岁被召入宫。后因上诗叛将朱泚,为德宗所扑杀。这从赵元一的《奉天录》和辛文房的《唐才子传》中可得到证实。《奉天录》说:"时有风情女子李季兰上泚:诗,言多悖逆,故阙而不录。皇帝再克京师,召季兰而责之曰:汝何不学严巨川有诗云乎持礼器空垂泪,心忆明君不敢言? 遂令扑杀之。"《唐才子传》说:"季兰名冶,以字行,峡中人,女道士也。美姿容,神情萧散,专心翰墨,善弹琴,尤工格律。当时才子,颇夸纤丽,殊少荒艳之态。……后以交游文士,微泄风声,皆出乎轻薄之口。夫士有百行,女唯四德,季兰则不然,形气既雄,诗意亦荡,自鲍照以下,罕有其伦。时往来剡中,与山人陆羽、上人皎然,意甚相得。皎然尝有诗云:天女来相试,将花欲染衣。禅心竟不起,还捧旧花归。其谑浪至此。又尝会诸贤于乌程开元寺,知河间刘长卿有阴重之疾肖曰:山气日夕佳。刘应声曰:众鸟欣有托。举坐大笑,论者两美之。天宝间,玄宗闻其诗才,诏赴阙,留宫中月馀,优赐甚厚,遣归故山。评者谓上比班姬则不足,下比韩英则有馀,不以迟暮,亦一俊媪。"李冶的生平事迹大致如此,至于其诗风,纪昀的《四库全书总目提要》评价说:"冶诗以五言见长,如《寄校书七兄》诗、《送韩揆之江西》诗、《送阎二十六赴剡县》诗,置之大历十才子之中,不复可辨。"我们现在就看看被纪昀所称赞的这三首诗:

> 寄校书七兄
> 无事乌程县,差池岁月余。
> 不知芸阁吏,寂寞竟何如?
> 远水浮仙棹,寒星伴使车。
> 因过大雷岸,莫忘几行书。

这是李冶最被人称道的一首诗。周敬《唐诗选脉会通评林》说:"五六用事入化。"胡应麟《诗薮》说:"李季兰远水浮仙棹二语,幽闲和适,孟浩然莫能过。"吴山民《唐诗正声评释》说:"何物女子,有此词意两至语。口吻神韵,文房诸君如何对副!"钟惺《名媛诗归》说:"声律高亮,即用虚字,亦自得力,此全在有厚气耳。用事不肤不浅,自然情致,只远水寒星,略涉意便妙。"这些前人评语可以说抓住了这首诗的最大特点,此诗也能体现李冶工于提炼、神韵放逸的诗风。

> 送韩揆之江西
> 相看指杨柳,别恨转依依。
> 万里江西水,孤舟何处归?
> 湓城潮不到,夏口信应稀。
> 唯有衡阳雁,年年来去飞。

钟惺《名媛诗归》评价说:"情深则语特寄耳。只四十字中,往复难尽。想其直书别况,全不作怨恨语,而怨恨之气,自有忿然不平在。"此诗可与李峤的"山川满目泪沾衣,富贵荣华能几时?不见只今汾水上,唯有年年秋雁飞"参照着来读,其凄凉意境,可想而知。

> 送阎二十六赴剡县
> 流水阊门外,孤舟日复西。
> 离情遍芳草,无处不萋萋。
> 妾梦经吴苑,君行到剡溪。
> 归来重相访,莫学阮郎迷。

阎二十六即阎伯均,李冶的情人,与李冶往来甚密。李冶还有《得阎伯均书》诗,叙述二人的相思情意:"情来对镜懒梳头,暮雨萧萧庭树秋。莫怪阑干垂玉箸,只缘惆怅对银钩。"二诗可参照着互读。

李冶今存诗只有 18 首,除上述诗能代表她的风格外,还有一些诗也能体现她多情逸放的性格:

相思怨
人道海水深,不抵相思半。
海水尚有涯,相思渺无畔。
携琴上高楼,楼虚月华满。
弹著相思曲,弦肠一时断。

八至
至近至远东西,至深至浅清溪。
至高至明日月,至亲至疏夫妻。

偶居
心远浮云知不还,心云并在有无间。
狂风何事相摇荡,吹向南山复北山。

明月夜留别
离人无语夜无声,明月有光人有情。
别后相思人似月,云间水上到层城。
从萧叔子听弹琴,赋得三峡流泉歌
妾家本住巫山云,巫山流泉常自闻。
玉琴弹出转寥夐,直是当时梦里听。
三峡迢迢几千里,一时流入幽闺里。
巨石崩崖指下生,飞泉走浪弦中起。
初挑愤怒含雷风,又似呜咽流不通。
回湍曲濑势将尽,时复滴沥平沙中。
忆昔阮公为此曲,能令仲容听不足。
一弹既罢复一弹,愿作流泉镇相续。

《相思怨》直语能转,生出无限情思,写相思如海,心与字俱有灵气。《八至》诗字字至理,第四句尤是至情。最后一首诗首尾照应有情,状曲声如画,词格疏畅老练,全无脂粉习气。情生气动,壮语流美。

（二）薛涛

薛涛，字洪度，长安人。幼时随父入蜀，后为乐妓，历事十一镇。晚居浣花溪畔，创制深红色小笺写诗，人称薛涛笺。

关于薛涛的生平，辛文房《唐才子传》所记较详，其中云："涛字洪度，成都乐妓也。性辨惠，娴翰墨。居浣花里，种菖蒲满。傍即东北走长安道也。往来车马留连。元和中，元微之使蜀，密意求访，府公严司空知之，遣涛往侍。微之登翰林，以诗寄之曰：锦江滑腻峨嵋秀，幻出文君与薛涛。言语巧偷鹦鹉舌，文章分得凤凰毛。纷纷词客皆停笔，个个公侯欲梦刀。别后相思隔烟水，菖蒲花发五云高。及武元衡入相，奏授校书郎。蜀人呼妓为校书，自涛始也。后胡曾赠诗曰：万里桥边女校书，枇杷树下闭门居。扫眉才子知多少，管领春风总不如。涛工为小诗，惜成都笺幅大，遂皆制狭之，人以便焉，名曰薛涛笺。且机警闲捷，座间谈笑风生。高骈镇蜀门日，命之佐酒，行一字叶音令且得形象曰：口似没梁斗。答曰：川似三条椽。公曰：奈一条曲何？曰：相公为西川节度，曾用一破斗，况穷酒佐杂一曲椽，何足怪哉！其敏捷类此特多，座客叹赏。其所作诗，稍窥良匠，词意不苟，情尽笔墨，翰苑崇高，辄能攀附。殊不意裙裾之下，出此异物，岂得以匿其人而弃其学哉？大和中卒，有《锦江集》五卷，今传中多名公赠答云。"《唐名媛诗小传》说："薛涛，字洪度，本长安良家女。父郧，因官寓蜀。涛八九岁知声律。一日，父指井梧曰：庭除一古桐，耸干入云中。令涛续之，即应声曰：枝迎南北鸟，叶送往来风。父愀然久之。父卒，母孀。及笄，以诗闻，又能扫眉涂粉。时韦皋镇蜀，召令侍酒赋诗，僚佐名士为之改观。荐岁，皋议以校书郎奏请之，护军不可而止。涛出入幕府，自皋至李德裕，凡历事十一镇，皆以诗名受知。其间与涛倡和者，元稹、白居易、牛僧孺、令狐楚、裴度、严绥、张籍、杜牧、刘禹锡、吴武陵、张祜，馀皆名士。初，元稹知有薛涛，未尝识面，及授监察御史，出使西蜀，以秉宪推鞫，难得见焉。严司空潜知其意，每遣涛往侍。元矜持笔砚，涛走笔作四友赞，其略曰：磨扣虿先生之腹，濡藏锋都尉之头，引书媒而默默，入文亩以休休。元大惊服。后元公赴京，涛归浣花所。浣花之人多造十色彩笺，涛别造新样小幅松花纸，以百馀幅寄献元公。元公于松花纸上题诗赠涛曰：锦江滑腻岷峨秀……涛卒，年七十五。"其生平事迹大略如此。

从上述记载可知，薛涛多与当时诗坛名士唱和往来，如白居易《赠薛涛》诗云："蛾眉山势接云霓，欲逐刘郎北路迷。若似剡中容易到，春风犹隔武陵溪。"刘禹锡《和西川李尚书伤孔雀及薛涛之什》："玉儿已逐金镮葬，翠羽先随秋草萎。唯见芙蓉含晓露，数行红泪滴清池。"晚唐人韦庄也作有《乞彩笺歌》以怀念薛涛：

> 浣花溪上如花客，绿闇红藏人不识。
> 留得溪头瑟瑟波，泼而纸上猩猩色。
> 手把金刀擘彩云，有时剪破秋天碧。
> 不使红霓段段飞，一时驱上丹霞壁。
> 蜀客才多染不供，卓文醉后开无力。
> 孔雀衔来向日飞，翩翩压折黄金翼。
> 我有歌诗一千首，磨砻山岳罗星斗。
> 开卷长疑雷电惊，挥毫只怕龙蛇走。
> 班班布在时人口，满袖松花都未有。
> 人间无处买烟霞，须知得自神仙手。
> 也知价重连城璧，一纸万金犹不惜。
> 薛涛昨夜梦中来，殷勤劝向君边觅。

（三）鱼玄机

鱼玄机，字幼微，长安人。她出身寒微，曾为李亿侍妾。咸通中出家于长安咸宜观为女道士，最后因妒忌笞杀女婢绿翘，犯法被杀。

关于鱼玄机的生平，皇甫枚《三水小牍》说："西京咸宜观女道士鱼玄机，字幼微，长安倡家女也。色既倾国，思乃入神，喜读书属文，尤致意于一吟一咏。破瓜之岁，志慕清虚。咸通初，遂从冠帔于咸宜。而风月赏玩之佳句，往往播于士林。然惠兰弱质，不能自持，复为豪侠所调，乃从游处焉。于是风流之士，争修饰以求狎，或载酒诣者，必鸣琴赋诗，间以谑浪，懵学辈自视缺然。其诗有：'绮陌春望远，瑶徽秋兴多。'又'殷勤不得语，红泪一双流。'又'焚香登玉坛，端简礼金阙。'又'云情自郁争同梦，仙貌长芳又胜花。'此数联为绝矣。一女童曰绿翘，亦明慧有色。忽一日，机为邻院所邀，将行，诫翘曰：'无出，若有客，但云在某处。'机为女伴所留，迨暮方归院。绿翘迎门曰：'适某客来，知炼师不在，不舍辔而去矣。'客乃机素相昵者，意翘与之私。及夜，张灯扃户，乃命翘入卧内，讯之。翘曰：'自执巾盥数年，实自检御，不令有似是之过，致忤尊意。且某客至，款扉，翘隔门报云炼师不在，客无言，策马而去。若云情爱，不蓄于胸襟有年矣。幸炼师无疑。'机愈怒，裸而笞数百，但言无之。……言讫，绝于地。机恐，乃坎后庭，葬之。……遂录玄机京兆府，吏诘之辞伏，至秋，竟戮之。在狱中亦有诗曰：'易求无价宝，难得有心郎。明月照幽隙，清风开短襟。'此其美者也。"辛文房《唐才子传》说："玄机，长安人，女道士也。性聪慧，尤工韵调，情致繁缛。咸通中及笄，为李亿补阙侍宠。夫人妒不能容，亿遣隶咸宜观披戴。有怨李诗云：易求无价宝，难得有心郎。与李郢端公同巷，举止接近，诗简往反。复与温庭筠交游，有相寄篇什。尝登崇真观南楼，睹新进士题名，赋诗曰：云峰满目放春情，历历银钩指下生。自恨罗衣掩诗句，举头空羡榜中名。观其志意激切，使为一男子，必有用之才，作者颇赏怜之。时京师诸宫宇女郎，皆清俊济楚，簪星曳月，惟以吟咏自遣，玄机杰出，多见酬酢。"

鱼玄机大约只活到二十四、五岁，享年虽不长，所过州县却不少。观其诗中所记，可知其早年曾随李亿去过山西晋城一带。李亿字子安，生平事迹不见史传，唯从有关鱼玄机的记载中可知其曾任补阙之职。补阙为谏官，无外任，他去山西，可能是归省，这可以从温庭筠《送李亿东归》一诗得到证实。温亦山西人，与亿善，咸通初正在长安，晋城在长安东，故云东归。李亿其时新纳玄机为妾，宠爱方深，可能只携她一人东归。这一段生活，在玄机是较为自由平静的，所以她后来的诗中屡屡提起：

寄刘尚书

八座镇雄军，歌谣满路新。
汾川三月雨，晋水百花春。
图圄长空锁，干戈久覆尘。
儒僧观子夜，羁客醉红茵。
笔砚随行手，诗书坐绕身。
小材多顾盼，得作食鱼人。

情书寄李子安

饮冰食檗志无功，晋水壶关在梦中。
秦镜欲分愁堕鹊，舜琴将弄怨飞鸿。
井边桐叶鸣秋雨，窗下银灯暗晓风。
书信茫茫何处问？持竿尽日碧江空。

左名场自泽州至京使人传语

闲居作赋几年愁，王屋山前是旧游。
诗咏东西千嶂乱，马随南北一泉流。
曾陪雨夜同欢席，别后花时独上楼。
忽喜扣门传语至，为怜邻巷小房幽。
相如琴罢朱弦断，双燕巢分白露秋。
莫倦蓬门时一访，每春忙在曲江头。

与李亿的这段生活是她一生中最美好的时光,所以她常常眷念,并多次给李亿写诗以表达这种情思。由于李亿妻不容她,在爱衰遭弃后,她又有一段时间漫游旅居在湖北一带:

江行

大江横抱武昌斜,鹦鹉洲前户万家。
画舸春眠朝未足,梦为蝴蝶也寻花。
烟花已入鸬鹚港,画舸犹沿鹦鹉洲。
醉卧醒吟都不觉,今朝惊在汉江头。

过鄂州

柳拂兰桡花满枝,石城城下暮帆迟。
折牌峰上三间墓,远火山头五马旗。
白云调高题旧寺,阳春歌在换新词。
莫愁魂逐清江去,空使行人万首诗。

隔汉江寄子安

江南江北愁望,相思相忆空吟。
鸳鸯暖卧沙浦,鸂鶒闲飞橘林。
烟里歌声隐隐,渡头月色沉沉。
含情咫尺千里,况听家家远砧。

江陵愁望寄子安

枫叶千枝复万枝,江桥掩映暮帆迟。
忆君心似西江水,日夜东流无歇时。

送别

水柔逐器知难定,云出无心肯再归?
惆怅春风楚江暮,鸳鸯一只失群飞。

从上述诗里可以看出,她曾沿汉水经江陵南下,至武昌折入长江。南国的风色依然打消不了她对李亿的恋情,可见此时她与李亿刚分手不久,藕断丝连,难以割舍。

鱼玄机写诗,苦思冥觅,力求字字声金,工于炼字炼句。她的一些律句,如"一双笑席才回面,十万精兵尽倒戈""冰销远涧怜清韵,雪远寒峰想玉姿""蓬山雨洒千峰小,嶰谷风吹万叶秋""白云调高旧题寺,阳春歌在换新词""蕙兰销歇归春圃,杨柳东西绊客舟",皆属对工稳,遣词用典艳秀而新颖。又如"诗咏东西千嶂乱,马随南北一泉流",气爽语峻,殊有悲歌慷慨之意。故胡应麟《诗薮》说:"余考宋七言排律,遂亡一佳,唐唯女子鱼玄机酬唱二篇可选,诸亦不及。"遗憾的是,玄机诗文藻有馀,格调不高,诗中放佚语较多,雕琢之迹也较明显。可能是因为才力不济,便以夸巧取胜,所以比起薛涛、李冶诗来,就显得略为逊色些。

三、宋代女词人

宋代女性词人,著名的可以魏夫人、李清照和朱淑真三位为代表,她们的凄苦情怀可以反映宋代女性词人普遍的心态。

(一)魏夫人

魏夫人是宰相曾布之妻,曾被封为"鲁国夫人"。因此,她是一位十足的贵妇人。但是,若是细读她的全部词作(共十四首),除开一首"荷花娇欲语,笑入鸳鸯浦"的《减字木兰花》中偶露笑容以外,就全都是那种愁眉苦脸的模样。例如,其写闺怨情绪:"夕阳楼外落花飞,晴空碧四垂。去帆回首已天涯,孤烟卷翠微。楼上客,鬓成丝,归来未有期。断魂不忍下危梯,桐阴月影移"(《阮郎归》)如其写惜花心情:"不是无心惜落花,落花无意恋春华。昨日盈盈枝上笑,谁道,今朝吹去落谁家……"(《定风波》)又如其写秋夜失眠:"灯花耿耿漏迟迟,人别后,夜凉时。西风潇洒梦初回。谁念我,就单枕,皱双眉……"(《系裙腰》)……由此看来,她虽身为"阔太太",但若透过其雍容富贵的外表而深窥其内心,里头竟也盛满着一腔凄清孤寂的哀怨情怀!我们可具体分析其两首词:

菩萨蛮

溪山掩映斜阳里,楼台影动鸳鸯起。隔岸两三家,出墙红杏花。绿杨堤下路,早晚溪边去。三见柳绵飞,离人犹未归。

这是一首描写思妇盼望远行丈夫归来的小令,借写景以抒情,情因景生,十分精巧。上片四句,处处点出相思情深。"溪山掩映斜阳里"是写景,小溪与远山景色全部被笼罩在西斜的阳光里,波光闪闪,山色迷茫;然而日影西斜就当离黄昏未远,而黄昏正是"羊牛下来""如之何不思"的时候;那么这景里自然包寓了相思之情。"楼台影动鸳鸯起",是说微风吹动水面,水榭楼台映入溪水内的倒影随之荡漾,惊动了一对鸳鸯拍水惊飞。鸳鸯,是一种情鸟,雌雄相依,形影不离,如同良侣,故此处写的是景,却分明又寄相思之意。"隔岸两三家,出墙红杏花",在溪水那岸的两三家庭院里,有几支红艳欲滴的杏花伸出墙来;红杏花带来了充满春意的春日景色。下片写思夫情切,每天到溪旁柳下盼望远人早日归来。"绿杨堤下路,早晚溪边去",每天早晚沿着绿柳堤岸下的小路到溪边去,回味着当时折柳送别、依依不舍的情景,希望离人快快归来。"三见柳绵飞,离人犹未归",柳绵,即成熟了的柳树种子,因其上有白色茸毛、随风飘舞如绵似絮而得名,又叫柳絮。一年一度柳絮飞,现在三年过去了,离人却还未回来,热切的期待之中含着离别之情。

点绛唇

　　　波上清风,画船明月人归后,渐消残酒。独自凭阑久。
　　　聚散匆匆,此恨年年有,重回首。淡烟疏柳,隐隐芜城漏。

　　这首词抒发了离愁别绪,是有感于人生聚散无常而作。"独自凭栏久",词中人显然是借凭倚着栏杆以消遣胸中累积的离怨。在这里,作者化用了南唐后主《浪淘沙》中"独自莫凭栏"之后,当然也就把李煜那"别时容易见时难"的极为低沉的情调和伤感色彩一起带了进来。一个"久"字,告诉我们此时此刻词中人正被离恨包围着,无法摆脱。"聚散匆匆,此恨年年有",显然是从欧阳修《浪淘沙》"聚散苦匆匆,此恨无穷"名句中得来,恰当地抒发了词中人对人生聚散无常、无可奈何的伤感。"重回首"不独属前句,而且也是联结后句的枢纽。承前句,则指思绪纷纭,自己经历过年年几乎都有的离别情景,这时都一起再次涌上心头,悲苦之情,难以承受;启后句"淡烟疏柳",则是指回顾身后的远方景色,暮霭四合,云烟沉沉,天边的柳树稀疏隐约,不见绿色,这景色正与人物的内心世界相交融,充满悲凉惨淡。

　　(二)李清照

　　李清照以她特有的女性视角和女性笔触去感知人生和抒写感情,这才造成了李词不同于一般男性词人之作的特色。而在李清照词所呈现的女性特色之中,她的那一种凄清孤寂的情怀使读者感受尤深,下面我们就具体分析她的一些作品:

浣溪沙

　　　淡荡春光寒食天,玉炉沉水袅残烟。梦回山枕隐花钿。
　　　海燕未来人斗草,江梅已过柳生绵,黄昏疏雨湿秋千。

　　这首词主要写初春景色及闺中闲适生活,是李清照早期的作品。全词记叙了闺中一天的生活。上片写少女晨睡。起句既点明了时间,又写出了暖风嘶嘶、春光融融的季节特点,这就为少女晨睡铺展出特定的环境,造成了浓郁的气氛。下片写户外活动。词人以轻快自由的调子,白描的手法勾勒点画春天明媚的春色,少女们天真活泼的游戏以及她们因"黄昏疏雨湿秋千"而余兴未消的怅憾。词人从创造意境的宗旨出发,巧妙地将写景、叙事、抒情融为一体。

醉花阴

　　薄雾浓云愁永昼,瑞脑销金兽。佳节又重阳,玉枕纱厨,半夜凉初透。

　　东篱把酒黄昏后,有暗香盈袖。莫道不消魂,帘卷西风,人比黄花瘦。

　　李清照的重阳《醉花阴》词相传有一个故事:"易安以重阳《醉花阴》词函致明诚。明诚叹赏,自愧弗逮,务欲胜之,一切谢客,忘食忘寝者三日夜,得五十阕,杂易安作以示友人陆德夫。德夫玩之再三,曰:'只三句绝佳。'明诚诘之,答曰:'莫道不消魂,帘卷西风,人比黄花瘦。'正易安作也"(见元伊世珍《娜嬛记》)。

　　"人比黄花瘦"一句是警句,"瘦"字并且是词眼。词眼犹人之眼目,它是全词精神集中表现的地方。"瘦"字和首句的"愁"字相呼应。因为有刻骨的离愁,所以衣带渐宽,腰肢瘦损。"人比黄花瘦"五字,以生动的形象来表达感情。

　　庭院深深深几许,云窗雾阁常扃。柳梢梅萼渐分明,春归秣陵树,人客建安城。感月吟风多少事,如今老去无成。谁怜憔悴更凋零,试灯无意思,踏雪没心情。

　　这首词深深寄托着李清照对亡夫的悼念之情和对自身孤苦生活的绝望之感。从词的内容看,词人可能曾流亡到福建建安,这首词就是她这一段飘零生活的写照。词人为什么"人客建安城",却会发出"春归秣陵树"的联想呢? 她的意识为什么会产生这种流动呢? 李清照初到建康是在建炎二年的春天,当时丈夫赵明诚任江宁知府。每逢大雪天李清照常常披戴蓑笠循城远览,并邀赵明诚赓和诗词,可见夫妻二人在建康的这一段生活,是很幸福、愉快的。但好景不长,第二年,明诚即病死在建康,三个月以后,建康也就陷于金兵之手了。建康,与词人的心,维系得是这样紧密,那里埋葬着她的丈夫,埋葬着她逝去的欢乐。所以,建安的春色立刻引起了她对建康春色的联想。春归建康,人也应该归建康,去为亡夫的坟墓添一把新土,去为那黄泉下的人洒一把泪。但是,自己却客居在偏远的建安,只能遥念建康而不得归了。"春归秣陵树,人客建安城"二句,对仗工整,上联一个"归"字,下联一个"客"字,相反相成,产生了强烈的对比效果。整个上片均意在反衬,用生机勃勃的早春景象,反衬出词人愁苦郁闷的心情。

孤雁儿

世人作梅词,下笔便俗。予试做一篇,乃知前言不妄耳。

藤床纸帐朝眠起,说不尽、无佳思。沉香断续玉炉寒,伴我情怀如水。笛里三弄。梅心惊破,多少春情意。

小风疏雨萧萧地,又催下、千行泪。吹箫人去玉楼空,肠断与谁同倚。一枝折得,人间天上,没个人堪寄。

这首词采用了反复渲染的艺术表现方法,形成浓重的凄清气氛,有很大的感染力。词人首先选取了与这首词的内容有关而更利于渲染气氛的景物,来实现这一方法。从日常生活到户外景色,处处触目生情,令人伤感。从词中描写的室内景物看,都是清洁淡雅的。藤床纸帐,雅致而无一丝华丽之气,香炉亦不用"金"而用"玉",从颜色到质料,给人的感觉是洁净清淡,这就迥别于她早期写闺阁景物的"香冷金猊,被翻红浪"的气氛。那首《凤凰台上忆吹箫》虽然也是写愁思的,但闺阁之中却不免有几分香艳气,如今是丈夫去世、境遇改变,日常生活也早已不同以往了。从室外景色看,也是一片凄凉:小风疏雨,景象萧瑟,更使人愁肠百结,催人泪下。幽咽的笛声吹着《梅花落》的曲子,怎能不令人无限伤感。词人选取的这些景物,都对烘托感情起了重要的作用。

玉楼春·红梅

红酥肯放琼苞碎,探著南枝开遍未?不知酝藉几多香,但见包藏无限意。

道人憔悴春窗底,闷损阑干愁不倚。要来小酌便来休,未必明朝风不起。

词人的情怀是怎样从探梅时的意趣盎然,忽而转至愁闷憔悴,忧虑重重了呢?调子的转折在过片处,这里有一个极大的感情跳动幅度,正可谓"包藏无限意"。词人由探花、度花、见花而爱花,但一想到明朝风起后花事的残落景象,自然顿生惜花之情。"探著南枝",真的使词人陶醉了。那可爱的梅花啊,"不知酝藉几多香,但见包藏无限意。"欲放的、半开的,每一朵、每一瓣,都包含着数不清的缕缕幽香,蕴藏着说不尽的依依深情。由梅联想到人，自己也曾青春光艳，如同红梅，而如今憔悴身心，情怀苦闷，只能靠小酌冷酒来打消愁苦了。

武陵春

风住尘香花已尽，日晚倦梳头。物是人非事事休，欲语泪先流。

闻说双溪春尚好，也拟泛轻舟。只恐双溪舴艋舟，载不动，许多愁。

这首词是宋高宗绍兴五年（1135）作者避难浙江金华时所作。当年她是五十三岁。那时，她已处于国破家亡之中，亲爱的丈夫死了，珍藏的文物大半散失了，自己也流离异乡，无依无靠，所以词情极其悲苦。

永遇乐

落日熔金，暮云合璧，人在何处？染柳烟浓，吹梅笛怨，春意知几许？元宵佳节，融和天气，次第岂无风雨？来相召、香车宝马，谢他酒朋诗侣。

中州盛日，闺门多暇，记得偏重三五。铺翠冠儿，撚金雪柳，簇带争济楚。如今憔悴，风鬟霜鬓，怕见夜间出去。不如向、帘儿底下，听人笑语。

这首《永遇乐》是叙述作者晚年在临安的一段生活。她自觉无趣，连酒朋诗友的宴请也无心参加，把自己完全封闭起来，自愁自消。

（三）朱淑真

朱淑真生活在南宋宁宗、理宗时期，其父朱晞颜官至浙西转运判官及临安知府，其夫汪纲曾担任过绍兴知府、权司农卿、户部侍郎等职，故也是一位官宦人家的女儿和夫人。这种情况和李清照很是相似。仅从其诗词作品以《断肠集》来命名，我们就能充分感知她的愁肠欲断了。她的词中充塞着愁、病、泪、独、倦、怯、寂寞、伤神之类令人伤感的字眼，悲苦心情处处可见。我们试分析她的几首词：

谒金门·春半

春已半，触目此情无限。十二阑干闲倚遍。愁来天不管。

好是风和日暖，输与莺莺燕燕。满院落花帘不卷。断肠芳草远。

这是一首抒发春愁闺怨的词作。目光所及之处，繁花满枝、柳叶已长，大非初春景色,转眼将是花落枝空、柳老絮飞;触物及人,内心伤悼之情绵绵而来,无止无休。慨叹人不如物,只能是极度哀苦绝望的心境的写照,当然也反映出作者发自内心的一种与命运的抗争,与对身心自由追求的幻想。"满院落花帘不卷",春花落满了庭院,本该打扫,可是没有心思去扫,珠帘本应卷起以迎进明丽的春光,可是没心思去卷。这一切都与上片的"十二阑杆闲倚遍""愁来天不管"互为补充。"断肠芳草远",相思让人断肠,断肠多喻苦恋,"芳草"是皆仰慕爱恋的人心。最后这个结句把上述的"此情无限"的"情",与"愁来天不管"的"愁"的内容,明晰点出,苦苦思慕的人你在何方? 为什么离我这么遥远? 这是发自内心的呼喊。这就是她忧思百结、郁郁难欢的根源。

蝶恋花·送春

　　楼外垂杨千万缕,欲系青春,少住春还去。犹自风前飘柳絮,
随春且看归何处。绿满山川闻杜宇,便做无情,莫也愁人苦。把
酒送春春不语,黄昏却下潇潇雨。

　　这是一首惜春的词。依依不舍,极力挽留,但是,春天还是匆匆离去了。"欲系青春,少住春还去"两句,按句意应标点为"欲系青春少住,春还去",这就说明尽管杨柳缠绵多情,春天却无意也不能"少住",还是匆匆离去了。这是写"系春","系春"春不住,下两句便写"随春",柳絮依旧随风飘舞,意欲跟随春天看看她的归宿。"系春"意在表达作者哀叹自己的青春年华逝去,这是无可奈何的事情。杜鹃鸣叫,意味着初夏的到来,它的叫声凄厉,引人愁思。但是,杜鹃并非真懂得人的情意,所以作者才臆测假想:"便做无情,莫也愁人苦。"触景伤情,思绪联翩,无限烦恼涌上心头,不能自已,她只好端酒"送春"。全词意境清幽,语言朴素流畅,特别是缸人化写法应用,更将"春""杨柳"塑造成颇为动人的艺术形象,形象地表现出作者"惜春"的思绪。题目是《送春》,可是这"送"并非"欢送",而是无可奈何,万不得已在黄昏的风雨声中把春送走了。这样作者缠绵俳恻、满怀惆怅的感情也就直率自然地表现出来。

菩萨蛮·咏梅

　　湿云不渡溪桥冷。蛾寒初破东风影。溪下水声长。一枝和
月香。人怜花似旧,花不知人瘦。独自倚阑干,夜深花正寒。

　　此词感情细腻,层次渐进,善于进行环境渲染,情浓景真。基调清冷、孤寂,充满忧伤。以"湿云""桥冷""和月香""花正寒"等语写出一种孤寂、冷艳的气氛,衬出"人瘦"、人愁、不甘流俗、追求高洁的意境。"溪下水声

长,一枝和月香",这里写景运用了以动衬静的手法。前句写脚下溪水向远方流淌,发出悠长迷人的声响,这是听觉感受。后句写一支秀出绽开了淡淡的梅朵,在皎洁如银的月光下,吐出缕缕醉人的幽香,这里既有视觉,也有嗅觉感受。这两句构成了一个多层次的镜头。一个人在冬季溪桥上、夜月下,听溪水潺潺,见寒梅独放,觉香气袭人。人对花充满了叙旧之痴情,然而梅花呢?到底她是草木之躯,她不可能知道词中人比起往年正在渐渐消瘦。人是有情的,而花却难解人意,这就产生了矛盾,人欲向花诉说心中的哀怨,而花却是不能理解的。"花不知人瘦"之句在全篇起点透内容的作用,不仅花不知人瘦,自然界中的一切,以及世上众生又有哪个知道词中人在一天天憔悴!

阿那曲

梦回酒醒春愁怯,宝鸭烟销香未歇。

薄衾无奈五更寒,杜鹃叫落西楼月。

唐代白居易《琵琶行》长诗中有"其间旦暮闻何物,杜鹃啼血猿哀鸣";宋诗人王令《送春》诗中也有"子规夜半犹啼血"的句子。词中人梦回酒醒,带着满怀愁思,听着杜鹃哀鸣,自夜半直啼到五更天亮、月落西方。这是多么扰人的愁思!"叫落"二字,用得十分工巧,它将"鹃叫"与月落作因果关系提了出来,不仅独创、别致,而且也化出了新意:杜鹃夜啼、春夜愁多,月落天亮、杜鹃啼歇,杜鹃与月亮同止同消。全词虽然只有四句,但在首句总提出"春愁"之后,接着又以寥寥两句,从室内景物与身心感受对"春愁"进行侧面描绘;最后结句"杜鹃叫落西楼月"更以奇妙手法,将"春愁"引延无限,耐人寻味。词短小而意深沉,语言凝练,十分传神,写尽了对春的无尽愁思。

除魏夫人、李清照、朱淑真外,宋代还有一些女词人,也表现了凄清孤寂的情怀。不过她们留下来的词作都很少,这里再列举三个人的作品:

减字木兰花·题雄州驿

朝云横度,辘辘车声如水去。白草黄沙,月照孤村三两家。

飞鸿过也,百结愁肠无昼夜。渐近燕山,回首乡关归路难。

这是一首被俘离乡的凄婉词篇。本词作者是阳武县令之女。据《宋史·忠义传》载:钦宗靖康年间,金兵南侵时,蒋兴祖为阳武(今河南原阳)令,在城被围时,坚持抵抗,至死不屈,极为忠烈。他的妻、子均死于此。又据韦居安《梅涧诗话》载:"……其女为贼虏去,题字于雄州驿中,叙其本末。"雄州,即今河北省雄县。此词作者描述了国亡家破,被掳北行的深哀剧痛,如泣如诉,是用血泪凝成的词章。全词字字生悲,化典自如,用语精当,情景交融,感人至深!况周颐在《蕙风词话续编》中说,这首词"寥寥数十字,写出步步留恋,步步凄恻"之情,评价颇为精当。

祝英台近·惜多才

惜多才,怜薄命,无计可留汝。揉碎花笺,忍写断肠句。道旁杨柳依依,千丝万缕,抵不住、一分愁绪。

如何诉? 便教缘尽今生,此身已轻许。捉月盟言,不是梦中语。后回君若重来,不相忘处,把杯酒、浇奴坟土。

据明陶宗仪《辍耕录》记载:"戴石屏先生复古,未遇时,流寓江古武宁。有富家翁爱其才,以女妻之。居二三年,忽欲作归计。妻问其故,告以曾娶。妻白之父,父怒。妻宛曲解释,尽以奁具赠夫,仍饯以词云……夫既别,遂赴水死,可谓贤烈也矣!"这就是此词的写作背景。作者的命运值得同情,她是一位宽厚、坚贞、贤惠的女性。这首词写得感情真挚,词语凄婉,令人心酸。

减字木兰花·淮山隐隐

淮山隐隐,千里云峰千里恨。淮水悠悠,万顷烟波万顷愁。

山长水远,遮住行人东望眼。恨旧愁新,有泪无言对晚春。

据《续夷坚志》卷四《泗州题壁》:"兴定末,四都尉南征,军士掠淮上良家女北归,有题《木兰花》词逆旅间云……"也就是说,金国末年,不断发动战争攻击南宋,每次撤军时都要对南宋人民杀戮掳掠,淮上女即其中之一。这首词是首丧乱词,语言明白如话,字里行间充满了对故乡山水的眷恋,充满了对敌人的仇恨,是一首用血泪凝成的词篇。

第四节　古代民歌是诗歌的源头

民歌开辟了各种诗歌形式的道路,哺育了各个时代的诗人,影响极为深远。五言诗作为一种诗歌形式,其孕育与生成,都源自汉乐府民歌,对此专家是有一致共识的。汉代非常重视采诗和诵诗,可以说,没有采诗、诵诗,就没有汉乐府民歌;没有汉乐府民歌,也就没有五言诗。从民间采集来的诗歌,并不是马上就能拿到朝廷上去歌颂演奏的,还要经过精通乐律人士的修饰包装,才能登台亮相。例如,《汉书·李夫人传》记载:"(李夫人)兄延年,性知音,善歌舞。武帝爱之,每为新声变曲。"《汉书·李延年传》亦云:"延年善歌,为新变声。是时上方兴天地诸祠,欲造乐,令司马相如作诗颂,延年辄承意弦歌所造诗,为之新声曲。"① 李延年曾为汉武帝起舞而歌,歌辞曰:

北方有佳人,绝世而独立。一顾倾人城,再顾倾人国。宁不知倾城与倾国,佳人难再得。

李延年这首《李夫人歌》,文辞优美,情韵俱胜,是出现较早的比较完整的五言诗,可以明显看到汉乐府民歌影响的痕迹,所以历来受到人们的传唱和重视。俗乐压倒了雅乐,民歌压倒了文人诗。汉乐府民歌引起了文人们学习和模仿的兴趣,遂使这种形式成为汉诗的主要形式。

词的演变过程也是这样。词起源于民间,现存较早的民间词是《敦煌曲子词》。王重民在《敦煌曲子词集叙录》中说:"今兹所获,有边客游子之呻吟,忠臣义士之壮语,隐居子之怡情悦志,少年学子之热望与失望,以及佛子之赞颂,医生之歌诀,莫不入调。"这段话说明了民间词多方面的内容和题材。我们可看一些代表作品:

望江南
莫攀我,攀我太心偏。

我是曲江临池柳,者人折了那人攀,恩爱一时间。

菩萨蛮
枕前发尽千般愿,要休且待青山烂。

水面上秤锤浮,直待黄河彻底枯。

白日参辰现,北斗回南面。

休即未能休,且待三更见日头。

浣溪沙
五两竿头风欲平,长风举棹觉船行。

柔橹不施停却棹,是船行。

满眼风波多闪灼,看山恰似走来迎。

仔细看山山不动,是船行。

---

① 刘华民.中国古代杂体诗鉴赏[M].苏州:苏州大学出版社,2018.

鹊踏枝

叵耐灵鹊多谩语,送喜何曾有凭据!几度飞来活捉取,锁上金笼休共语。比拟好心来送喜,谁知锁我在金笼里。欲他征夫早归来,腾身却放我向青云里。

何满子

金河一去路千千,欲到天边更有天。马上不知时历变,回来未半早经年。

上述这些民间词风格朴素,富有生活气息。词体在民间兴起后,盛唐和中唐一些诗人,以其敏感和热情,迎接了这一新生事物,开始了对新形式的尝试。所以,早期的文人词,都明显带有民间词影响的痕迹。例如:

渔父

西塞山前白鹭飞,桃花流水鳜鱼肥。
青箬笠,绿蓑衣,斜风细雨不须归。

调笑令

胡马胡马,远放燕支山下。跑沙跑雪独嘶,东望西望路迷。迷路迷路,边草无穷日暮。

调笑令

边草边草,边草尽来兵老。山南山北雪晴,千里万里月明。明月明月,胡笳一声愁绝。

忆江南

江南好,风景旧曾谙。日出江花红胜火,春来江水绿如蓝。能不忆江南?

渔翁

渔翁夜傍西岩宿,晓汲清湘燃楚竹。烟销日出不见人,欸乃一声山水绿。回看天际下中流,岩上无心云相逐。

早期的文人词,接近自然,不事藻绘,造语平实,设色淡雅,情致悠远,与民间词的风格差别不大。到了晚唐五代,西蜀和南唐的割据者苟且偷安,藉声色和艳词消遣,于是词开始摆脱民间而走向宫廷。明显的标志就是:词在格律方面开始规范化,在文辞、风格、意境上进一步向专业化过渡,逐渐为后世树立了文本范例,奠定了后世文人词的基础。

散曲同样产生于民间的俗谣俚曲,这与词产生的情形十分相似。宋金之际,北方少数民族相继入据中原,他们带来的胡曲番乐与汉族地区原有的音乐相结合,孕育出一种新的乐曲。一种新的诗歌形式——散曲,便适时而生。明人徐渭在《南词叙录》里对这个问题做了精辟的表述:"今之北曲,盖辽金北鄙杀伐之音,壮伟狠戾,武夫马上之歌,流入中原,遂为民间之日用。宋词既不可被管弦,世人亦遂尚此,上下风靡。"散曲的语言以俗为美,俗语、蛮语、谑语、嗑语、市语、方言常语比比皆是,使人沉浸在浓郁的生活气息之中。散曲身上刻有较多的民歌及俗文学的印记,明显地带有口语化、散文化的特点,少引圣籍,少引典故,多发天然,多成自然。

我们还可以禽言诗为例来说明民歌与文人诗歌的关系。禽言诗是我国诗歌史上众多异体诗中一种十分特殊的诗体。所谓禽言诗,《辞源》解释说:"以鸟名象声取义,用以寓意抒情。"以禽言入诗,在我国第一部诗歌总集《诗经》中就有。有的学者认为《豳风·鸱鸮》是我国诗歌史上第一首禽言诗。这首诗共四章:

> 鸱鸮鸱鸮,既取我子,无毁我室。恩斯勤斯,鬻子之闵斯。
>
> 迨天之未阴雨,彻彼桑土,绸缪牖户。今女下民,或敢侮予?
>
> 予手拮据,予所捋荼,予所蓄租,予口卒瘏,曰予未有室家。
>
> 予羽谯谯,予尾翛翛,予室翘翘,风雨所漂摇,予维音哓哓。

这首诗用母鸟的口吻诉说自己养育子女、修筑窝巢的辛勤劳苦,恳求鸱鸮(猫头鹰)爪下留情:"既取我子,无毁我室。"直接以"禽言"命题作诗的首推宋代诗人梅尧臣。他有《禽言》四首:

> 不如归去,春山云莫。万木兮参天,蜀天兮何处?人言有翼
> 可归飞,安用空啼向高树!（《子规》）
>
> 提葫芦,沽美酒。风为宾,树为友。山花撩乱目前开,劝尔
> 今朝千万寿。（《提壶》）
>
> 婆饼焦,儿不食,尔父向何之?尔母山头化为石。山头化石
> 可奈何,遂作微禽啼不息。（《山鸟》）
>
> 泥滑滑,苦竹冈。雨萧萧,马上郎,马蹄凌兢雨又急,此鸟为
> 君应断肠。（《竹鸡》）

每首诗开头一句分别是子规(杜鹃)、提壶、山鸟、竹鸡的鸣声。

梅尧臣的《禽言》开了历代禽言诗创作的先河,令人耳目一新。当时大诗人苏轼就用"圣俞体"写了《五禽言五首》,此后刘一止、周紫芝、陆游、方岳、戴昺等均有仿作,就连理学大师朱熹也不例外。元代名家耶律铸、杨维桢,明代名家丘濬、李梦阳、顾璘等都有作品存世,清代作禽言诗者更

多,明清还出现了集句禽言诗,直至现当代仍偶有所见。

禽言诗感时而发,语言明白如话,带有明显的民歌特征。例如,明代丘濬《三禽言》之二《行不得也哥哥》,前有小序:"金兵追宋元祐后至章贡,几及之。时人有词曰:'天晚正愁予,春山啼鹧鸪。'盖言行不得也。"诗仅五句:

> 行不得也哥哥,十八滩头乱石多。东去入闽南去广,溪流湍
> 驶岭嵯峨。行不得也哥哥。

追述的却是一段重要史实。南宋高宋建炎三四年间,金兵南侵,一路追捕赵构,窜扰浙东;一路追捕元祐皇太后(哲宗赵煦皇后),侵扰赣西,太后仓皇南逃,至赣州始得安全。罗大经《鹤林玉露》载:"南渡之初,虏人追元祐太后御舟至造口,不及而还。"即指此事。宋代潘文虎《哀掳妇四禽言》则是直接描述南渡之初,浙东一家妇女被金兵所掳掠、强迫北行的情景:

> 交交桑扈,交交桑扈,桑满墙阴三月暮。去年蚕时处深闺,
> 今年蚕时涉远路。路傍忽闻人采桑,恨不相与携倾筐。一身不
> 蚕甘冻死,只忆儿女无衣裳。
>
> 不如归去,不如归去,家在浙江东畔住。离家一程远一程,
> 饮食不同言语异。今之眷聚昔寇仇,开口强笑心怀忧。家乡欲
> 归归未得,不如狐死犹首丘。
>
> 泥滑滑,泥滑滑,脱了绣鞋脱罗袜。前营上马忙起行,后队
> 搭驼疾催发。行来数里日已低,北望燕京在天末。朝来传令更
> 可怪,落后行迟都砍杀。
>
> 鹁鸪鸪,鹁鸪鸪,帐房遍野相喧呼。阿姊含羞对阿妹,大嫂
> 挥泪看小姑。一家不幸俱被掳,犹幸同处为妻孥。愿言相怜莫
> 相妒,这个不是亲丈夫。

在被掳北行途中还惦记家中儿女无衣裳;叹息有家难归,死后也不忘故乡;途中被催逼、受威胁,姐妹姑嫂间无奈互相宽慰的情景,历历在目。前人评论说:"辞意婉切,读之心伤。"

离言诗表现手法以"兴"为主,兼用"比""赋"。开头一般以禽鸟鸣声起兴(引起联想),然后或叙述,或描写,或对比,或议论,或抒情,层层递进,揭示主题。语言通俗,风格明快,有的近于口语。例如,邵定翁《禽言》之一:"明朝早早去插田,东方未明云漫漫。阿婆拊床呼阿三:阿三莫学阿五眠。汝起点火烧破铛,麦饭杂菽炮鲞羹,丘嫂拔秧哥去耕。田家何待春禽劝,一朝早起一年饭。饭箩空,愁杀侬。"朗朗上口,易诵易记,用韵多变化,平仄多兼用,有民歌风味。有一韵到底的,或用平声,或用仄声,多

数是平仄韵兼用，有的两三次换韵，甚至有多次换韵的。由于用韵多变，加强了诗歌的音乐美。禽言诗不是纯粹的格律诗，也不是地道的民歌，它语言通俗，风格明快，句式参差，讲究平韵律，兼有格律诗和民歌的某些特点，可以说是古典诗歌中的一种自由体。从禽言诗的创作，可以见到"民歌与古典诗词相结合"的形式。这种艺术形式值得当今诗坛借鉴和研究。

第五章　汉语言文学中的散文分析

　　中国古代散文与当代散文的突出区别就是早期的散体文字多偏重于政府文牍和人事说理等应用文字,先秦诸子以文论政的传统,战国纵横家骋辞风习的影响发展到秦汉,散文开始主要体现统治者的意图,散文成为王纲的灵魂。

第一节　两汉叙事抒情散文

　　有比较才有鉴别,与先秦文学相比,汉代文学是先秦文学的继续和发展。面对新的时代、新的意识形态,散文的发展更需要探寻新的途径。因此,这一阶段,处于诸子散文和历史散文高潮之后的转变阶段,汉代散文承续着先秦时期的势头并有了新的发展。作家们面对大一统的时代,他们的任务就是帮助统治者选择和确定有利于巩固新制度的治世原则,构筑适应新制度的上层建筑,解决现实社会所存在的种种问题,因此文章创作呈现出强烈的务实性。

一、西汉书信文

　　书信是写给特定对象阅读并为具体内容而发的人们交流思想情感的工具。古人留下来的书信除了在当时有着社会交际的作用,它又是一种常见的重要文体,有着丰富的形式和艺术表现力。作为一种应用文体,它产生于人们的社交活动出现之后,并且随着人们社交活动的日益频繁而逐渐发展。远在春秋时代各诸侯国之间就经常派遣使者呈送书辞,并多见于史书记载,但在当时仅仅局限于论辩的性质,但策士们已经开始追求文辞的华丽与对偶。刘勰《文心雕龙·书记》说:"故书者,舒也。舒布其言,陈之简牍,取象于夬,贵在明决而已。三代政暇,文翰颇疏;春秋聘繁,书介弥盛。……及七国献书,诡丽辐模;汉来笔札,辞气纷纭。"

书信往往能给作者一些自由。至汉代,书信写作的最大特点就是从单纯的言事手段中解放出来,变成了自由书写个人情怀的工具。这个时期的文人留下了不少佳作,伟词如泉,气势奔涌,承先启后,人乐讽诵。例如,邹阳的《狱中上梁王书》,司马迁的《报任安书》等,无论是抒发世态炎凉,怀才不遇,还是陈述国家政务,上呈君主;无论是叙述家事,还是描写情怀,都能够做到陈述问题削切明白,抒发胸臆真挚动人。汉代文人的积极创作和尝试,为六朝时期"文藻条流,托在笔札",抒情更加放言骋怀,文采更加雕琢修饰奠定了基础。①

东方朔的《答客难》被认为是西汉最早的抒情散文。《文选》将此篇归于"设论"。据《史记》:"武帝时,齐人有东方朔,以好古传书,爱经书,多所博观外家之语。"武帝时被任为太中大夫,欲有作为而不受重视,"朔上书陈农战强国之计,推意放荡,终不见用,因著设论客难己用位卑,以自慰谕"(《汉书》)。东方朔生活在汉代初期走向鼎盛之时,这个时期的思想、世风也在转变之中。前代的诸侯王尚在,可是权势已经削弱。以前依附于诸侯王的士人,也无所用其才智,但是这个时期成长起来的一代文人,仍然兼具纵横家的精神、气质。东方朔的高自标置,也许正是这种精神的表现。故有此《答客难》抒发怀才不遇之感。刘勰评其文曰:"自《对问》以后,东方朔效而广之,名为《客难》,托古慰志,疏而有辨"准确把握了它的抒情性质。文章以主客问答的形式展开,先虚构出——"客",向东方朔发出责难,颇似《七发》之问答体。客方质疑:"苏卿张仪,一当万乘之主,而身御卿相之位……自以为智能海内无双,则可谓博闻辩智矣。然悉力尽忠,以事圣帝,旷日持久,积数十年,官不过侍郎,位不过执戟。意者尚有遗行邪?"言含讥谐之意。

文章的主要部分就是对客难的回答,所谓时异事异七苏、张生当乱世,可以大有作为,而他则生于盛世,"圣帝德流","诸侯宾服","贤与不肖,何以异哉",即为自己解围,又颂扬了皇帝;人的地位不是由才能决定,"尊之则为将,备之则为虏","用之则为虎,不用则为鼠",接着又引经据典,举出了历史上诸多有才学的人不为时用的例子,如许由、接舆、范蠡、子胥……文笔曲折有致,无形中暗示出正是统治者的好恶与喜怒,决定着他

---

① 李措吉.中国散文[M].上海:同济大学出版社,2007.

们的命运,心中的苦闷巧妙地吐露了出来。文中可以看出其人虽然诙谐滑稽,却也有着不为人道的不满、愤懑。

后世扬雄的《解嘲》、班固的《答宾戏》以及韩愈的《进学解》都受其影响不浅,纷纷假托主客问答,或抑客扬主,内心的牢骚不平尽在主人的驳论中或借客伸主,在客方的问难中流露主人的不满,巧妙地为个人鸣不平。

"上书"可以视为是书信的别称,《文选》所收"上书"有邹阳的《上书吴王》《狱中上梁王书》《狱中上书自明》、枚乘的《奏书谏吴王濞》《重谏聚兵》等。

西汉齐人邹阳为后世留下了不少名篇。作为当时出名的游士,他早年在吴王刘濞门下做文学侍客,以能文善辩著称。后刘濞密谋叛乱,他写了《上书吴王》,劝其勿反,但不为所用,于是就和枚乘、严忌等人一起离开了吴国,做了梁孝王的门客。据《汉书》本传:"阳为人有智略,慷慨不苟合,介于羊胜、公孙诡之间。胜等疾阳,恶之孝王。孝王怒,下阳吏,将杀之。阳客游以谗见禽,恐死而负累,乃从狱中上书。"因为其智谋胆识和慷慨不苟合的态度,被一些人嫉妒怀恨,在他反对梁孝王密谋刺杀爰盎后,羊胜等人向梁王进谗言而使邹阳下狱。《狱中上梁王书》是为自己辩冤之信。在这篇历代传诵的佳作中,他反复申述了一个问题:君臣忠信的问题。君主要与士真相知,就要"去骄傲之心,怀可报之意,披心腹,见情愫,毁肝胆,施德厚,终于之穷达,无爱于士气",在写法上很有特色,他既没有为自己评功摆好,也没有向梁王鸣冤叫屈,表面上在论述一个道理,实际句句都同他的遭遇有关,事事都联系了他的冤屈。全文围绕"忠信"二字,反复致意,新意迭出,每层意思都以"是以""故"等相连,使得整篇文章跌宕起伏而又一气呵成,让读者感觉事多重而不厌其重。

全篇大量用典,用典抒情达意,用典批判表扬,引用史实史例,远自箕子佯狂,比干剖心,近至荆轲之慕燕丹,李斯被戮于胡亥,凡君臣遇合之例皆举之,或正或反,通篇援举称引近40余件,自然恰当地融会其间,显得灵活生动。此文首开在文章中大量用典之例,推进了散文的发展。辞采绚丽,气势奔放,义正词严,不卑不亢,悲愤激越,时露锋芒,抱忠而受囚的不平和有才而不遇的愤慨也溢于言外,表达了至死而不屈的气节。他所陈述的作为人君只有"不惑众于口""不移于浮辞气真正信用贤能,才能得人心、成大业"的道理,今天读来依旧有现实意义。

其后最值得称道的是司马迁与其外孙之书信。刘勰有言曰:"观史迁之《报任安》,东方之《谒公孙》,杨恽之《酬会宗》,子云之《答刘歆》,志气槃桓,各含殊采;并杼轴乎尺素,抑扬乎寸心。"(刘勰《文心雕龙·书记》)

司马迁的书信《报任安书》是写给他的朋友任安的一封信。任安,字少卿,荥阳(今河南荥阳)人,曾任益州刺史,他写信给司马迁,要他推荐贤士,即推荐自己进入朝廷。司马迁接信后,解释说他"会东从上来,又迫贱事,相见日浅,卒卒无须臾之间,得竭志意"。其后任安调京做皇帝禁军的北军使者护军,目的达到,遂未回信。结果发生了江充诬陷太子刘据,刘据起兵讨江之事,刘据兵败自杀后,汉武帝认为任安在战争中按兵不动"坐观成败",是"有两心"的表现,因而将他腰斩。司马迁的这份复信便写于其入狱后:

> 曩者辱赐书,教以慎于接物,推贤进士为务。意气勤勤恳恳,若望仆不相识,而用流俗人之言。仆非敢如此也。仆虽罢驽,亦尝侧闻长者之遗风矣。顾自以为身残处秽,动而见尤,欲益反损,是以独郁悒而谁与语。谚曰:"谁为为之,孰令听之?"盖钟子期死,伯牙终身不复鼓琴。何则?士为知己者死,女为悦己者容。若仆大质已亏缺矣,虽材怀随和,行若由夷,终不可以为荣,适足以发笑而自点耳。……

钱锺书先生在《管锥编》中称此文"情文相生,兼纤徐卓挚之妙气从开头这一段就可以见出其柔婉、纤徐的风格。这也是司马迁的一封自白书,全文以回答任安的要"慎于接物,推贤进士"为宗旨,并以此为主线,论士节、叙遭遇、抒情怀,条理十分清楚,既交代了忍辱苟活的始末,又有耻辱悲愤之情、含冤之心的抒发。自己为了替李陵说话而下狱,"今交手足,受木索,暴肌肤,受榜极,幽于圜墙之中",受到最下的腐刑。忍辱含垢,坚强活下来的原因就是为了创作《史记》。文中也叙述了自己的家世、志向和遭遇,交代了《史记》的指导思想——"究天人之际,通古今之变,成一家之言"。

《报任安书》在表达思想、结构安排和语言方面也堪为后人楷模。论理则纲举目张,充分发挥,议论纵横,时有警语,如"人固有一死,或重于泰山,或轻于鸿毛,用之所趋异也"等千古流传不衰;叙事则铺写细致,形象生动,李陵事迹描写十分动人;抒情则如江河奔流,一唱三叹地倾吐其胸中的沉痛胸臆,令读者感情为之起伏激荡不已。全文议论、叙事、抒情三者融为一体,借此回信的机会,抒发了他一生积郁在内心的愤懑,毕生心事一口吐尽,遂成万言鸿篇巨制。语言在整齐中又有变化,既生动地表现了人物形象,又有鲜明的节奏感。例如:

> 盖文王拘而演《周易》;仲尼厄而作《春秋》;屈原放逐,乃赋《离骚》;左丘失明,阙有《国语》;孙子膑脚,《兵法》修列;不韦迁蜀,世传《吕览》;韩非囚秦,《说难》《孤愤》;《诗》三百篇,大

抵圣贤发愤之所为作也。

八个迭句的对句,两两各自对偶,意思层出,事实相因,慷慨激昂,乃后世"愤怒出诗人"之典出。周振甫先生评价此文既具有阴柔之美,又具有阳刚之美,是"古代非常杰出之作"。

附带要提及的是李陵的《答苏武书》。李陵字少卿,陇西成纪人,天汉二年击匈奴,兵败降虏,汉武帝夷其三族。而天汉元年,苏武出使匈奴被留,故二人在匈奴有所交往。至元始六年苏武得归,故有此《答苏武书》。虽有学者疑其是后人伪作,但在没有确切证据前,我们仍视之为李陵之作。细读其信,我们不难从中体会到作者内心巨大的痛苦、矛盾和绝望,这不是没有同样经历的后世人所能伪作的。对于故土的怀恋,对于全家被戮的悲痛,对于西汉政府的决绝,使他的内心充满了深重的犯罪感、耻辱感和矛盾痛苦:

> 男儿生不以成名,死则葬蛮夷中。谁复能屈身稽颡,还向北阙,使刀笔之吏,弄其文墨邪? 愿足下勿复望陵。嗟乎子卿,夫复何言! 相去万里,人绝路殊。生为别世之人,死为异域之鬼。长与足下生死辞矣! 幸谢故人,勉事圣君。

我们不难读出他做出降虏的决定,做出死葬蛮夷的决定,内心承受了多大的伤痛和屈辱。因为祖父李广不愿意受到笔吏的审查而自杀,自己更不能接受祖父所不能忍受的耻辱,所谓"义无再辱"者也。"君亲之恩"与"华夷之辨"的价值观念又时时牵动着他的灵魂,内心的伤痛无以言表。信中发泄了自己的怨愤和痛苦心情,无言地批判了残害功臣,漠视贤人的统治者。每读及此文,悲凉之气,沁人心脾。

司马迁的外孙杨恽作《报孙会宗书》,"亦师其意"(钱钟书《管锥编》)。杨恽,字子幼。曾任左曹,中郎将。因揭发霍氏反叛,得封平通侯,后因口语免为庶人。居家大治产业,接待宾客。西河太守孙会宗以书劝诫,说:"大臣废退,当阖门惶惧,不当治产业,通宾客,有声誉。"此文即为答书,说自己"常为农夫以没世矣",因以"勠力耕桑,灌园治产,以给公上,不意当复用此为讥议也"。信中充满了怨愤之气,不平之气,不料又以此而获罪,遭受了腰斩。在这封信中,交代了祸事的经过,也描写了罢官后的生活,对孙会宗的指责一一做了辩解,也表现了对孙会宗的讽刺。例如,驳其"有称誉"的指责,陈述了普遍的社会现象和人情世态,然后以反问语气反驳:"虽雅知恽者,犹随风而靡,尚何称誉之有?"同时它又是一封向朝廷的挑战书。信中虽说"伏惟圣主之恩不可胜量……窃自念过已大矣,行已亏矣",却以"籴贱贩贵","逐什一之利"等行为来表示对朝廷的不满,在对别人的奚落,对朝廷的讥诮中,流露了作者狂放不羁的性格和锐不可当的锋芒。行文顿挫跌宕,起伏照应,在平直的叙述中有曲折,在疏散中见缜密,颇见其外祖父之遗风。

二、东汉抒情叙事文

西汉后期至东汉,文坛变化很大。儒家独尊的地位不可动摇,再加上今文经学和谶纬之学的兴盛,政权更迭,宦官的专权等造成的祸乱,东汉士人失去了作为文学侍从参与上层统治集团重大活动的条件,环境和地位的变化给予他们广泛接触社会的机会,现实生活的动荡不定也给他们以极大的震撼。作家在现实中挣扎,在传统中寻找。他们所关注的热点已经跨出宫廷苑囿,从更广阔的范围寻找有价值的题材。这一时期的散文缺少汉武帝、宣帝之世开拓、创新的气度,作家的主体精神也不及前代,就散文创作来看,文学呈低落趋势,多模拟之作而少独创之文,但是仍有自己的新变:从感情的抒发进到形式美的重视,都不同程度地体现了文学朝着自觉靠拢的进程。另外,在辞赋的影响下,文学性散文的语言进一步整饬、典雅,向着骈俪化的方向发展,尚正求工的风气渐渐形成,为后世所追求的形式美奠定了基础。

东汉初期较有特色的抒情散文仍为书信,可以看到作者鲜明的感情,如田邑的《报冯衍书》、冯衍的《与妇弟任武达书》、班昭的《为兄上书》等。其书信保留了西汉之文的特点,纵心而言,情感沛然欲流,语言精练,条理明晰。其中田邑的《报冯衍书》值得一提。作为生活于两汉之交的士人,难免有"贰臣"之嫌。作为曾经拥立刘玄为帝之臣,田邑投降刘秀,果然遭到了冯衍的指责,遂有了这篇充满激愤之情的书信,为其自身辩护起来,也似乎振振有词,精练有力:

> 夫人道之本,有恩有义,义有所宜,恩有所施。君臣大义,母子至恩。今故主已亡,义其谁为?老母拘执,恩所当留!而利以贪权,诱以策马,抑其利心,必其不顾,何其愚乎?

信中颇能感人者,在于母亲妻子为刘秀部将所拘,田邑慷慨陈言:"仆虽驽怯,亦欲为人者也。岂苟贪生而畏死哉!……间者老母诸弟,见执于军,而邑安然不顾者,岂非重气节乎?"可谓是汉代个体自我意识与尊重自我的倾向日益抬头之肇端。

班昭,又名班姬,字惠姬,扶风安陵(今陕西咸阳)人。汉代著名的女史学家,父班彪、兄班固都是汉代著名的史学家,因此家庭教育良好。曾经奉汉武帝之命续写过《汉书》,并为学者马融等讲授。丈夫早逝,汉和帝招其进宫，做皇后、嫔妃、公主的老师，因此号称为"曹大家"。她除了著有《东征赋》《女诫》七章外，写给皇上的《为兄上书》亦是散文史中一篇真切动人的佳作。班氏家族中还有一员名将——班超，史有"投笔从戎"的典故，他曾率36卒深入西域，保卫汉朝边疆，被封为定员侯，任西域都护府都护。他在西域活动达31年，为西域各民族的安全和巩固汉朝政权做出了出色贡献。至垂暮之年，三次"请代"未得。刘勰说："书奏宜理。"在《为兄上书》中，班昭充分说明了让班超回来的理由，也采用了浓重的抒情笔墨，注意用感情来打动对方：

> 赖蒙陛下神灵，且得延命沙漠，至今积三十年。骨肉生离，不复相识，所与相随时人士众，皆已物故。超最年长，今且七十，衰老被病，头发无黑，两手不仁，耳目不聪明，扶杖乃能行。虽欲竭尽其力，以报塞天恩，迫于岁暮，犬马齿索。蛮夷之性，悖逆侮老，而超旦暮入地，久不见代，恐开奸宄之源，生逆乱之心。而卿大夫咸怀一切，莫肯远虑。如有卒暴，超之气力，不能从心，便为上捐国家累世之功，下弃忠臣竭力之用，诚可痛也。

理由的充分乃是这封信的关键。班昭在信中不动声色地做到了这一点：班超终身从军30年，当休；年老不堪其职，当代；功大位高，该养；身老沙漠，应怜；代超，于朝廷有益；超退，符合古今先例。最后竟表示愿效"赵母、卫姬先情之贷"，"触死为超哀求"，显示了态度的诚恳，要求的强烈，也流露着对兄的哀怜和对朝廷的不满，读来顿生同情之心，不禁为之洒泪。当然写出这样的话，也是需要一定的勇气和才能的，在尊卑有别的时代，心中既要表现极大的卑谦态度，又要充分表达自己的思想，揭露不合理的现象。因此，文章语言含蓄蕴藉，言在意外。例如，说皇帝对班超是"天恩殊绝"，班超对朝廷是"幸得微功"，但从实质叙述可知班超"万里归诚，延颈踊望，三年于今，未蒙省录"，可见朝廷的刻薄寡恩；而班超所为功苦劳高，竭尽其力。在对比之中，就暴露了不平，让人们深省，让读者动情。另外，巧妙地借助典故和诗句来表现深刻含义，比她直接陈说稳妥而有力。

另外，汉代军事家马援留下的《诫兄子严敦书》不仅在家庭教育史上的受人推崇，在散文发展过程中也不容忽略。在戎马倥偬之中写下的这篇家书既包含着当时作者对晚辈的谆谆善诱、殷切教导，又是封建社会伦理规范、处世哲学的版本。信中对如何接人待物、提高修养作出了要求和申明，又给子侄指出了应该效法和借鉴的具体人物。再三致语，反复申明"吾爱之重之，愿汝曹效之"。他的文笔质朴，恳切委婉之余又有新奇生动的比喻，如"刻鹄不成尚类鹜""画虎不成反类狗"等，在平凡絮语中体察为人的深刻意义,如见其人,如闻其声。其后郑玄之《诫子书》《颜氏家训》等家训的兴起与之影响密不可分。

至东汉后期,书信则走上了言简意赅、情致自见的道路,更于凝练的基础上对情感加以渲染,接近于自觉的文学创作了。

李固的《遗黄琼书》《临终与胡广赵戒书》都与作者所处的现实密切相关,一为劝朋友黄琼出仕,一为践志被诬,信中流露着作者知其不可为而为之的气概,知君不贤仍报忠的义气,二者有异曲同工之妙。例如,《遗黄琼书》曰:"若当辅政济民,今其时也。自生民以来,善政少而乱俗多。必待尧舜之君,此为志士,终无时矣。"《临终与胡广赵戒书》也说:"志欲扶持王室,比隆文、宣。何图一朝,梁氏迷谬,公等曲从,以吉为凶,成事为败乎? ……固身已矣,于义得矣,夫复何言?"文章都是篇幅短小而言简意赅,感情深沉而文辞含蓄,皆有沉郁之致。"盛名之下,其实难副"的至理名言,今天读来依旧振聋发聩。同时,李固好学好友,敢于反对权贵,名震一时,后被梁冀杀害,却受世人的仰慕与尊崇。

朱穆的《与刘伯宗绝交书》则感情直露且愤慨,字里行间可见其性情。朱穆曾为侍御史、冀州刺史,后拜尚书。在其为冀州刺史之前,刘伯宗使计吏带信给朱穆,请朱穆去谒见。穆以为这是对他的侮辱,遂有此信与之绝交,鲜明地表达了自己的不满情绪及对刘伯宗的谴责:

> 昔我为丰令,足下不遭母忧乎! 亲解繢经,来入丰寺。及我为持书御史,足下亲来入台。足下今为二千石,我下为郎,乃反因计吏,以谒相与。足下岂丞尉之徒,我岂足下部民,欲以此谒为荣宠乎? 咄,刘伯宗,于仁义道何其薄哉?

作有《与延笃书》的张奂曾为护匈奴中郎将,久居边地而至暮年,故他的《与延笃书》自述愁苦,被称为是这一时期最真挚悲切之作:

> 唯别三年,无一日之忘。京师禁急,不敢相闻。岂不怀归? 畏此简书。年老气衰,智尽谋索。每有所处,违宜失便。北为倪车所雠,中为马循所困,真欲入三泉之下,复镇之以大石,危乎此时也! 且太阴之地,冰厚三尺,木皮五寸,风寒惨冽,剥脱伤骨,但此自非老瘁者所堪;而复加之以师旅,因之以饥馑,众难聚集,不可一二言也。聋盲日深,气力寝衰,神耶当复相见者? 从此辞矣。

此文可以与班昭的《为兄上书》互见,边塞艰苦生活之描写,都较有艺术感染力。在写景叙事上,《与延笃书》用词更加精切、工丽,显示了散文发展的自觉趋势。

东汉末的《答陈琳书》以其感情的诚恳真挚在外交辞令史上留下了重

重的一笔,显示了一个重情尚义的志士内心的矛盾:

> 仆小人也,本乏志用。中因行役,特蒙倾盖。恩深分厚,遂
> 窃大州。宁乐今日自还接刃乎?每登城勒兵,观主人之旗鼓;瞻
> 望帐幄,感故友之周旋;抚弦搦矢,不觉流涕之拂面也。何者?
> 自以辅佐主人,无以为悔。主人相接,过绝等伦。当受任之初,
> 自谓究竟大事,扫清寇逆,共尊王室。岂悟天子不悦,本州见侵,
> 郡将遗腷里之厄,陈留克创兵之谋,请师见拒,使洪故君,遂全沦
> 灭,区区微节,无所获申。谋计栖迟,丧忠孝之名;杖策携背,亏
> 交友之分。揆此二者,与其不得已,丧忠孝之名与亏交友之道,
> 轻重殊涂,亲疏异画,故便忍悲挥戈,收泪告绝。

如此大段的引用此文,就是为了使读者了解此信写作的原委,从中感受作者直抒胸臆的感人情怀。作者臧洪,字子源,广陵射阳人,曾任即丘长,灵帝末弃官。此文写于洪任青州太守,袁绍围城时,因其不与袁绍合作,袁绍属下陈琳,亦是臧洪旧友,写信劝他投降。他在信中既表现了朋友之情,也义正词严地拒绝了他的劝诱。为进一步渲染其感受,作者在形式上也进行了精心的构词和铺陈。这从另一个角度也显示了散文发展的趋向精致之势。

第二节 魏晋南北朝散文

一、六朝散文

自刘勰提出"晋世不文"的观点之后,后世唐代的古文运动、明清的前后七子、唐宋派、桐城派等都以"秦汉文章为古文",而六朝散文则处于沉默与旁发的境地。这一观念深入到人们的意识深处,使人们对整个魏晋南北朝的散文都抱有一种偏见。因此,六朝散文及其研究长期处于弱势。对于这一时期的研究,近来比较有名的研究者及其论著有:刘师培的《中国中古文学史讲义》、鲁迅的《魏晋风度及文章及文章与药及酒的关系》、王瑶的《中古文学史论集》、徐公持的《魏晋文学史》,曹道衡、沈玉成的《南北朝文学史》以及系统的散文研究的代表作——郭预衡的《中国散文史》等,他们既注重对古代散文名家名篇的研究,又对散文如何在"载道"的前提下更好的叙事、状物、抒情、言志进行了深入地研究,揭示了散文作为一种文学样式所具有的特点和艺术性,对不同时期的散文风格进行了深

入的探讨和认真的总结。我们的论述就是建立在这些大家的研究基础之上的。

魏晋南北朝时期是中国历史上的政权更替频繁、战争连年不断,以分裂与动荡为特征的转折时期。时代与文章的关系是推移呼应的,社会思想和学术文化的相对自由及多样化,尤其是对于个体价值的重视,促进了文学艺术的兴盛。

魏晋之际,儒学独尊的局面被打破,刑名法术之学受到政治家(如曹操、诸葛亮)的青睐;老庄道家学说为士大夫所欢迎,表现出强烈的批判精神和叛逆精神,儒家与道家融合,形成了盛极一时的魏晋玄学,弥漫于东晋南朝的清谈中又加入了禅机;产生于民间的道教和外来的佛教也在这一时期兴盛发展,广泛传布于社会,并逐渐为统治者所接受,从而形成了三教鼎立互补的文化模式。在此过程中,文人得以从凝固僵化的社会秩序中解放出来,开始以进取、务实的态度,追求建功立业,拯济天下。同时,文人又感于社会的离乱、民生的凋敝、生命的短暂、兴衰荣辱的难以把握,文学尤其是散文上呈现出清俊超脱的特点。

南朝以降,士族集团偏安江左,生活浮靡,醉心声律,故骈文、俳赋得以垄断文坛。文学受到空前的重视,第一次提升到与儒家"立言"并列的高度,文风自觉之始,散文观念更新,不再是对君主的赞美,对权贵的献媚,对功名的企羡,对辞藻的玩弄,而是对自我性情的抒发、生命的热恋、人格的赞美和对自然的向往。文学题材进一步开拓,特别注重作品的自然美和抒情性;文学样式不断发生新变,各体文学的成熟和美化,起到了承前启后的作用。这一时期的散文主要在序跋、游记、书信、章表、论说、檄移、传状、哀吊等体式上卓有成就。

二、建安散文

论及建安散文,不能不提到刘勰对"建安风骨"的解释和理解:

> 自献帝播迁,文学蓬转,建安之末,区宇方辑。魏武以相王之尊,雅爱诗章;文帝以副君之重,妙善辞赋;陈思以公子之豪,下笔琳琅;并体貌英逸,故俊才云蒸。仲宣委质于汉南,孔璋归命于河北,伟长从宦于青土,公幹徇质于海隅;德琏综其斐然之思;元瑜展其翩翩之乐。文蔚、休伯之俦,于叔、德祖之侣,傲雅觞豆之前,雍容衽席之上,洒笔以成酣歌,和墨以藉谈笑。观其时文,雅好慷慨,良由世积乱离,风衰俗怨,并志深而笔长,故梗

概而多气也。

众所周知,建安文学的跨度有 40 多年。在这近半个世纪的时光里,在刘勰看来,建安文学的发展经历了"自献帝播迁,文学蓬转"和"建安之末,区宇方辑"两个阶段,涌现出了一大批"彬彬之盛,大备于时"的作家队伍——以三曹为中心的邺下文人集团形成,创作出了云蒸霞蔚、气象万千的诗文辞赋时代和环境往往是决定文学创作内容与情调的重要因素,更何况建安主要作家大多直接参与了战争或身罹战乱之苦。据沈达材《建安文学概论》统计,从建安元年至建安十三年"赤壁之战"为止,豪强间大的战争多达 41 次,小规模的攻战更是不计其数。从这一时期的散文中我们可以看到建安文人既表现了他们统一天下的理想和壮志,呈现出慷慨悲凉的时代特征,但更多地表现为个人在社会动乱情势下的生命忧虑,他们以个人的亲身遭遇和切身体验,直接反映了战争对人的生命和精神造成的戕害,充满了对民生衰世的悯伤与感喟。当然,也不乏"怜风月、狎池苑、述恩荣、叙酣宴"的追求以获得心灵上的快感。建安文学的成因在前期是现实的动乱,而到了邺下文坛兴盛的时期,它反而是社会安定、经济恢复的产物,是文人自我意识加强和文学创作社会使命感减弱以及文学自身源流发展继承的结果。

刘师培的《中国中古文学史讲义》将建安文学的特征概括为"清峻、通脱、骋辞、华靡",据此鲁迅在《魏晋风度及文章与药及酒的关系》中将魏初的文章特征概括为:"清峻、通脱、华丽、壮大"。

（一）清俊通脱之文风

刘勰所谓的"雅好慷慨",就是直抒胸臆,饱含真情实感,"不论是感念世乱,还是伤节序、叹衰老、嗟离别"(《魏晋南北朝文学批评史》),建安时期的散文大多能够坦率地抒发自己的胸襟,笔端常带有感情。由于经历了当时的战乱,对现实有比较深刻的体验,因此这一时期作家笔下的文章不同于一般的空泛的应制之文,而是具有充实明朗的内容,反映了当时的某些社会现实。例如,陈琳的《为袁绍与公孙瓒书》:"二三其德,强弱易谋,急则曲躬,缓则放逸,行无定端,言无质要。"深刻揭露了公孙瓒在军阀混战中的丑恶嘴脸。曹丕的《又与吴质书》中抒发的对朋友的想念,及对过往交游的温馨缅怀:"昔年疾疫,亲故多离其灾,徐、陈、应、刘,一时俱逝,痛可言邪! 昔日游处,行则连舆,止则接席,何曾须臾相失! 每至觞酌流行,丝竹并奏,酒酣耳热,仰而赋诗。当此之时,忽然不自知乐也。谓百年已分,可长共相保,何图百年之间,零落略尽,言之伤心! "感情强烈动人。曹植的《求通亲亲表》一文更是表现了他壮志难酬和报效国家的理想,也流露出受到排挤之后内心深处隐藏的满腔痛苦和愤慨。由于豪情壮志不能舒展而发为文章,因此意气特别奔放。虽然多是应用性的散文,但是抒情成分并没有减弱,它与"吟咏情性"的建安诗歌和以抒情为主的建安小赋一起,形成了"梗概多气"的建安文学;另外值得一提的还有诸葛亮的名篇《出师表》,在蜀汉后主建兴五年(227),诸葛亮准备率领军队北伐曹操,临行书此文上与刘备。文章情辞恳切,思理周详,语言朴素,感情真挚,具有极强的感染力,陆游《书愤》称赞说:《出师》一表真名世,千载谁堪伯仲间刘师培所谓的"清峻",是指文章写得简明精密,清爽严峻。以曹操之文为例,如《军谯令》以不足百字表述了丰富重要的内容。写得要言不烦,气足神完。他的笔下文约事丰,言简意赅,同时又态度坚决,感情饱满,尤其是政令性的文章。他总是以干净利落之笔,精练严峻的陈述军政要务,直截了当,句句都有分量,孔融、曹丕等人的文章,也具有这样的特色。例如,《荐祢衡疏》"气扬采飞",精当有力;《议轻刑诏》风格隽永严峻,"风清骨峻",篇体光华气鲁迅先生所谓的"通脱",就是不拘礼法,思想开放,是当时的社会风尚对文章风格的影响。曹操独霸北方,放诞不羁的思想,使整个时代的文坛发生了不同于两汉的巨大变化。文中不再是对君主的赞美、对权贵的献媚、对功名的企羡、对辞藻的玩弄,而是充满了自我性情的抒发、生命的热恋、人格的赞美和对自然的向往。曹操的《让县自明本志令》,用直质简约的文笔,把自己的心事志向率直地披露出来,有清刚自然之势,而无矫揉造作之态。"设使国家无有孤,不知当几人称帝,几人称王。"这种豪气、霸气,这种慷慨爽朗只有雄才大略的曹操才说得出。在《举贤勿拘品行令》中,他一反当时社会提倡的孝廉观,要求唯才是举:"……负污辱之名,见笑之行,或不仁不孝,而有治国用兵之术;其各举所知,勿有所遗。"这在当时无疑是振聋发聩之言。求贤这样一件有关国家兴衰存亡的大事,被他写得通脱活泼,质朴简明。求贤的重要性、古代任贤的经验、求贤的基本原则都用自由的散体语言阐述得清清楚楚。还有曹丕的诏令行文不拘一格,随便灵活;自叙生平的文章,写给朋友的书信更是信笔写来,挥洒自如,如"自古至今,未有不亡之国,亦无不掘之墓"(《终制》),常常是放言无忌,发人之所未发。

建安七子中的孔融虽然最后为曹操所害,但他的文章风格也很接近曹操。《难曹公表制酒禁书》反对曹操禁酒,文字无所拘束,表达痛快淋漓,还不乏戏谑诡辩。《肉刑议》叙写大胆气盛,振振有词,以许多史实来反对曹操恢复肉刑。王粲(177—217)声名最盛,"文多兼善,辞少瑕累气除了常被称道的感伤的《登楼赋》之外,其文亦多名篇,如《难钟荀太平论》《安身论》,精于论辩,持论甚工。这种论说体散文,近于名家、法家之言,这样的文章,是由于汉末"术兼名法"的影响才逐渐出现的,张溥《汉魏六朝三百家集·王侍中集题辞》说:"袁显思兄弟争国,王仲宣为刘荆州移书苦谏,尽读其文,非独词章纵横,其言诚仁人也。"这里所指的是王粲的《为刘荆州谏袁谭书》《为刘荆州与袁尚书》,同样表现了他的旷达胸襟和不受羁勒的文风。此处不再引述。

（二）骈辞华靡之文采

在简洁通畅、不拘绳墨、质朴无华之外另外一种倾向就是:骈词撷采,俪词偶句的骈化现象。魏晋散文较之前代的明显变化就是骈散进一步分化。曹操的文章虽然崇尚性命法术,文风质朴,但是比较重要的公文则多由手下的文士撰写,较多文采和骈文气息。刘勰说:"魏晋群才,析句弥密,联字合趣,剖毫析厘。"(《文心雕龙·丽辞》)这在陈琳和曹植的文章中表现得尤为明显。《中国中古文学史讲义》中说:陈琳的书檄"纯以骈辞为主",文中散体和偶句交替使用,整齐匀称,错落有致,增加了文章的节奏感。例如:

> 盖闻明主图危以制变,忠臣虑难以立权。是以有非常之人,然后有非常之事。有非常之事,然后立非常之功。(《为袁绍檄豫州》)

> 盖闻祸福无门,惟人所召。夫见机而作,不处凶危,上圣之明也。临事制变,因而能通,智者之虑也。渐渍荒沈,往而不返,下愚之蔽也。是以大雅君子,于安思危,以远咎悔。小人临祸怀佚,以待死亡。二者之量,不亦殊乎!(《檄吴将校部曲》)

《诗品》称曹植的诗"辞才华茂",他的散文中亦是如此,十分善于使用排句偶语,如《求自试表》:

> 臣闻士之生世,入则事夫,出则事君;事夫尚于荣亲,事君贵于兴国。故慈父不能爱无益之子,仁君不能畜无用之臣。夫论德而授官者,成功之君也;量能而受爵者,毕命之臣也。故君无虚授,臣务虚受。虚授谓之谬举,虚受谓之尸禄。

这样的排句偶语,字句匀称,意义相对,前后连贯,读起来具有协调对称的美感。曹植的散文对后世骈体文的盛行也产生了较大的影响。

除了建安七子之外,这一时期还有祢衡、繁钦、应璩、吴质等作家也留下了一些书札文字,他们更加注重辞藻、讲究用典,文风由质而文,体现了建安以后一个阶段的文章发展趋势。

三、魏末散学

继建安文学之后，人们习惯将魏末的文学称为"正始文学"。"正始"是曹芳的年号（240—249）。这一时期的政治也颇不太平，皇权旁落，易代在即。司马氏控制了政权，大力剪除异己，标榜"名教"。作家们在其高压政策下，或有愤世嫉俗之辞，或以老庄无为抵抗，文章多以深厚典重、析理严密见长。这时期主要作家有何晏、夏侯玄、王弼等"正始名士"，及"竹林七贤"阮籍、嵇康、山涛、向秀、刘伶、阮咸、王戎等。《文心雕龙·论说》曰：

> 迄至正始，务欲守文；何晏之徒，始盛玄论。于是聃周当路，与尼父争途矣。详观兰石之《才性》，仲宣之《去伐》，叔夜之《辨声》，太初之《本无》，辅嗣之《两例》，平叔之二论，并师心独见，锋颖精密，盖论之英也。

"始盛玄论"为正始文坛注入了生机。魏晋玄学兴起于汉末以来的社会动荡、战乱不断、儒学崩溃和纲常败坏的社会现实，广大文人本欲济世救民建功立业，积极探求治国方略，重建社会意识形态，新的曹魏政权也需要新的哲学体系来解决尖锐的社会矛盾，调节各方利益，玄学体系由此构建起来了。其主要标志是在何晏、王弼等人的论著中有意识地运用了"三玄"学说阐释自然界与人世间的种种现象以及深奥哲理，构建了相对完整的世界观与方法论体系。受他们的影响，朝野上下掀起了一个有别于前代的以论辩为主要特色的学术思潮。

刘师培《中国中古文学史》之第四课《魏晋文学之变迁》精到地概括说："魏代自太和以迄正始，文士辈出。其文约分两派：一为王弼、何晏之文，清峻简约，文质兼备，虽阐发道家之绪，实与名、法家言为近者也。此派之文，盖成于傅嘏，而王、何集其大成；夏侯玄、钟会之流，亦属此派；溯其远源，则孔融、王粲实开其基。一为嵇康、阮籍之文，文章壮丽，总采骋辞，虽阐发道家之绪，实与纵横家言为近者也。此派之文，盛于竹林诸贤；溯其远源，则阮璃、陈琳亦开其始。"如其所言，正始散文大致呈现出两个流派：一派以王弼、何晏为代表，崇尚老庄，喜好玄谈，虽然号称精微玄妙，但大多无动人心魄之作，一派以阮籍、嵇康为代表，包括"竹林七贤"其他人，作品中也崇尚老庄，但是也有对现实的关注，继承着建安文学的遗风，对残暴虚伪的司马氏集团做了揭露和批评。嵇康态度尤为激烈，终于被司马昭杀害。正始作家大都通老庄，好玄学，对于社会现实，不如建安作家那样执著,持比较冲淡的态度。因此,除嵇、阮外,多数作家笔力渐弱。①

在论及正始散文时,王弼、何晏以及夏侯玄等正始名士常常是略去不谈的,但事实上谈及文学与魏晋玄学时,是很难绕过他们的。正如鲁迅所言:到明帝的时候,文章上起了一个重大的变化,因为出了一个何晏。

何晏(193？—249),魏晋玄学贵无论创始人之一。与王弼并称于世。字平叔,南阳宛(今河南南阳)人。《三国志·魏书·曹爽传》称其"好老庄言",和夏侯玄、王弼等倡导玄学,日事清谈,成为一时风气。曾称"天地万物,皆以无为为本",主张"君主无为,大臣专政","善谈易老能清言","作《道德论》及诸文赋,著述凡数十篇"。但多已散佚,至今保留完整只有《论语集解》和《景福殿赋》。《列子》张湛注保存了何晏《道论》《无名论》的佚文,其中《道论》可能是《道德论》的一部分。清严可均辑《全三国文》第39卷中还录存了何晏的其余佚文。何晏主张儒道合同,引老以释儒。晋人在评述何晏、王弼思想时说:"魏正始中,何晏、王弼等祖述老庄,立论以为,天地万物皆以无为本。无也者,开物成务,无往不存者也"(《晋书》)。他的《无名论》是开魏晋玄学先河的名作。何晏在《道论》中也曾明确表述说:"有之为有,恃'无'以生;事而为事,由无以成。"郭预衡先生指出:何晏的谈玄之文,并不全是纯粹的玄理,它包含着作者通脱的政治思想,不是简单的注经之文。还有《冀州论》一类文章,论古以说今,连类列举,近30个"莫贤乎"称赞了前代的忠臣志士等,一气到底,富有气势。可见,何晏虽然是"空谈的祖师"(鲁迅语),"实际上却是很关心国家、很重视仁德忠义的"(郭预衡语)。

王弼(226—249),字辅嗣,魏国山阳(今河南焦作)。曾任尚书郎,少年即有文名,卒年仅24岁。好谈儒道,辞才逸辩,与何晏、夏侯玄等同倡玄学清谈风气,世称"正始之音。"他认为"无"是宇宙万物的本体,"道者'无'之称也",天地虽大,"寂然至无,是其本矣"。其又以为"凡有皆始于无",肯定名教(有)出于自然(无)。又"援老入儒",以玄学代替当时逐渐衰微的汉儒经学。其注《易》偏重哲理,扫除汉代经学繁琐之风。所著有《周易注》《周易略例》《老子注》《老子指略》等。他的注经之文也通常是"借经立论"的,不同于汉儒"通经致用"之文。读其《周易略例》虽是谈玄,却又明白畅晓,畅谈自己的见解。所以,袁济喜先生的研究认为王弼对于魏晋玄学的意义,"不仅在于创建了贵无的玄学思想体系,而且体现在他重新解释儒道,会通两家学说方面所做的阐释。他的解说、分析是引领世

---

① 韩兆琦,费振刚.中国古代散文研究论辩[M].南昌:百花洲文艺出版社,2006.

人通向玄学这个至深的堂奥的桥梁。所以,仅就其文辞在散文史上也值得进一步深入探究和学习。

四、两晋散文

两晋共155年,经历了西晋、东晋两个王朝,时局仍然动荡不安,作者的倾向和文风也比较多样化。文学发展缓步前进,文风渐趋骈俪典雅。总体来看,东晋文学成就逊色于西晋,散文成就又逊色于诗赋。而散文成就较大的是潘岳和陆机。

（一）西晋散文:袭故弥新与绮靡工巧

齐梁时期的钟峰在其诗歌理论批评专著《诗品》中说:"太康中,三张二陆两潘一左,勃尔复兴,踵武前王,风流未沫,亦文章之中兴也。"太康是晋武帝司马炎的年号,故西晋初年的文学又被称为太康文学。"三张二陆两潘一左",即张载及其弟张协、张亢,陆机、陆云兄弟,潘岳及其从子潘尼再加上左思。而"太康时代正是一个诗性精神与文学精神普遍高涨的时代"。

西晋初期李密的《陈情表》便是真情直抒,感人至深的名篇。李密(224—287)原仕蜀汉为尚书郎,蜀亡后,晋武帝征之为太子洗马。李密上《陈情表》以祖母年高无人奉养为由请辞,表文叙述自己少时孤苦,幸得祖母抚育成人,恩情至深至厚。而今祖母年高卧病,不能应昭为官的衷情,从中透出了作者的至诚孝情:

> 臣密言:臣以险衅,夙遭闵凶。生孩六月,慈父见背;行年四岁,舅夺母志。祖母刘愍臣孤弱,躬亲抚养。臣少多疾病。九岁不行。零丁孤苦,至于成立。既无叔伯,终鲜兄弟。门衰祚薄,晚有儿息。外无期功强近之亲,内无应门五尺之僮。茕茕孑立,形影相吊。而刘夙婴疾病,常在床蓐,臣待汤药,未尝废离。
>
> 今臣亡国贱俘,至微至陋。过蒙拔擢,宠命优渥,岂敢盘桓,有所希冀?但以刘日薄西山,气息奄奄,人命危浅,朝不虑夕。臣无祖母,无以至今日?祖母无臣,无以终余年。母孙二人,更相为命。是以区区不能废远。臣密今年四十有四,祖母刘今年九十有六,是以臣尽节于陛下之日长,报刘之日短也。乌鸟私情,愿乞终养。

全文直抒真情,恳切委婉,悲恻动人。语言骈散结合,行文畅达,虽少丽辞,但多佳句,加上音调铿锵,极富有感染力。

而文学创作的袭故弥新与绮靡工巧则体现了作家们积极高扬的文学精神。在太康作家群中,陆机实为集诗性精神与文学精神于一体的典范。

陆机(261—303),字士衡,吴郡(今江苏苏州)人,吴大司马陆抗之子。曾任平原内史,又称"陆平原气既是西晋太康、元康年间最富有声誉的文学家,又是杰出的书法家。我国现存年代最早的一件名家法书《平复帖》,就是他的手笔。在文学上与其弟陆云齐名,世称"二陆"。太康末与陆云入洛阳拜谒太常张华,遂誉满京师,时有"二陆入洛,三张减价"之说。太安二年(303)成都王(司马颖)伐长沙王(司马乂),陆机为前锋都督,兵败遭谗被杀。明代张溥辑有《陆平原集》,收入《汉魏六朝百三家集》。陆机的《辨亡论》论述吴国之兴亡,指出主政者能否励精图治、实行用人政策以及自身的表率是国家兴亡之关键,文章说理透辟,文辞壮丽,语多骈俪,颇含感情,虽"效《过秦》而不及,然亦其美矣"(《文心雕龙·论说》)。《吊魏武帝文》评价了曹操的事功,并且批评说广夫以回天倒日之力,而不能振形骸之内;济世遗难之智,而受困于魏阙之下了"雄心催于弱情,壮图终于哀态。长算屈于短日,远迹损于促路。"文笔豪放,气势流畅,典故繁密,形式整饬,是西晋骈文中的佼佼者。《豪士赋序》全文共 170 句,序文 152 句,赋本身仅 28 句,而《文选》和《骈体文钞》仅录序而略去赋。文章主旨是借劝豪士以讽刺齐王同,使用了很多关于大臣有功而受帝王疑忌的典故。全文用层层剥笋的方法,从人生哲理和历史经验逐步展开,由远及近,文思缜密,陈义深切。其名为赋序,其实是谏疏,只不过没有采用奏议文体而已。邵子湘说:"文体圆折,有似连珠,舒缓自然,自是对偶文字之先声。"(《评注昭明文选》)《五等论》却极力推崇上古商周封建之制,难免显出了书生论政的局限。对陆机文章的评价,其同时人认为瑕瑜互见,南朝至唐推崇备至,宋以后多有不满。孙绰以为其文"若排沙简金,往往见宝"。(《世说新语·文学》)刘师培在《汉魏六朝专家文研究》中指出:"研究陆文者,宜看其首尾贯串及段落分明处,至炼句布采,犹其余事也。"今人谭家健先生却认为:"今天看来,其散文思想虽不算高明,写作技巧却美妙精熟,实则开辟了中国散文史上的新阶段。"

(二)东晋散文:超然玄远与清通简要

东晋时期思想界很活跃,东晋士人所特有的超然玄远的情趣使他们注重个性和精神自由,喜欢哲理思维,既有传统的"三玄"研究,又有对佛学义理的追求,使玄学有六家七宗之多,佛学因释子们对般若学真谛的探索亦勃然兴盛,促使士人把目光转向了自然,直率任情,风流旷达,不滞于物。

众多散文家中杰出的是王羲之和陶渊明。

王羲之（321—379），字逸少，琅琊临沂（今山东临沂）人。居于会稽（今浙江绍兴）之山阴。官至右军将军、会稽内史，习称王右军。少从叔父王虞，又从卫夫人学书法，博采众家之长，自成一家，世称"书圣"。其书法自六朝以来即为朝野所重，其中《兰亭序》对后世影响最大，被称为"天下第一行书"。而这篇序文在散文史上也颇有盛名。

陶渊明（365—427），一名潜，字元亮，私谥靖节。浔阳柴桑今江西省九江市西南人，出身于破落仕宦家庭。父亲早逝，少年时代生活贫困，生活于外祖父孟嘉处。29岁时开始出仕，任江州祭酒，不久归隐。后陆续做过镇军参军、建威参军等小官，过着时隐时仕的生活。41岁再出为彭泽令，80多天便弃职而去，从此归隐田园。作为这一时期重要散文家之一，代表作有《桃花源记》《归去来兮辞》《五柳先生传》《与子俨等疏》《晋故征西大将军长史孟府君传》等，其中不少是传诵千古、家喻户晓的不朽名篇。例如，《桃花源记》，以纪实手法描写了一个虚构的世外桃源，表达了作者的社会理想，也从而对现实社会的黑暗进行了反讽。从个人的进退清浊，进而想到整个社会的出路和广大人民的幸福。在平淡流畅的叙述中，保持着作者一贯的自然朴素风格，然而描写之工，颇见功力。"不知有汉，无论魏晋"也成为后世发人深省的语言。而《五柳先生传》是一篇带自叙性质的散文，《晋书·陶潜传》曰："潜少有高趣，尝著《五柳先生传》以自况。……时人谓之实录。"只有160多字，以极其简洁的笔墨，塑造了一个清高洒脱、怡然自得、安贫乐道的隐士形象，为自己留下了一篇传记。文章不重在叙述生平事迹，而重在表现生活情趣，带有自叙情怀的特点，这种写法是陶渊明的首创。五柳先生也成为寄托中国古代士大夫理想的人物形象。此后，王绩的《五斗先生传》、白居易的《醉吟先生传》都深受其影响的。《归去来兮辞》则是他脱离仕途回归田园的宣言。欧阳修说："晋无文章，惟陶渊明《归去来兮辞》一篇而已。"可见，此文的地位之高。文中所写归途的情景，抵家后与家人团聚的情景，来年春天耕种的情景，都是想象之辞，于逼真的想象中更可看出诗人对自由的向往。后世诗人多借此文来抒写"回归"与"解放"之情。他的文章与其田园诗一样，常常以日常生活入文，并且艺术化，自然淡泊而内涵丰腴，在内容上一扫魏晋间玄学佛理的虚缈空幻，代之以山水田园、人情物态的清新淳朴，在词句上则摒弃文采的刻意修饰，骈偶雕砌，返归于明白省净。

五、南北朝散文

南朝从 420 年刘裕代晋到 589 年陈亡,经历宋(420—479)、齐(479—502)、梁(502—557)、陈(557—589)4 代。北朝从 439 年北魏统一北方开始,到 534 年分裂为东魏,西魏。后来北齐代东魏,北周代西魏,北周又灭北齐。581 年北周为隋所代。隋灭陈和后梁,结束南北对峙的局面。整个这一时期,魏晋以后滋生的玄学风气中蕴含的道、佛之学没有衰减,但总体上的玄风颓靡,统治者对于文学的爱好助长了整个社会的文学之风,刘勰说:"自宋武爱文,文帝彬雅,秉文之德。孝武多才,英采云构。自明帝以下,文理替矣。尔其缙绅之林,霞蔚而飚起;王、袁联宗以龙章,颜、谢重叶以凤采,何、范、张、沈之徒,亦不可胜数也。"(《文心雕龙·时序》)尤以诗赋为盛,文章隶事用典更加繁富复杂;文人开始自觉追求声律的和谐和句式的趋齐整一。同时,文学呈现出贵族化倾向。南朝宋代的帝王好文,史书上有相应的记载,诸如宋武帝、宋文帝、宋明帝都以好文而带动一时文坛风气。这意味着南朝文风之盛,有帝王的好尚之力,他们的趣味及所达到的文学成就,有形或无形产生了巨大的文学冲击力,文人的上行下效成为一种趋势。

在这种社会思潮影响下,散文发展呈现出以下特点:

一是文体的进一步划分和散文理论的出现。文学观念和理论的深入探讨都在这一时期涌现,诗文真正地被视为文学受到广泛的关注,为之做总结也成为文坛上常见的事情。刘勰的《文心雕龙》、钟嵘的《诗品》等重要的文学批评著作都产生在这一时期。萧统的《文选》继陆机《文赋》10 体之后,将文体进一步划分为 37 体,其中除了诗、骚、赋外,其他 34 种都可以划归"文气《文心雕龙》之功力自不待言,从《辨骚》到《书记》凡 21 篇,其中也以"文"为大宗。

二是散文创作风格的多样化。这一时期的散体文,既有华美雕饰之文,如南朝之骈俪文字,亦有古拙质朴之文,如北朝之地理志、家书之流。山水游记或是铺张排比,或是简洁明快;既描画了旅途所见,又宣泄了个人情感。章表奏疏亦骈亦散,夹叙夹议,论说辩难不离佛玄。作家们骋才使气,争相展示自己独特的艺术风格,这意味着由人性的自觉到文学的自觉的进步,意味着文学的日益个性化。无论是题材的开拓还是艺术形式的进步,其种种进步与变化都为唐宋散文高潮奠定了坚实的基础。

三是艺术上的新变——骈体文的成熟。骈文,也称四六,是一种讲求形式美的文体,其特点为句式齐整、两两相对,辞藻华丽,音律谐调。东汉以迄魏晋南北朝,骈偶文体,日益成熟,至南北朝大盛。但是由于当时的文章几乎全部骈偶化,而文章的应用范围又极广,从政府文告到私人函件,莫不骈四俪六,抽黄对白,流弊所及,大多文饰苍白,甚至语意复沓浮泛。难免遭到后世的指责,唐代以来的作家评论南朝"文风卑弱",即内容空虚和风格轻靡,缺少现实生活的反映。这大致是因为形式主义的文风所致,也由于作家缺乏深厚的生活感受和直面现实政治的勇气,但是对偶的大量使用形成了文章的抑扬顿挫之美,这对艺术技巧的发展有着积极的意义。

第三节　唐宋散文

一、隋唐五代散文

隋唐五代是中国散文发展史上最为辉煌的时期之一,也是中国散文发展史上文章变化的重要阶段,它起着承前启后的作用,这一时期的文章,一方面扬六朝余波,有讲究辞采的骈文;一方面革六朝旧习,有散行流畅的古文。隋唐五代散文开辟了宋元以后散体文的发展道路。

（一）隋到初唐——自上而下的一次文体改革

公元 589 年,隋文帝杨坚灭陈,统一全国。统一全国以后,他改革选官制度,实行科举制,并且发布命令,抑制绮靡奢华的文风。于开皇四年（584）下诏改革文体,"普诏天下,公私文翰,并宜实录"（《隋书·李谔传》),李谔上书隋文帝主张文风改革,与西魏末年仿《尚书》作《大诰》的苏绰一起开复古的先声。

李谔在反对齐、梁文风的同时,坚持文学为经学的附庸,否认文学的特点和独立价值,这就剥夺了文学的抒情功能而显得过于功利,也违背了文学的发展规律,以质朴矫华靡难免偏颇。时机没有成熟,欲将文学强行拉离自己的发展轨道,虽有政令做保证,终究成效不大。隋末,王通于其《中说》中也反对绮靡文风,重视文学的政教作用,显示出一定的复古倾向。但是,由于隋代文风前后期变化极大,又因隋建朝时间太短,文学还没有来得及形成自己独特的艺术风格、流派,也没有出现有影响的作家及出色的文学作品,因此隋代文学几乎没有发展。同时,散文也几乎没有发展,唯骈文尚有些佳作。这次改革以失败告终,他们用一种形式代替另一种形式,他们的失败说明,用一种陈旧的观念,将已经自觉于经学的文学重新纳入儒家经典的框架,以儒术囊括文学,这有碍于文学的发展。它只能导致文章的僵化和倒退,禁锢了文学的发展。

(二)初唐文坛——艰于创变的时期

唐初文坛,骈文仍然是主流文学的代表。以虞世南等十八学士为代表的宫廷文人,沿袭江左余习,这种文风代表着当时文学的主要风气。尽管贞观君臣对文风不振的现象十分不满,也试图在理论上改变这种文风,但收效不大。

唐初贞观年间政治开明,整个社会呈现出昂扬向上的时代精神,由于广开言路的开明政策的施行出现了魏徵、李百药、令狐德棻等人所写的一批充满政治激情的谏疏之文。一方面他们拘守着儒家以颂王政,另一方面总结隋朝灭亡的教训,如李世民的《祭魏太祖文》、魏徵的《论政事疏》《十渐疏》等,尽管贞观君臣还没有改造文章的自觉意识,但这些政治激情之文,以一种排比句为主的半骈半散的文体,呈现出由骈转散的趋势。因此,可以看作是一种过渡。

初唐是一个崇尚骈俪、对偶的时代。但也有个别作家例外,以质朴、不矫饰的语言抒写个人情怀,如王绩,他的《答冯子华处士书》《五斗先生传》等文,俱风神萧散,造语自然。这在初唐是十分可贵的。

陈子昂是初唐复古的第一人。在唐代文章由骈趋散的过程中,陈子昂"卓立千古,横制颓波,天下翕然,质文一变"(卢藏用《右拾遗陈子昂文集》)。唐以及后来的古文家对他都很推崇。尽管他关于"兴寄""风骨"的理论主要是在诗歌方面,从理论和创作上为盛唐诗的辉煌开辟了道路,但与古文在精神和审美内涵方面是一致的,他没有把文学的作用简单地归结为美刺讽喻,而是提倡恢复文学的比兴寄托、恢复建安文人的远大人生理想。所以,韩愈称其"国朝盛文章,子昂始高蹈"(《荐士》)其实伴随着唐帝国的建立,在骈文创作日趋技巧化与程式化之际,一些具有历史反省力的文人士子感到华艳的文风与大唐总体风格极不相称,积极探索文学的出路,努力寻找刚健、润朗,具有汉魏式的比兴与风骨的文学。因而,陈子昂重建文学的复古思想,是有深刻历史底蕴的。

陈子昂的散文创作,由于一方面抒写了人生理想,另一方面又敢于对现实政治发出"切直之言"(《四库全书总目·陈拾遗集提要》),能够直陈时弊、抨击时政、抒写感时报国的意气。他的文章富有政治热情,说理不拘一格,纵横捭阖,有战国策士的遗风。在武则天时期是难能可贵的,因此其文,体现出一种崭新的风貌。

（三）盛唐散文——由骈入散

经过初唐近一个世纪的努力与发展,文坛上呈现出可喜的现象。一方面,出现了"许燕大手笔"的张说、苏颋。张说较之陈子昂在文学理论方面显得更通达些,加之张说本人特有的身份和经历,在其文章中表现出非凡的气宇,充分发挥了文章体国经野的功用。他以一生的功业来充实他的文学创作,因此在文章中也就很自然地淡化了骈文的浮靡。这些散文家们无论在内容上,还是在作法上,对后世古文家有所启发。另一方面,一些诗人也有优秀的散文作品,这样就极大地增强了散文的抒情性,如王维的《山中与裴秀才迪书》,写得优美如画,文字清新流丽;李白的干谒之文,写得清新俊逸,呈现出一种流动之美。[①]

总之,初盛唐时期,散文从自身内部的发展规律和外部的因素中,得到了进一步发展。初盛唐的古文家们对文体、文风都进行了改革,但由于他们在理论上和创作实践上的不足,未能取得较大的成效。

（四）中唐前期——古文运动的准备期

唐代的古文运动发朝于陈子昂,至安史之乱前后进入较为自觉的酝酿时期。以李华、元结、萧颖士、独孤及、梁肃、柳冕等人为代表的散文家先后走上文坛,成为古文运动的先驱。他们的文学主张、创作和奖掖后进都直接影响了稍后的韩愈、柳宗元。

他们的文学主张大致相近。首先,在文道关系方面,主张文章内容必须宗经明道。萧颖士在《赠韦司业书》中说"有识以来,寡于嗜好,经术之外,略不婴心",独孤及认为文章"本乎王道,大抵以五经为泉源",柳冕在《答徐州张尚书论文武书》中说:"文章者本于教化,发于情性。本于教化,尧、舜之道也;发于情性,圣人之言也";又在《与权侍郎书》中说:"明《六经》之义,合先王之道,君子之儒,教之本也。明《六经》之注与《六经》之疏,小人之儒,教之末也。今者先章句之儒,后君子之儒,以求清识之士,不亦难乎?"他们强调以圣人之道为原本,主张作文应走古文经学派,直接领悟经义和经世致用的道路,他们的这些主张反映这一时期重经术、反腐儒的章句之学的行文风气。

其次,在文章教化作用方面,特别强调劝世救俗的教化作用,认为"化成天下,莫尚乎文。文之大司,是为国史,职在褒贬惩劝,区别昏明"(李华

---

① 陈飞.中国古代散文研究[M].福州:福建人民出版社,2005.

《著作郎厅壁记》），"文章本于教化，形于治乱，系于国风"（柳冕《与徐给事论文书》）。

此外，萧颖士等人还提出了文体复古的观念，反对"俪偶章句"的骈文，提倡复兴古文，推崇陈子昂。独孤及在《赵郡李公中集序》中说："作者往往先文字，后比兴，其风流荡而不返。乃至有饰其词而遗其意者，则润色愈工，其实愈丧。及其大坏也，俪偶章句，使枝对叶比，以八病四声为梏拲，拲拲守之，如奉法令。"柳冕也感叹："古人之文不可及之矣。"（《与徐给事论文书》）并提倡有比兴寄托的"古人之文"，萧颖士认为要学习古人以"圣明之笔削褒贬之文"的行文方式（《赠韦司业书》）。

他们的文学创作在一定程度上实践了上述文学主张，有其积极的一面。他们把重大的思想、政治、伦理等社会问题纳入文章中来，扩大了古文的抒写内容；批判了六朝以来骈体文在内容上的空洞。他们的理论和实践为古文运动高潮的到来做了准备，但是也存在消极的一面，他们过分地强调文学的教化作用，否定了文学从经学中独立出来是一种前进和发展，从而忽视文采词饰对表达内容的积极作用，由于过于强调文学教化的社会功能，而又忽略了它抒情言志，陶冶性情的美感作用。柳冕甚至对屈宋以后的诗文，不加区分地斥之为"淫丽形似之文""亡国哀思之音"（《与滑州卢大夫论文书》）。在批判骈体文内容颓废的同时，全盘否定了骈体文的抒情和表现技巧，将文采与明道对立起来。

由于萧颖士等人都不是政治改革家，他们没有把文学曲的宗经明道与当时广阔的社会政治生活有机地贯连，因而他们的"明道"显得虚泛空洞，不具体。因此，虽然在理论上提倡文风文体的改革，但在当时仍不能造成巨大的影响，对古文运动的推动，成就有限。

（五）中唐其他古文家——古文运动的余波

中唐时期，除了上述作家之外，参与古文运动的作家还有李翱、皇甫湜、孙樵等。李翱与皇甫湜的散文主要是继承韩愈的文风，但各自继承的方向有所不同。李翱散文发挥了韩愈散文中醇厚的一面，皇甫湜散文则主要发挥了韩愈散文中奇崛的一面。李翱的散文在当时有一定的影响，如他的《杨烈妇传》就是一篇比较优秀的叙事散文。皇甫湜的散文激切直言、奇崛不平，其代表作是《论进奉书》《对贤良方正直言进谏策》等。

同期的作家还有刘禹锡、白居易等人，他们的散文也很有特色。刘禹锡著名的抒情散文有《陋室铭》，但更为出色的还是他的议论散文，如《天论》《因论》等。白居易的散文可以分成两类，一是在没有遭贬之前的极言规谏的散文，如《论制科人状》等，他正是因为屡次这样直言进谏才被贬谪的;另一类是他在遭贬以后写的一些闲居述志的抒情散文,如《草堂记》《江州司马厅记》《与杨虞卿书》等,这一类散文更为出色,清新流畅,对后来的游记、抒情散文都有一定的影响。

(六)晚唐五代散文家——讽刺小品文兴起

随着晚唐五代古文运动衰落,讽刺小品文随之兴起,主要代表作家有皮日休、罗隐等人。皮日休十分推崇韩愈,主要散文都收在自编文集《皮子文薮》中,其中《十原》《九讽》《首阳山碑》《鹿门隐书》等都具有代表性。皮日休生逢乱世,其思想往往自出机杼,不依傍前人,针碇时弊,往往切中要害,一针见血,具有很强的反抗精神。语言也简洁明快,铿锵有力。罗隐的《谗书》是一部讽刺小品集,其中大多是愤懑不平之言,其中代表作有《英雄之言》《汉武山呼》《三帝所长》等。他的散文一反正统观念,另立新说,对统治者的本质和现实中不合理的现象多有较深刻的揭露和讽刺。亦如鲁迅在《小品文的危机》中所说:"正是一塌糊涂的泥塘里的光彩和锋芒。"应该说,这一时期的优秀散文对后代小品文的发展产生了积极的影响。

二、宋代散文

宋代散文,成就卓越辉煌,光彩夺目,为世人称道。大量名篇隽章,成为世界文库中的瑰宝,盛传不衰。

两宋散文是中国古代散文发展的巅峰时期之一。"唐宋八大家",在宋代就占了六家。北宋初期散文,以欧阳修为主的革新派,直接秉承了韩愈的古文运动,对流行于北宋初期的"西昆体"进行批评,倡导了宋代新古文运动,奖掖后生文士,一统文坛。北宋时期文坛是以欧阳修为盟主的时期。

北宋中期散文,则以苏轼为主,他在欧阳修文道并重的古文主张基础之上,又将宋代散文推到另一个高度,达到了一个新的境界,使散文创作更加有利于抒发作者的个性情感,减少了道学之气,从而形成了因物赋形、自然天成的散文风格。

北宋后期散文,基本以苏门学士为主,如黄庭坚、秦观、张耒、陈师道等人。尽管他们的散文成就略逊于前辈,但对苏派散文的流畅自如之风有所发扬。

南宋散文,论政治文较多,这主要是由抗战形式决定的。总体成就不高,但陈亮、叶适、陆游、文天祥等人的个别篇目仍然很出色。

（一）宋代散文的总体特征

宋代散文就作家群体、流派、团体、作品等,都达到空前的繁荣,正如王十朋所说"远出乎开元、元和之上"(《梅溪文集》前集卷十四《策问》)。这种繁荣主要表现在两个方面。

1. 作家辈出,作品繁多

首先,宋代散文在作家队伍、作品数量方面,是前所未有的,作者多达3497人,作品746卷(清人严可均的《全上古三代秦汉三国六朝文》)。这几乎是唐代散文作家的总数,宋代作家作品则是唐代散文作家的倍数。据缪钺先生《全宋文·序》称,宋代有文章传世者逾万人,作品超出10万。

宋代个体创作数量与名家数量也优于前代,少者百篇,多以千计。仅唐宋八大家而言,宋居其六。其各家创作数量如下:韩愈、柳宗元分别为361、522篇,而欧阳修2416篇、王安石1332篇、曾巩799篇、苏轼4349篇、苏辙1220篇,均多于韩、柳二人。就脍炙人口、广为传播的名篇而言,唐代多出自在韩愈、柳宗元之手,其他作家极少。宋代散文有精品流传者除欧、苏、曾、王之外,尚有王禹傅、范仲淹、石介、苏舜钦、司马光、周敦颐、李清照、范成大、杨万里、陆游、辛弃疾、朱熹、叶适、陈亮、文天祥等,均有历代传诵不衰的名作。

2. 兼蓄包融,多面发展

宋代散文文体丰富,以散体、骈体、语体包融兼收,相互促进、相互融合,形成多方位发展之势。其中又以骈、散二体为主的主流文学,尽管在不同时期互有消长,彼此影响,依然成为宋代散文创作的主流方向。语体虽不足与之抗衡,但其文体特点为道学、理学所擅长,主要以鸿学大儒授课的记录为主,体式仿《论语》《孟子》。在文学高度发达的宋代,语体文的片断性、不完整性,影响了它的文学价值,故历代很少从文学的角度予以关注和肯定。但宋代语体文十分发达,如范祖禹《帝学》、王开祖《儒志编》、陈氏兄弟《二程遗书》、徐积《节孝语录》等,至南宋而大盛,朱子《延平答问》、吕乔年《丽泽论说》、薛据《孔子集语》等,并出而丛集,黎靖德编《朱子语类》达140卷。宋代语体散文语气亲切宛然,风格自然纯朴,反映了宋文的另一个方面。

尽管散体、骈体、语体在宋代并非各自独立地平行发展,但是相互影响、相互促进,形成整合与竞争趋势,促进了宋代散文的发展。骈体的雅丽与节奏为散体所用,散体句式的自由灵活与语言的简洁质朴为骈体所取,而语体的通俗自然和朴实易懂则同时为骈、散二体所接受,从而共同构成了宋代散文的全貌。

（二）宋代散文的历史定位

宋代,不仅是中国古代史上一个承上启下的时代,在中国文学史上也是承上启下的时代。宋代文化,以其独有的制度文化、精神文化与物质文化特质,在中国中古文化转型的新变中占有举足轻重的地位。

两宋时期,是中国古代散文发展的全盛期、鼎盛期。宋代散文所创造的辉煌成就达到了前所未有的高度,在散文发展过程中,宋代散文的成就最高。它全面地继承前朝历代散文创作的经验,并开创了新的散文典范;而六朝文风、晚唐五代古文运动的衰落,又给了宋代的散文家们深刻的反思。就总体成就而言,宋代散文无疑是既超越了前人而又令后世景仰,成为中国古代散文发展史上最值得骄傲的时期之一。

第四节　明清散文

一、明代小品文

明代,是小品文异军突起的时代。尤其是到了晚明,小品文创作达到鼎盛阶段,不论其内容与艺术水平均取得了辉煌成就。

（一）明代社会政治的动荡与经济的变革引起世人心态的变化

随着城市的繁荣和市民阶层的壮大而引起了市民意识的觉醒和价值观的转变,在思想领域方面,晚明人敢于冲破"礼教"的束缚与伦理道德的枷锁,肯定对自我欲望的追求,在生活上任情放诞、放浪形骸、侍酒饮宴、纵欲沉沦,追求奢华的物质享乐与感官快感。对此,罗筠筠在《灵与趣的意境——晚明小品文美学研究》中有一段非常精彩的描述性文字,读后使人能够在清新流利的语言描写中感到赏心悦目之外,更能领略晚明小品文所产生的社会审美背景。

明代（尤其是晚明）的社会生活极其丰富多彩,大多数生活在城市的人,无论是官吏士人,还是平民百姓,他们既是这种生活的创造者,也是其享受者,因而尽管官吏士人在地位上优越于普通的市民百姓,但是从作为

城市的一分子这个角度说,他们也是城市市民大军中的一员。五彩缤纷的城市生活对他们一样魅力无穷。^①

(二)晚明小品文的代表

小品文并非产生于明代,自秦汉、魏晋南北朝、隋唐五代至宋元各个朝代都有小品文的创作,可谓历史悠久,异彩纷呈。然而明代是小品文创作的高潮阶段,尤其是到晚明时期,由于在内容、形式、风格等方面的独特风貌而成为当时具有代表性的散文样式,深受当时文人及一般世人的喜爱,且名扬后世。在晚明小品文的创作中又以公安派和竟陵派为代表,其突出成就对后世产生了深远影响。

1.公安派

公安派是兴起于明代万历中后期的文学流派,主要以出生于今湖北公安县的袁氏三兄弟(袁宗道、袁宏道、袁中道)为代表,主张"独抒性灵,不拘格套"的文学理论,在当时文坛产生很大影响。

袁宗道,字伯修,是三袁中的长兄,也是公安派的创始人,如钱谦益《列朝诗集小传》中说:"其才或不逮二仲,而公安一派实自伯修发之。"著有《白苏斋集》。袁宏道,字中郎,为公安派领袖人物,在三袁中成就最高,著有《袁中郎全集》。袁中道,字小修,著有《珂雪斋集》。

三袁之所以成为公安派的代表是因为他们的文学主张在改变当时文坛复古摹拟之不良习气,创立新的文学观等方面成为后世性灵文学发展演变的理论基础,其主要表现在以下几个方面。

(1)提出了文随时变的文学发展观。袁宏道在《雪涛阁集序》中云:"文之不能不古而今也,时使之也。……夫古有古之时,今有今之时,袭古人语言之迹而冒以为古,是处严冬而袭夏之葛者也。"

文学是随时代变迁的,故古今语言也是代代相异,变化发展的,如袁宗道在《论文》中提到:"口舌代心者也,文章又代口舌者也。展转隔碍,虽写得畅显,已恐不如口舌也;况能如心之所存乎?"故他认为学习古文也"不必拘泥其字句气文学贵在创新,正如袁宏道在《叙小修诗》中所言:"唯夫代有升降,而法不相沿,各极其变,各穷其趣,所以可贵。"故他们这种文学主张在当时泥古不化、死气沉沉的文坛中无疑是一种革新与进步。

(2)要求文章应以"独抒性灵,不拘格套"来摆脱"载道""治世"的重负。这一观点主要是受李贽"童心说"之影响,以自由抒写"性灵"作为

---

① 李措吉.中国散文 [M].上海:同济大学出版社,2007.

文学创作的最高原则。

例如,袁宏道在《叙小修诗》中评价其弟袁中道的作品时说:"大都独抒性灵,不拘格套。非从自我胸臆流出,不肯下笔。"说明文学应是作家自己内心中自然而然流露出的真情实感,而且这种情感若"不效颦于汉魏,不学步于盛唐,任性而发,尚能面于人之喜怒哀乐嗜好情欲,是可喜也。"在此"独抒性灵"强调了文学应表现人的自然本性,抒发其个性之情,如"喜怒哀乐嗜好情欲"等人的七情六欲。由此批判长期以来"发乎情,止乎礼义"的所谓正统文学观和将文学作为政治的传声筒的观念,使文学从载道、治世的重负中解脱出来,成为自由抒发心声的情致之语,而且其抒发的方式"不拘格套",直抒胸臆,自然流露,即不因袭前人,也不墨守成规,要有个性和创新,使文学摆脱礼教,道德的束缚顺应人的自然感情,抒发人的真实情感。

基于以上的文学思想,公安派的散文创作亦能反映出他们"独抒性灵,不拘格套"的文化品格,其作品大多清新、流利、自然、灵巧,不同于传统散文严肃、庄重的创作风格,能抒己之情,在对事物景观的描绘中给人以新鲜趣味的美感。例如,袁宗道的散文,不论描写游记还是随笔、序文,大多简洁明快,语言平易含蓄,洋溢着浓郁的真情而又富有艺术感染力。袁中郎是公安派中创作数量最丰富,成就最高的一位作家。在其品种繁多的散文创作如游记、尺牍、叙引、序铭、碑、记、墓志、疏、传记、祭文等作品中,最具有特色的是他的游记和尺牍小品。其游记多发"性灵"之情,善于突出刻画自然景物的特征,并融入情感的抒发,充满诗情画意,语言优美、灵巧,淡化了道统,表现出作者对淡雅情趣的审美追求。又如,袁小修的散文善于用纤巧、伶俐的笔墨描绘自然美景,用富有真情的语调抒怀咏物,表现出较高的艺术水平。

尽管如此,我们在高度评价公安派的文学理论成就与散文创作水平的同时,也不能忽视其自身存在的一些弊端。正如王运熙、顾易生主编的《中国文学批评史》所称:"然而公安派的性灵情感之说也有着严重的消极因素,正如他们自我批评,虽然师承李贽的思想解放,却在生活的严肃性,学习的钻研精神,斗争的坚决态度方面等均不能也不愿效法李贽的。因之,他们不满现实,又在某种程度上与世沉浮,或消极逃避,他们放浪不羁,蔑视礼教,追求个性自由,却放弃对社会的责任感,沾染着市民阶层的庸俗情趣,或追求士大夫阶级的闲情逸趣,因此他们的作品"语言清新有余,内容深厚不足,而且对现实重大社会政治问题,对人民苦难的反映和关心还是比较薄弱的,他们主要的兴趣在于山水田园,他们反复吟咏个人的闲适或不幸,他们往往将"独抒性灵"局限在狭小的个人情感的领域,他们自己不能，也没有能力引导追随者去歌吟人民的大不幸，去描绘时代的大冲突。"独抒灵性，不拘格套"这个纲领，突出了文学的情感和个性化的本质特征，的确功德无量，但它未能解决文学与社会、文学与时代，这样带根本性的问题了。因此，面对公安派的这些流弊，产生了后期的竟陵派。

2. 竟陵派

竟陵派是继公安派之后崛起于晚明的又一个文学流派，这一流派的文学理论主张主要是在总结在它之前的前后七子、公安派等的优劣得失的基础上，扬长避短，形成了自己的一家之言，提出文学创作既要求信于古人，又要发自于内心，将"信古与信心"合而为一，并要讲究"灵"与"厚"的统一。主要以钟惺、谭元春为领袖，因他们都是竟陵（今湖北天门）人而得名"竟陵派"。

钟惺，字伯敬，号退谷，又称止公居士，一日晚知居士。著有《隐秀轩集》。谭元春，字友夏，号鹄湾。钱谦益《列朝诗集小传》曰："伯敬少负才藻，有声公车间。擢第之后，思别出手眼，另立深幽孤峭之宗，以驱驾古人之上。而同里有谭生元春为之应和，海内称诗者靡然从之，谓之钟谭体。"

竟陵派的文学理论主要是继承公安派以反对拟古文风而形成，同时又不同于公安派，正如《明史》卷288《钟惺传》所言：

> 自宏道矫王、李诗之弊，倡以"清真"，惺复矫其弊，变而为幽深孤峭，与同里谭元春评选唐人之诗为《唐诗归》，又评选隋以前诗为《古诗归》。钟、谭之名满天下，谓之竟陵体。

从钟、谭选评唐诗、古诗的做法，可看出他们的文学主张有对公安派继承的一面。其一，他们同样反对七子拟古文学，如钟惺在《诗归序》里所称："今非无学古者，大要取古人之极肤极狭极熟，便于口乎者，以为古人在是。"此论与袁宏道批判七子之言"不知空同模拟，自一人创之，忧不甚可厌。适其后以一传百，以讹益讹，愈趋愈下，不足观矣。"（《论文》上）的评论极为相似。其二，也主张文学应真实的抒写心灵，表情达性，如谭元春所言："不发信心者非人。"（《题周道一集》）钟惺"诗道性情"（《陪郎草序》）这一主张与公安派之"性灵"文学一脉相承。其三，同样具有与公安派相同的文随时变的理论主张，如钟惺《与王稚恭兄弟》中称："大凡诗文，同袭有同袭之流弊，矫枉有矫枉之流弊，前之所共趋，即今之偏废；今之独响，即后之同声。"尽管如此，竟陵派在许多理论方面又有着与公安派不同的一面，而且更具有进步性。例如，主张文学不仅要独抒性灵，而且也要继承传统，这一传统即指；"古人之精神气如钟惺在《诗归序》中讲到："选古人诗，而命曰《诗归》。非谓古人之诗，以吾所选为归，庶几见吾所选者,以古人为归也。引古人之精神,以接后人之心目,使其心目有所止焉,如是而已矣。"他认为只有"精神所为"才为"真诗者"。而且进一步强调抒发性灵与学习古人相统一:"凡以诗文者,内自信于心,而上求信于古人,在我而已。"这种既有创新、又有继承的文学创作观比起前后七子和公安派显然是一种很大的进步。这样既克服了前后七子创作中生搬硬套、刻意模拟的不良风气,又纠正了公安派一味任情率性、无节制地宣泄主观情感的流弊。正如郭绍虞先生所评:

> 竟陵正因要学古而不欲堕于肤熟,所以以性灵救之,竟陵又正因主性灵而不欲陷于俚僻,所以又欲以学古矫之。他们正因这样双管齐下,二者兼顾,所以要以学古之中,得古人之精神,这即是所谓求古人之真诗。求古人之真诗,则自然不会袭其面貌,而同时也不会陷于挽近。学古则与古人精神相冥合,而自有性情;抒情则与一己之精神相映发,而自中法度。论诗到此,岂复更有剩义!

同时,他们提倡以"幽深孤峭"的艺术风格来写"幽情单绪"(《隐季轩集自序》)的内容,创作出不少优秀的小品文。

(三)丰富多彩的晚明小品文

在中国文学的殿堂中,小品文以其内容短小、语言精练、富有情趣的特点而备受读者之喜爱,尤其是到了晚明,在这个理学崩溃、个性解放思潮激荡的时代,小品文在公安、竟陵等流派"独抒性灵,不拘格套"的理论旗帜下,以清新、自由的面貌出现在世人面前,给人以耳目一新之感,展现出丰富多彩的小品种类,包括以描写山水景物、闲情逸致为主要内容的小品文,还有游记、传记、尺牍、序跋、咏物、抒怀、讽刺、香艳等内容的小品文,可谓种类繁多,数量庞大。并出现了如徐渭、李贽、屠隆、汤显祖、袁宗道、袁宏道、袁中道、陈继儒、钟惺、谭元春、张岱、张溥等许多优秀的小品文作家。这里从不同方面举几例具有代表性的作品来欣赏,当然这只是一种粗略的分法,所举之类也是其中一部分作品而已,因为晚明小品文并非就这些内容种类,也并非仅仅这些作品,在此仅举几例,以资说明。

1. 山水游记小品

山水与文人自古以来就是息息相关的,山水不仅是文人情有独钟的审美对象,而且是他们自由闲适的精神寄托。文人在对山水景物的审美观照中不仅表达自己的情致喜好,而且也基于山水特有的审美内涵。晚明,在这个政局动荡、理学崩溃、人性复苏、个性解放的时代,山水景物自然成为人们抒写心声、审美娱乐的对象。文人在游览山水河流的过程中，以清新、隽永的笔调自由描写美好的自然景物，并融情于景、情景交融，充满诗情画意与淡雅闲适之趣。例如，著名的公安"三袁"，钟、谭及张岱等许多晚明作家都写了大量的山水游记小品，这里只举几例加以说明。

例如，袁宏道的《西湖》（一），描写了他初到西湖时面对西湖美景而仿佛"目酣神醉"于其中的那种惊异与忘情。

> 从武林门而西，望保俶塔突兀层崖中，则已心飞湖上也。午刻入昭庆，茶毕，即棹小舟入湖。山色如娥，轻花光如颊，温风如酒，波纹如绫，才一举头，已不觉目酣神醉。此时欲下一语描写不得，大约如东阿王梦中初遇洛神时也。

再如，袁宗道的《显灵宫西阁》：

> 都门有二高阁，曰毗卢，曰显灵西阁。毗卢在城外，止宜书游。看月则莫便于显灵。八月十四日，余同王则之、陶周王诸公，迟月于此。天渐暝，俱倚朱兰东望。俄吐一星火，忽满半规。有顷，黄金盘跃起，可数尺许，似破地而出，红气艳艳射殿角。俯瞰市井间，正黯黯也。是日周望极谈西湖山水之佳丽，花事之繁华，痛饮极欢而罢。

用细致入微的笔墨刻画了天螟月夜的美景，比喻形象生动，富有生气。

又如，张岱的《西湖七月半》《湖心亭看雪》都是有名的游记小品，描写景物生动活泼，语言简洁，寥寥几笔就勾勒出湖光月色的美景，充满诗情画意。

2. 闲适小品

晚明文人从僵化沉寂的理学教条中解脱出来，充分享受人生的自由与乐趣。追求闲适之趣，读书品画、谈禅说诗、品山水、赏花草。尽情游览玩赏，便成了他们日常生活的全部，这种优游从容的生活方式与闲情雅致也充分体现在他们的闲适小品文中。因此趋于生活化、个人化是晚明小品文在内容题材上的一个显著特点，不少作家喜欢在文章中反映自己日常生活状貌及趣味，它犹如一面镜子，照射出晚明文人的人生价值与生活态度。

例如，袁中道的《题米元章画竹卷后》一文，短短数语，描写了清晨起床方见新笋出土的喜悦心情以及感受，字里行间充满了爱竹之情与清雅之气，表现了文人雅士飘逸闲适的生活情趣。

> 今日晨起，君超见访赏驾往中，坐净绿轩前。时天雨，新笋

满林。韩破外,嫩绿欲滴。遂烧笋共饭,复出此卷相示。顿觉万竿神情,尽落毫素间。信知竹于花卉中,为世外之品。非世外之人,若仙之五指,颠之牙颊,不能肖也。屡玩不忍释者久之,因笑曰:"今日六根五脏,皆化为竹矣。"

又如,张岱的《梅花书屋》:

  陵萼楼后老屋倾圮,余筑基四尺,造书屋一大间。旁广耳室如纱橱,设卧榻。前后空地,后墙坛其趾,西瓜瓤大牡丹三株,花出墙上,岁满三百余多。坛前西府二树,花时积三尺香雪。前四壁稍高,对面砌石台,插太湖石数峰。西溪梅骨古劲,滇茶树茎,妩媚其旁。梅根种西番莲,缠绕如缨络。窗外竹棚,密宝裹盖之。阶下翠草深三尺,秋海棠疏疏杂人。前后明窗,宝裹西府,渐作绿暗。余坐卧其中,非高流佳客,不得辄入。慕倪迂"清閟",又以"云林秘阁"名之。

通过描写梅花书屋里里外外的布局、装饰,寄托了一种闲雅的生活情趣。

此外,他的《兰雪茶》《乳酪》《张东谷好酒》《蟹会》等这些描写日常饮食文化的小品文是晚明世人在日常生活中追求享乐的体现。

3. 尺牍小品

晚明是尺牍小品最兴盛的时期,因这种文体书写自由灵活,不受限制,形式多样,内容广泛,因此它成为晚明文人自由抒发性灵、表现个性的文学工具,如李贽、徐渭、汤显祖、袁宏道、张岱等都是晚明有名的尺牍小品文作家。袁宏道写两百多首尺牍小品,如《丘长孺》《冯秀才其盛》《答王百谷》《与沈冰壶》等文大多直抒胸臆,机智诙谐,表达了作者的爱憎逸趣,具有深刻的思想内容,耐人寻味。

4. 随笔传记

晚明小品中还有大量的随笔、传记等小品文,成就也较高。例如,袁宗道的传记小品,评论历史人物的功过得失,不陈旧说,不随声附和,往往得出自己的独到见解,而且其随笔如追念亲朋好友的逸闻趣事,多从生活细节体现人物的性格特征与音容笑貌,充满浓浓的情意。再如,袁中道的传记小品包括传,如《梅大中丞传》;传略,如《赵大司马传略》;行状,《墓志铭》等,在刻画众多鲜明人物形象的同时也揭示出晚明社会的种种现实,其中也贯穿作者自我情感的抒发。又如,钟惺的随笔题跋小品如《跋袁中郎书》《题焦太史书卷》《自题小像》等,文字简洁,却往往体现出作者的真知灼见,并富有真情。

5. 香艳小品

晚明是一个个性解放的时代,同时又是一个纵情声色、人欲横流的时代。在政治、经济、社会思潮的冲击下,人们的价值观、人生观发生了很大的转变,"抑理尊情,欲海浮沉"也是晚明文人生活的一个方面,他们在这种世俗的享乐中抒发苦闷,宣泄情感。正如袁中道在《殷生当歌集小序》中写到:

> 丈夫心力强盛时,既无所短长于世,不得已逃之游冶,以消磊块不平之气,古之文人皆然。……近有一文人酷爱声妓赏适,予规之,其人大笑曰:"吾辈不得于时,既不同缙绅先生,享富贵尊荣之乐,止有此一缕闲适之趣,复塞其路,而与之同守官箴,岂不苦哉?"其语卑卑,益可怜矣。(《柯雪斋集》卷十)

文人在这种生活态度下,出现了大量描写女性及艳情内容的小品,从对女性容貌、服饰、气度及婚姻、爱情的描写中反映了当时人的审美情趣及价值观。

6. 讽刺小品

鲁迅《小品文的危机》称:"明末的小品虽然比较的颓废,却并非全是吟风弄月,其中有不平、有讽刺、有攻击、有破坏的意味,讽刺是晚明小品文的特点之一,但这种讽刺并不同于锋芒毕露的晚唐小品,而是在轻松自然的笔调中流淌出作者对现实,对世俗生活中不合理现象的讽刺与批判。张岱的《西湖七月半》这篇文章,作者在描写杭州城热闹繁华的气氛的同时具体而生动地刻画了城市市民的种种举动与心态,由此深刻地讽刺和鄙视了那些达官贵人、豪富无赖的世俗生活和追求风雅的思想感情。

> 西湖七月半,一无可看,止可看看七月半之人。看七月半之人,以五类看之:其一,楼船箫鼓,峨冠盛筵,灯火优傒,声光相乱,名为看月而实不见月者,看之。其一,亦船亦楼,名娃闺秀,携及童娈,笑啼杂之,还坐露台,左右盼望,身在月下而实不看月者,看之。其一,亦船亦声歌,名妓闲僧,浅斟低唱,弱管轻丝,竹肉相发,亦在月下,亦看月而欲人看其看月者,看之。其一,不舟不车,不衫不帻,酒醉饭饱,呼群三五,跻入人丛,昭庆、断桥,嚣呼嘈杂,装假醉,唱无腔曲,月亦看,看月者亦看,不看月者亦看,而实无一看者,看之。其一,小船轻幌,净几暖炉,茶铛旋煮,素瓷静递,好友佳人,邀月同坐,或匿影树下,或逃嚣里湖,看月而

人不见其看月之态,亦不作意看者,看之。

纵观这些作家作品,我们从中亦可窥见晚明小品文重情、尚趣、求新的审美特征。它不同于先秦两汉及晚唐小品文主要作为政治功利之载体的特点,只有到了晚明,小品文才成为一种自由文体,从作家的写作心态、作品的写作风格、内容重心上体现出总体特征——"独抒性灵,不拘格套",从而使它成为文坛中独具特色的文学种类而放射着永恒的光芒。

二、清代散文

桐城派是清代散文史上传续时间最长、影响极为深远的流派。关于桐城派名称的由来,学者多以为始于姚鼐《刘海峰先生八十寿序》中引程晋芳、周永年所言:"天下文章,其出于桐城乎?"桐城派之名号的正式确立,见于曾国藩《欧阳生文集序》,《序》云:"乾隆之末,桐城姚姬传先生鼐,善为古文辞,摹效其乡先辈方望溪侍郎之所为,而受法于刘君大槐,及其世父编修君范。三子既通儒硕望,姚先生治其术益精。历城周永年书昌为之语曰:'天下之文章,其在桐城乎?'由是学者多归向桐城,号桐城派,犹前世所称江西诗派者也。"这一段话点出桐城派由安徽桐城人方苞始创,并由其同乡刘大槐接续方氏文论。当然,桐城派之所以能够成为清代主流的古文流派,姚鼐应居功至伟。方苞、刘大槐、姚鼐并称"桐城三祖"。实际上,为桐城派的形成开山凿路,作为先行者的戴名世也不容忽视。

(一)桐城派形成的政治及文化思想背景

清代立国之时,典章制度多沿袭明制,思想统治上,也定程朱理学为一尊。康熙帝特别尊尚朱熹,曾说朱熹:"文章言谈之中,全是天地之正气,宇宙之大道。"(《御幕朱子全书·序言》)康熙规定科举考试的立论一概以程朱理学为准,并且还提携任用一批理学名士,如魏介裔、熊赐履、汤斌、李光地等。并于康熙五十一年,续修《朱子全书》,编纂《性理大全》,升朱子陪享孔庙大成殿十哲之次,为第十一哲。雍正二年,雍正帝还以专治朱子学的陆陇其稼书从祀两庑。方苞是信奉程朱理学的,曾谓"学行继程、朱之后,文章介韩、欧之间"(王兆符《方望溪先生原集三序》)。其论文主张多以程朱理学为底蕴,方氏所说的"义法"之"义",也是以依六经及程朱理学为依归的。方苞于《钦定四书文》"凡例"中曾道:"欲理之明,必溯源六经而切究乎宋、元诸儒之说。"当时程朱理学大畅于天下,势必会对散文的内容与形式起一定的规范作用；理学定为一尊，必然要求古文所传达的道纯净不杂，不言说异端，以程朱理学为旨归。所以，文必求"清真"，既言说清真之道，古文的语言自然要肃穆端庄，容不得卮言、谑语，所以语必求"雅正"。方苞之时，原本属于制艺之文特点的清真雅正，因为康熙的欣赏和提倡，成为衡量所有诗文的审美标准和指导创作的审美理想。方苞论文倡导"清真古雅"，与统治者对文章的要求相呼应，自然受到大多朝野士子的欢迎。桐城派其后蔚为大观，不为无因。

清王朝统治者因其以"异族"身份治理天下，因此在思想的钳制方面比起往代，有过之而无不及。文字狱案件之繁多，株连之广，惩治之酷烈，超过历史上任何一个朝代。康、雍、乾三朝，文字狱连绵不绝，仅见于文字记载的就达 108 起。雍正在位 13 年，有文字狱 17 宗，在乾隆三十九、四十年两年之内，焚书即有 24 次，焚烧禁书 1 万余种。乾嘉汉学的出现，除了是对程朱理学的反驳，也与文字狱不无关联。因为文字狱的威压，学人承袭了清初学者顾炎武等人的治学方法，经世致用的精神却抛置一旁，不问国计民生，只埋头于古文献里专注于文字训诂以及古籍的校勘、辨伪、辑佚、名物的考证等工作。

（二）戴名世与桐城三祖

戴名世（1653—1713），字田有，一字褐夫，号药身，又号忧庵，安徽桐城人。戴名世论文，非常注重文章内容和形式的统一，他认为"道也、法也、辞也，三者有一之不备也，而不可谓之文也"（《己卯行书小题序》）。他把道、法、辞作为构成文章不可或缺的元素，体现出他文必有物、文必有序的观念，这也是方苞"义法"文论的先声。关于言有物，他在《答赵少宰书》中道："今夫立言之道著于《易》。《家人》《象》言曰：'君子以言有物而行有恒。'夫有所为而为之谓之物，不得已而为之谓之物，近类而切事、发挥而旁通，其间天道具焉，人事备焉，物理昭焉，夫是之谓物也。"他把天道、人事、物理都当作文章应表现的内容即"言有物"之"物"；他又讲文章的功用在于"明圣人之道，穷造化之微，而极人情之变态"，可以看出他讲的"物"，涉及面是相当广泛的。至于"言有序"，他在《己卯行书小题序》一文中言道："道一而已，而法则有二矣。有行文之法，有御题之法。……道与法合矣，又贵其辞之修焉。"他讲的"御题之法"，即是作文前的审题及构思；"行文之法"，则是行文中的起承转合之类。

戴名世讲"言有序"，还论及精、气、神统一的问题。他认为作者应循"养生之徒"的养生之道，将精、气、神"三者炼之凝之而浑于一"的方法，用之于文章的写作。所谓的"精"，体现于行文，即是立论的纯正和语言的雅洁,戴名世言道:"太史公纂《五帝本纪》,择其言尤雅者,"而司马迁"择其言尤雅者",正是从持论的雅正和用语的典雅来选择的,"精"与作者的心性修养相连,戴名世言及蔡邕的"炼余心兮浸太清",则是说作者须达到清虚的境界才能炼识以精。戴氏论"气"亦从作家的修养着眼,谓当养得"充塞乎两间而盖冒乎万有"的浩然之气,才能在文章中流溢出充沛的气势。戴名世所论及的"神气主要是指内蕴于文章之中的作者的个性、气质,它"出乎语言文字之外,而居乎行墨蹊径之先,",有使得"文之为文"的作用。①

戴名世散文以史传、杂文见长,游记散文也颇具特色。其散文风格雄奇犀利,简洁朴实,多愤世嫉俗之言。《醉乡记》中,作者借刘伶、阮籍所处的魏晋之际的史事,指出当时天下之人"放纵恣肆,淋漓颠倒,相率入醉乡不已",其根本原因在于统治者昏庸残暴,致使"神州陆沉,中原鼎沸"。对"自刘、阮以来,醉乡有人,天下无人"的现状,作者也表现出哀叹与深切的忧虑,但作者也认为"不入而迷"只因时不可为的清醒之人,也还是有的。戴名世所处的时代,文网已渐趋严密,文人以文字动辄得咎,所以戴氏愤世嫉俗之作,多采取寓言的形式和指桑骂槐的手法,本文就具有这个特点。但作者刚肠嫉恶,愤世之情甚为强烈,虽文笔不涉世事,但其讽指当时之事的锋芒仍不能完全遮掩。

《钱神问对》与以往写"钱神"的文章,如魏晋时期成公绥、鲁褒的《钱神论》有所不同。作者以数"钱神"之罪为名,把鞭挞的锋芒直指黑暗的吏治,揭露了统治者的贪虐腐败,痛斥官府对孤穷百姓刮地三尺的压榨。本文淋漓畅达,泼辣恣肆,体现了戴名世散文的风格。

方苞(1668—1749),字凤九,一字灵皋,晚年自号望溪。曾因《南山集》案牵连下狱,后入值南书房,官至礼部侍郎等职。方苞与戴名世曾经交往密切,因二人都推崇程朱理学,而且都好唐宋散文,因此二人在古文写作上经常切磋往来。方苞古文理论的基本观点,明显受有戴名世的影响。方苞对桐城派古文理论的最大贡献,是"义法"说,其后"义法"说一直是桐城派文学理论的基础。方苞于《又书货殖列传后》中道,"《春秋》之制义法,自太史公发之,而后之深于文者亦具焉。义即《易》之所谓言有物也;法即《易》之所谓言有序也。义以为经而法纬之,然后为成体之文。"这一段话表达了方苞对"义法"的理解,既指出了"义法"理论的渊源所自,又揭示了"义"与"法"二者的内涵及其相互关系,"义法"论的中心议题是探讨"道"与"文"亦即内容与形式及其相互关系的问题。"义"指文章的

---

① 李措吉.中国散文[M].上海:同济大学出版社,2007.

思想内容,其在《古文约选》一书的《序例》中道:"学者以先秦盛汉辨理论事质不芜者为古文,盖六经及孔子、孟子之书之支流余肆也。"方苞的散文创作也以"非阐道翼教,有关人伦风化不苟"为原则。由此可见,他所说的"义"或"言有物"大体上就是以儒家经典、程朱理学为宗旨。

方苞所说的"法"或"言有序"是指写作技巧如文辞、剪裁、详略、虚实、结构等方面的要求。方苞特别强调文辞的"雅洁",主张"辞无芜累",他说"夫文未有繁而能工者,如煎金锡,粗矿去,然后黑浊之气竭而光润生。《史记》《汉书》长篇,乃事之体本大,非按节而分寸之不遗也。"(《与程若韩书》)也即是要求用一种纯正典雅、简洁精练的文字来组织文辞,或叙事或议理或抒情。他十分赞赏《周官》用语的精微、简约,曾言道"是书指事命物,未尝有一辞之溢焉。常以一二字尽事物之理而达其所难显,非学士文人所能措注也。"(《周官析疑序》)他还说:《易》《诗》《春秋》及四书,一字不可增减,文之极则也。降而《左传》《史记》、韩文,虽长篇,句字可芟者甚少。其余诸家,虽举世传诵之文,义枝辞冗者或不免矣。"(《古文约选序例》)但是,方苞在强调"雅洁"的同时,也存在束缚过多的倾向,沈廷芳《书方望溪先生传后》记其语道:"古文中不可入语录中语,魏晋六朝人藻丽俳语,汉赋中板重字法,诗歌中隽语,南北史中俳巧语。"此外,方苞对文章的结构布局、详略虚实等也颇重视,这在方苞自身的散文创作中有鲜明的体现,方苞散文的一个主要特征即是"虚言其大略"。

在义法关系上,方苞提出了"义以法起",因义定法,法随义变等原则。方苞在其《与孙以宁书》中说:"古之晰于文律者,所载之事,必与其人之规模相称",并举《史记》中的人物传记为例,来说明作文应以此为"虚实详略之权度",也就是要根据表现主题及写作对象的情况来决定详略虚实,这可以看作是其对"因义定法"的阐释。他又在《书五代史安重诲传后》说:"记事之文,惟《左传》《史记》各有义法,一篇之中脉相灌输而不可增损。然其前后相应,或隐或显,或偏或全,变化随宜,不主一道。"既然一篇之中的法,就应该"变化随宜",那么不同的篇章,更要法随义变了。方苞关于义法关系的论述,其核心都是在探讨内容与形式之间如何达至完美的统一。

方苞散文历来以严谨雅洁,不重雕饰而著称,其散文以记事之作最有成就。其记事之作可分为三类,一为逸事状,二为杂记,三为传志。《左忠毅公逸事》在逸事状文里最为人所称道。文章通过记叙左光斗与史可法之间交往的逸事,充分显示左光斗以国事为重,不计生死荣辱,与阉党恶势力决不妥协的刚毅品格。方苞叙事写人往往独具匠心,十分看重选材的典型性,所以其文章选材总是少而精。此文记左光斗事迹,只取与史可法关系中的二三事突出表现其志节品行,可见其剪裁的精当。方苞散文用语总是力求简省雅洁,文字虽简省,却总能生动传神。例如,本文中:"史前跪,抱公膝而呜咽,公辨其声,而目不可开,乃奋臂以指拨眦,目光如炬,怒曰:'庸奴!此何地也?而汝来前,国家之事,糜烂至此,老夫已矣,汝复轻身而昧大义,天下事谁可支拄者?不速去,无俟奸人构陷,吾今即扑杀汝!'因摸地上刑械,作投击势。"这一段文字,词语虽简省朴实,却能撼人心魄,感人至深。

方苞杂记文中,以《狱中杂记》为其代表作。作者因"南山集"一案,身陷囹圄,此文就是叙写其狱中的亲身见闻的事实。所记之事虽确实很杂,却紧紧以治狱之道为中心组织材料,因此事例虽多而不乱,文章脉络清晰,于此也可见方苞对其"义法"理论的实践。

方苞为人作传、作志,总是选取最能体现人物性格的材料加以组织、叙写,做到"明于体要,而所载之事不杂","所载之事,必与其人之规模相称",如《孙征君传》,仅以孙奇逢营救东林名士杨涟、左光斗的事迹,就表现出孙奇逢不畏权奸势焰的侠义品格。

刘大櫆(1698—1779),字才甫,一字耕南,号海峰,一生仕途坎坷,以教书为生计。刘大櫆的文论不像方苞那样具有浓厚的道学家气味,而是更具有文学家的审美眼光。他的理论继承了方苞的"义法"说,并对"义法"理论进行丰富和拓展,以"义理,书卷,经济"的"行文之实"扩大"言有物",的内容。其在《论文偶记》中道:"盖人不穷理读书,则出词鄙倍空疏。人无经济,则言虽累牍,不适于用。故义理、书卷、经济者,行文之实。"刘大櫆论文的一个显著特色就在于非常关注"文之能事",或谓"文人之能事"即"行文之道",侧重于探索写作过程中的审美规律,把义法说中的"法"加以具体化。他在《论文偶记》中提出了文章中神、气、音节、字句四种主要因素的理论。

刘大櫆探讨行文之道,首先从"神"与"气"入手。他说:"行文之道,神为主,气辅之。曹子桓、苏子由论文,以气为主,是矣。然气随神转,神浑则气灏,神远则气逸,神伟则气高,神变则气奇,神深则气静,故神为气之主。至专以理为主者,则犹未尽其妙也。"(《论文偶记》)"神"主要指作者精神气质在文章中的体现,"气"主要指文章的气势韵味。刘大櫆认为"神"与"气"是文章的精微之处,是文章的灵魂。"神""气"二者之间,又以"神为气之主","气"依附于"神","气"是随着"神"的不同状态而运行的。如果专论"神"与"气"则会流于抽象,无可捉摸,因此刘大櫆也讲音节与字句。刘大櫆认为声调与音节并非与"神""气"毫不相连的,相反,它们是随着作者情感与文章气势的变化而变化的。在创作中需将"神"与

"气"寄寓、物化于音节与字句当中,在鉴赏文章时又可通过音节与字句领悟贯穿于文章中的"神"与"气"。他说:"盖音节高则神气必高,音节下则神气必下,故音节为神气之迹。一句之中,或多一字,或少一字;一字之中,或用平声,或用仄声;同一平字、仄字,或用阴平、阳平、上声、去声、入声,则音节迥异,故字句为音节之矩。积字成句,积句成章,积章成篇。合而读之,音节见矣;歌而咏之,神气出矣。"(《论文偶记》)此外,刘大櫆还提出文有"十二贵",即贵奇、贵高、贵大、贵远、贵简、贵疏、贵变、贵瘦、贵华、贵参差、贵去陈言、贵品藻等,这涉及古文风格、境界、语言、章法等诸多问题。

因刘大櫆平生仕途坎坷,抑郁不得志,故其散文多写身世之感,或感叹志向难酬,或作愤世之言。其散文雄肆淋漓,气势充沛,文采斐然。与方苞、姚鼐相比,更显得本色当行。

《答吴殿麟书》一文以文字浇胸中之块垒,将其一生的积郁、愤懑给以淋漓尽致地宣泄。其文中写道:"若仆者,敝野之姿,枯槁之质,泉石之耽而澹泊之为乐。仆之不可为公卿大夫,犹犬之不可负重,牛之不可急趋,马之不可执鼠,鼋之不可使援。生而有疾在其体,安得与强梁者并走而争先耶?"虽自我排遣,强作达观,但仍流露出有志不获骋的积郁不平。本文在写作上典型地代表了刘文"洋洋乎才力之纵恣,无所不及"的特点,气势充足,汪洋恣肆,辞采飞扬。刘大櫆作文提出"神气音节"为"行文之事",认为"鼓气以势壮为美",在本文中都得到了鲜明的体现。此外,刘大櫆的游记散文也颇有可观者。

姚鼐(1732—1815),字姬传,一字梦谷,号惜抱,乾隆二十八年进士,曾任刑部郎中,后充任四库馆纂修官,不及两年,辞官南归。先后主讲于扬州梅花书院、安庆敬敷书院、徽州紫阳书院、江宁钟山书院,逾40年。他继承和发展了方苞和刘大櫆的理论,集二者之大成,构建了桐城派的理论体系,并因为其书院讲学的经历,形成了一支蔚为大观的桐城派文人队伍,为桐城派的立派之祖。

姚鼐的生活时代正是汉学与宋学并立的时期,姚鼐在继承"义法"说的基础上,集两派之长,避二者之短,提出义理、考据、词章相统一的理论。他在《述庵文钞序》中道:"余尝论学问之事,有三端焉。曰义理也,考证也,文章也。是三者,苟善用之,则皆足以相济,苟不善用之,则或至于相害。"(《述庵文钞序》)姚鼐认为,作文之时应将义理、考据、辞章完美地融合于文章之中。但是大多作者于三者不能兼善,或有"言义理之过者,其辞芜杂俚近,如语录而不文";或有"为考证之过者,至繁碎缴绕,而语不可了当";即使有兼长者,又往往"自喜之太过,而智昧于所当择也",而不能善用三者。因此,姚鼐强调"是三者,苟善用之,则皆足以相济"。一篇文章应是精深鲜明的论点、事实确凿的材料、典雅精炼的语言三者完美的统一。姚鼐于义理、考据、辞章之间的关系也有论述,三者当中,义理处于支配地位,文中所用的材料,须详实考证,以论证义理,但考证又要恰到妙处,精要、博采而又不烦琐、芜杂,否则会有害于辞章。他在《与陈硕士》书中说:"以考证累其文,则是弊耳;以考证助文之境,正有佳处。"其理想的境界是"为文,有唐宋大家之高韵逸气,而议论考核,甚辨而不烦,极博而不芜,精到而意不至于竭尽"。

姚鼐文论引人注目处,就是将文章风格美分为阳刚之美与阴柔之美两大类。他在《复鲁紫夫书》中说:"鼐闻天地之道,阴阳刚柔而已。文者,天地之精英,而阴阳刚柔之发也。惟圣人之言,统二气之会而弗偏。然而《易》《诗》《书》《论语》所载,亦间有可以刚柔分矣。值其时其人告语之体,各有宜也。自诸子而降,其为文无弗有偏者。其得于阳与刚之美者,则其文如霆,如电……其得于阴与柔之美者,则其文如升初日,如清风……观其文,讽其音,则为文者之性情形状举以殊焉。"至于将文章的风格美分为阳刚之美与阴柔之美的依据,乃是因为姚鼐认为天地自然是文章的本原,天地万物都是禀阴阳二气而生的,人自然也是如此,所以其个性、气质就有阴阳刚柔的不同。文章艺术风貌的特点与作者的个性气质紧密相连,当然也就有阳刚、阴柔的不同,他在《海愚诗钞序》中道:"文章之原,本乎天地。天地之道,阴阳刚柔而已。苟有得乎阴阳刚柔之精,皆可以为文章之美。阴阳刚柔并行而不容偏废,有其一端而绝亡其一,刚者至于偾强而拂戾,柔者至于颓废而阉幽,则必无与于文者矣……"这一段话不但再一次论述了前述观点,而且认为文章的艺术美应该刚柔相济而又有所偏重,只有其一,都不算完美,"雄伟而劲直"和"温深而徐婉"相结合才是真正的好文章。

姚鼐在探讨文章的创作方法与艺术技巧时,提出文章的要素有8种:神、理、气、味、格、律、声、色。他在《古文辞类纂序目》中说:"凡文之体类十三,而所以为文者八。曰:神、理、气、味、格、律、声、色。神、理、气、味者,文之精也;格、律、声、色者,文之粗也;然苟舍其粗,则精者亦胡以寓焉?学者之于古人,必始而遇其粗,中而遇其精,终则御其精者而遗其粗者。"这8种文章要素是对刘大櫆神气、音节、字句说的继承与发展。神,即精神,在文中显现为风神或神韵;理,当指文理通顺之理,即文理、脉理;气当指气势;味,当指文章的韵味。神、理、气、味是"文之精"处。格,指文章的体制,即文章的篇章结构形式;律,指文章的法度,包括字法、句法、章法、篇法;声,指文章的声韵节奏;色,指文采。格、律、声、色,是指文章中比较实的方面,也就是比较具体的方面,所以是"文之粗"处。从创作的过程来说,应该是寓精于粗,通过格、律、声、色来表现神、理、气、味。从读者鉴赏的角度来说,则应该由"粗"而领悟其"精"。

姚鼐散文历来以"醇正严谨"而著称,其散文风格大多自然平淡,韵味悠长,语言净洁、精微,少雄杰之气,也乏纵横捭阖之势,偏重于柔婉一路。姚鼐因其一生没有经历过穷困潦倒、怀才不遇的生活,因此他对当时的政治、社会中的矛盾也就少有体认。他的散文在思想内容方面很少有戴名世、方苞文中所反映出的社会时弊,也很少有刘大櫆文中所流露出的悯才愤世之慨,其文章内容大多显得空洞贫乏。姚鼐的散文创作总体上讲,不及其散文理论方面所取得的成就。

《登泰山记》是姚鼐散文中的名篇,因姚鼐在散文创作中强调义理、考据、辞章三者的统一。因此,本文在记述泰山地理形势、登山路径时,均下一番考证的功夫,做到确有实据,真实可信。例如,文中写道:"是月丁未,与知府朱孝纯子颖由南麓登。四十五里,道皆砌石为磴,其级七千有余。泰山正南面有三谷,中谷绕泰安城下,郦道元所谓环水也。"尤为令人赞叹的是,其写日出景观,用语雅洁简易,却字字句句连带声色,极富表现力,把日出时的瑰丽景色描摹得生动传神,直逼景物之内在神韵,历历如在目前,如文中写道:"亭东自足下皆云漫,稍见云中白若樗蒲数十立者,山也。极天,云一线异色,须臾成五彩,日上,正赤如丹,下有红光动摇承之,或曰:此东海也。"

（三）桐城派的流变

桐城派继姚鼐之后,由其四大弟子管同、梅曾亮、方东树、姚莹维持局面。后桐城余脉于20世纪的二三十年代方止。如果从桐城派的先驱戴名世生活的康熙时期算起,桐城派足足绵延了200余年,几与满清相始终。在桐城派的发展过程中,也有支流产生。在道光中叶,曾国藩吸收桐城派文论并加以引申发挥,构建起自己较完整的古文体系。其所领导的古文流派也以曾国藩的籍贯而名之曰湘乡派。其派中成员均为曾氏幕僚,如有名者张裕钊、吴汝纶、黎庶昌、薛福成等人。因湘乡派与桐城派之间有着千丝万缕的联系,以至于有学者称曾国藩为桐城派"中兴之主"。

湘乡派文论的核心内容是在"义理、考据、辞章"之外,加"经济"一门,谓"有义理之学,有辞章之学,有经济之学,有考据之学",并说"此四者缺一不可气"(曾国藩《求阙斋日记类钞》)。曾氏还对姚鼐所论及的文章阳刚之美与阴柔之美进一步加以细分,其于《庚申三月日记》记载道:"尝慕古文境之美者,约有八言:阳刚之美曰雄、直、怪、丽,阴柔之美曰茹、远、洁、适。"此外,关于古文的审美特征,曾国藩认为专事论道,阐发义理的文学和讲究艺术性,具有文学"怡悦"功能的古文是两回事。其于《刘霞仙书》中言道:"鄙意欲发明义理,则当法《经说》《理窟》及各语录、札记,欲学为文,则当扫荡一副旧习,赤地新立,将前此所习,荡然若丧其所学,乃始别有一番文境,望溪所以不得入古人之阃奥者,正为两下兼顾,以致无可怡悦。"这与桐城派的"义法"理论相比,其文学观念是有所进步的,其识见要略高一筹。

与桐城派渊源甚深的散文流派还有活跃于清代中叶的阳湖派。阳湖派的开创者恽敬(1757—1817)和张惠言(1761—1802),都为阳湖人,他们的后学也多为他们的同乡,因此他们领导的这一流派称之为阳湖派。

阳湖派所讲的"意法",实际上大多承继自桐城派的"义法"理论。张惠言曾引刘大櫆弟子钱伯桐的话来表达他对"意法"理论的理解,钱伯炯以书法为例说明古文的行文之道,他言道:"意在笔先,非作意而临笔也","意者,非法也,而未始离乎法,其养之也有源,其出之也有物,故法有尽而意无穷。"由此可见,其"意法"之"意"与方苞所讲的"义法"之"义"基本一致,都是以"言有物"来释"义"或"意"。

但阳湖派文论比之于桐城派也多有不同。譬如阳湖派认为"百家之蔽,当折之以六艺;文集之衰,当起之以百家",主张容纳诸子百家散文之长,而不拘囿于儒家散文艺术传统,恽敬曾言道:"六艺要其中,百家明其际会;六艺举其大,百家尽其条流","故曰修六艺之文,观九家之言,可以通万方之略。"也许正因为与桐城派文论同异相间,阳湖派才之所以单独成为一派。

第六章　汉语言文学中的戏剧分析

　　戏剧艺术是我国艺术宝库中的瑰宝,是我国所独有的戏剧形式,它拥有丰富的内涵和雄厚的传统。戏剧艺术是我国各族人民和众多前辈艺人通过生产实践、社会斗争,用集体智慧创造出来的,并在长期的流传过程中得到不断的提高和发展。中国戏剧作为一门综合艺术,它融合了文学、美术、音乐、表演等多种艺术形式,是一个有机的统一体。

第一节　戏剧的源头

一、"歌舞说"

　　刘师培写于1907年的短文《原戏》,较早提出中国戏剧起源于上古歌舞的观点,文章说:"戏为小道,然发源则甚古。遐稽史籍,歌舞并言。歌以传声,舞以象容。歌舞本以诗,故歌诗以节舞""孔子删《诗》,列《周颂》《鲁颂》《商颂》于篇末。《颂》列于《诗》,犹戏曲列于诗词中也。"请注意,这里提出"歌舞本以诗",又将《颂》与戏曲相比,容易给人以诗早于歌舞的印象。接着,刘氏从音乐、故事扮演两方面论述了上古歌舞与后世戏曲的关系。他说:"以歌节舞,复以舞节音,犹之今日戏曲以乐器与歌者舞者相应。"刘氏认为:《诗经》中之《大武》,乃"因诗而呈为舞容者也,象武,陈武王伐纣之功,犹之后人戏曲侈陈古人战迹耳。《仲尼燕居》篇云:下而管象,示事也。示事者,有容可象也,此即古代戏曲之始。"又据《尚书大传》提出:"古制乐歌,皆假设宾主。而武王克殷,亦杂演夏廷故事。非即戏曲装扮人物之始乎?是则戏曲者,导源于古代乐舞者也。""舞者殊形诡象,致睹者生恐怖之心,犹之后世伶官,面施朱墨也。在国则有舞容,在乡则有傩礼,后世戏曲偏隅,每当岁暮,亦必赛会酬神,其遗制也。"上古歌舞有装扮,有故事,有化装,从这一角度论证歌舞与戏曲的血缘关系十分可贵。①

应当指出的是,孤立地看,把刘氏当作"歌舞说"的倡导者似无不妥;然而刘氏又有《〈说文〉"巫以舞降神"释》和《舞法起于祀神考》二文。前者提出:"乐舞之职,古属于巫",乐舞为"降神之用"。后者可看作前文之扩充,除进一步补充前者论点外,还强调:"三代以前之乐舞,无一不源于祀神。"刘氏还以"傩"为例,认为傩乃"古代巫舞之遗风",今日"梨园于祀神报赛之时,则必设坛演剧,即以巫觋为优伶,此即古代方相氏所掌之事也"。值得注意的是,刘氏此文尚发表于《原戏》之先,在《左庵外集》中亦正列于《原戏》之前。那么,王国维"歌舞之兴,其始于古之巫乎"的提法是否受到刘氏的影响,就是一个值得研究的问题。无论如何,从整体上看,刘、王二人在中国戏剧起源上的看法,并无不同。

姚华的《说戏剧》一文,从文字学、训诂学的角度,解释"戏"与"剧"二字的本义,指出:"戏"(繁体字为"戲")字右从戈,左边的"虍"为祭器,兼声旁,发"呼"之音。"剧"(繁体字为"劇")字右从刀,左为"豕虎相斗"意。从而,指出:"戏始斗兵,广于斗力,而泛滥于斗智,极于斗口,是从戈之意也。""戏原于祭,意寓于虍,演畅于舞,皆武事也。"文章强调"舞"在戏剧中的作用,尤其重视"武舞":"舞分文、武,武舞居先,诙奇于巫祝,浸淫于百戏。"文章最后提出"戏、舞一源"的观点。我们认为,可大体将姚华此文归入"歌舞说"。但是,文章有"戏原于祭"的提法,看来姚氏的戏剧起源观与刘师培相近,只是在戏剧与祭祀的关系方面未展开论述。

许之衡在《戏曲史》中提出:"上古之时,即有歌舞。"但他接着认为歌舞出于伶官,成为"伶官说"的倡导者。这一说法受到董每戡的批评,详后。

主张"歌舞说"最为彻底的是董每戡。他的《中国戏剧简史》先后与王国维、许之衡、刘师培展开论争。与王国维的论争,前文已引。且看他是如何与许、刘二氏商榷的:

许之衡在《戏曲史》中说:"上古之时,即有歌舞。"这话很对;不过,许氏接下说:"《帝王世纪》云:黄帝使伶伦为渡漳之歌,伶伦氏乃司乐之官。"似乎也有问题,姑无论《帝王世纪》所云是否有此事实,仅就歌出于乐官一点说,大不可靠! 我以为歌舞之生自生民始,因人类原有一种普遍

---

① 李修生,康保成,黄仕忠等.中国古代戏剧研究论辩[M].南昌:百花洲文艺出版社,2007.

的特性——模仿欲,现在我们在儿童身上就可发现这一种本能。原始人就基于这一种本能。原始人就基于这一种模仿欲及事实上须以嗓音或手势表情意的需要,于是产生了歌和舞。

乐人乐官绝不能先于原始中纯朴的未加审美文饰的歌舞而有,至多只能说先头那种因审美观念而加文饰——即在自然而生的歌舞素材上加修饰变成乐歌乐舞时,始有伶伦一类的乐官。显然的,这主戏曲出于乐官之说,较王说更为不当,因为他漠视了前一历程,仅执着了后一现象。

比较高明一点的见解,还算《原戏》的作者刘师培,然而也有问题,他说:"颂列于诗,犹戏曲列于诗词中也。"实际上,颂诗本身已是乐歌,在它——就是刘氏所指的颂诗的前头,还有一阶段,那就是我在上面所说的最原始的最纯朴的声音表情——歌,及动作表情——舞。

在巫之前那些歌者舞者是些什么人呢?我想简单地答复:原始时代的歌者舞者是人民大众自己。那么,他们为什么要歌要舞呢?上面说过的模仿欲和表情意的实际需要,固可作为这个问题的答案。倘要更深入点说,我可以答复是为了生活所必需,关联着当时的生产方法,因为初民过着茹毛饮血的生活,他们的生活资料是飞禽走兽,他们的生产方法便是狩猎,因之模仿飞禽走兽的声音和动作,并且也模拟猎取食物时的种种情状,有时也因为自然崇拜而产生一种迷信。

可见,董氏虽然认为上古歌舞早于巫、伶官、诗,是我国戏剧的真正源头。但却又进一步追溯歌舞的起源。他先提出了"模仿说",又进一步归结为"生活所必需"和"因为自然崇拜而产生一种迷信"。虽然董氏的说法可以从两个截然不同的方向予以引申,但在 20 世纪 50 年代以后的大背景下,这一观点更容易被发挥成"劳动说"。例如,张庚、郭汉城主编的《中国戏曲通史》第一章《戏曲的起源》中说:中国戏曲的起源可以上溯到原始时代的歌舞。原始时代当然没有戏曲,但是在原始时代却已存在歌舞了。我们知道一切艺术起源于劳动,中国的歌舞也不例外。这种舞可能是出去打猎以前的一种宗教仪式,也可能是打猎回来之后的一种庆祝仪式。但不管它是什么仪式,也不管它披着多厚的原始宗教的外衣,其实际的意义,乃是一种对于劳动的演习、锻炼。因为它的内容就是原始人狩猎动作的模仿。从上面这段文字,不难看出董氏的影响。

"一切艺术起源于劳动"。例如,朱狄说:人类的一切创造都应归功于劳动,但艺术起源于劳动的命题"并不能揭示原始艺术家创造艺术的目的是什么,因为如果仅仅是为了劳动,他可以狩猎,捕鱼,采集,为什么要冒着生命危险在岩石的隙缝中去进行'岩画'这种劳动呢?他为什么不去多生产一些实用工具而偏偏要生产明显缺乏工具价值的'牛吼器'这类巫术工具呢？"还有的学者认为：艺术起源于劳动说，既不正确也不错误，却毫无意义。所谓"艺术起源于劳动"，犹如"艺术起源于艺术"的说法一样，乃是一种极其浅薄的"同义反复"。陈多说：关于艺术的起源，我们定于一尊的观念是"艺术起源于劳动"。影响所及，使得人们在某一段时间内，难（虽）对古老的傩祭、蜡祭和歌舞乐神的《九歌》等和戏剧发生、发展的关系有所感知，但不免讳莫如深、莫谈为妙。而傩戏等研究的兴起——这不等于说"戏剧起源于宗教"，首先是在这方面突破了这一种思想禁锢。这些质疑和突破，出现在 20 世纪 80 年代的中国学术界，就像关闭门窗许久的房间里吹进了一股新鲜空气，使人感到心旷神怡。

恩格斯说：只是由于劳动，由于和日新月异的动作相适应，由于这样所引起的肌肉、韧带以及在更长时间内引起的骨骼的特别发展遗传下来，而且由于这些遗传下来的灵巧性以愈来愈新的方式运用于新的愈来愈复杂的动作，人的手才达到这样高度的完美，在这个基础上它才能仿佛凭着魔力似的产生了拉斐尔的绘画、托尔瓦德森的雕刻以及帕格尼尼的音乐。在这里，劳动只不过是艺术产生的条件而已，并不是艺术起源于劳动的意思，但却被"劳动说"的主张者广为征引。按照劳动产生了手，手产生了艺术，所以艺术产生于劳动这样推导，整个物质世界都是通过劳动而诞生的，又何止艺术？

令人欣慰的是，今天人们终于可以冲破禁区，在中国戏剧史研究领域对"劳动说"提出怀疑了。其意义，绝不仅是学术上的。

二、"综合说"

多年以来，中国戏剧史研究界流行"综合说"。周贻白说：戏剧一项，原有综合艺术之称。尤其是中国戏剧，对于其他艺术，如诗歌、音乐、绘画、舞蹈、雕塑之类，更具有一种广泛的包容。其能形成一项独立艺术部门，追本溯源，应当是以表演故事为主，逐渐地以他项艺术来丰富其表演形式，然后发展成为一种高度的综合性的艺术。其线索固不止一条，来源也不止一个。所以，"综合说"也可称"多源说"或"多元说"。张庚、郭汉城主编的《中国戏曲通史》，在第一章《戏曲的起源》下，分列"古代歌舞与古优""角抵戏与参军戏"两节，可见《通史》在主张"歌舞说""劳动说"的同时，也有主张"综合说""多源说"的倾向。曾永义将"多源说"的道理说得十分形象：如果我们试取吴淞口的一瓢长江之水而饮，则这一瓢之水，事实上已含有青海巴颜喀拉山南麓之水，西南金沙江之水，四川岷江、沪江、嘉陵江之水，湖南湘江洞庭之水，湖北汉水，江西赣江、鄱阳之水……但是它们融合起来的滋味，只是长江之水。也就是说，巴颜喀拉山南麓以下诸水，事实上并非长江支流，而是长江的许多源流。明白了这个道理，那么中国古典戏剧的源流就非单纯的了。他接着说，中国古典戏剧是"综合文学和艺术"，就像"长江的吴淞口之水"；故事、诗歌、音乐、舞蹈、杂技、讲唱文学、俳优装扮、代言体、狭隘的剧场等九个构成因素，就有如巴颜喀拉山南麓以下诸水。如此说来，中国古典戏剧的形成，事实上是这九个因素的逐次结合了。

周育德在归纳戏剧起源诸说时说：以上诸说都是重要发现，都有开拓性的价值，都能揭示部分真理，都能启发人的思路。综合说更具有后来居上的意义，其科学性与全面性均超越前人。他也提出，中国戏曲有"四条溪流"：歌舞、优戏、说唱、百戏，"各个源头汇聚综合而成中国戏曲文化"。《中国大百科全书·戏曲曲艺卷》主张"歌舞说"，但也强调了"综合说""中国戏曲的起源很早，在上古原始社会的歌舞中已经萌芽了。但它发育成长的过程却很长，经过汉、唐，直到宋、金才形成比较完整的戏曲艺术形态。戏曲主要是由民间歌舞、说唱和滑稽戏三种不同艺术形式综合形成的。庙会和瓦舍勾栏对戏曲的形成起了促进作用。在表述上，这里能够将"起源"与"形成"相区分，还是难能可贵的。但从根本上说，认为戏曲是"由民间歌舞、说唱和滑稽戏三种不同艺术形式综合形成"，仍未抓住戏剧的本质——角色扮演。

细读上述诸说，感到他们多少都受了王国维的影响。王氏《宋元戏曲考》提出"巫觋说"的同时，还将"上古至五代之戏剧"置于一节中，似乎俳优、角抵戏、百戏、参军戏、西域戏剧等都是戏剧的源头，形成了将"起源"和"形成"相混淆的表达方式。所以，当日本学者田仲一成向"综合说"发起论争时，便把矛头指向了王国维：自 20 世纪初王国维的先驱性研究以来，占支配地位的仍是称作多元说、复合说的观点。依据这些观点，中国戏剧是从汉以来的宫廷俳优的科白，唐宋以来的宫廷歌舞，唐宋歌谣（词），五代北宋以来的说唱、小说等，经由宋元时代的都市妓院、剧场，整合而成的。……这一看法的缺陷是：它不能统一整合地说明，作为娱乐目的的各要素，为什么必须加以结合，以及这种结合为何要以歌曲为中心。

在这一段的注中，田仲氏声明"多元说"来自《宋元戏曲考》。接着他鲜明地提出了自己的观点：与之相反，站在从祭祀产生戏剧的发生论立场上，遂从相反的方向得出了一元论的说明，即祭祀时，在降临的神（尸）与前来迎接的巫之间，在对舞、对唱的形式中，歌、舞、动作、嘏辞、祝辞等，按其原始的模样，未加分化地混合为狂乱、魂灵附身的动作。而当它处于这丧失神秘性，转为世俗鉴赏的对象的过程中，本来包含在狂乱动作中的歌舞、动作、念白等要素向可供鉴赏的方向各自分化,经过各自美化洗炼,作为神灵降临故事的戏剧遂告形成了。

他还说:祭祀戏剧,特别是那些与巫术相结合演出的巫系戏剧,乃是中国戏剧的原发点。

我们认为,"原发点"的提法特别值得重视。什么是"起源"? 由于对这一概念有不同认识,使本来就颇带神秘色彩的戏剧起源问题更增添了许多不必要的混乱。在我们看来,起源(origin)有本原、开端、起点、最早的等意义。它有时间的含义。当然,由于人类(我国各民族亦然)文明发展的不平衡,决定了戏剧起源中时间的含义是相对的。但是,无论"何时"起源,它总是一个点,而不是一条线。我们要寻找的,就是最早的源点,而不是一个过程。如果是后者,那就永远也找不到戏剧的源点。比如,黄河、长江,在最初的源头之后,不断有支流汇入,形成了奔腾不息的主干。如果要问,究竟哪一条支流是它们的源头? 这问题谁也回答不了,因为问题本身不能这样来提。不错,任何事物的形成都有一个过程,即使在其相对成熟之后,也不会停止发展的进程。例如,我国戏曲在宋元以后也一直没有停止发展、演变的脚步,近代以来的京剧表演艺术,受西方文化影响甚巨。我们当然不能把戏曲的起源定在近代。起源与形成相比较,起源是一个点,形成是一条线;形成与发展、衍变相比较,前者以质变为基础,所以有终止符;后者则在量变的基点上永不止歇。忽视这些区别,就会陷入相对主义的泥沼。

长期以来,人们一直认为戏剧是一种"综合艺术",是"综合"了各种艺术形态而形成的。然而,戏剧形态不是各种艺术形式的杂凑,而是有机的整体。这个整体,在戏剧的源点上已经是如此。未开化部族或戴面具,或涂面化妆,载歌载舞装扮角色的表演,充分说明这一点。戏剧不是在音乐、舞蹈、诗歌等艺术发展到一定程度上拼凑、综合在一起的。认清这一点,将会帮助我们重新认识中国戏剧的起源。例如,前文谈到的李家瑞的论文,至今仍有参考价值。但既然说到"起源",就应该回答:说书究竟属于戏剧的"源点"抑或"成因"? 到这里我们可以说,讲唱艺术(包括说书),在中国戏剧的形成过程中有重要作用,但它不是戏剧的"原发点",而只是与音乐、舞蹈、诗歌一样,乃诸种成因的一种而已。

第二节　歌舞与百戏

一、先秦时期的歌舞

戏剧是一种综合性的表演艺术,它的形成必须以各种表演艺术的繁荣头前提。在先秦、两汉之际各种表演艺术已经空前繁荣,特别是歌舞艺术的繁荣,为戏剧艺术的形成提供了基本的艺术条件。但并不是所有的歌舞艺术都是孕育戏剧艺术之母,只有那些具有装扮人物和带有故事表演因素的歌舞艺术,才与戏剧有着渊源关系。

我国的歌舞艺术,早在原始社会已产生,主要是劳动群众的自娱活动和用以祭祀的巫术活动,带有全民性质,并无专司。即伸是巫术活动,也是由氏族领袖掌管。进入奴隶社会,随着社会分工的逐步扩大,才出现了专司祭祀活动以歌舞娱神的巫(巫又称巫觋。女性曰巫,男性曰觋。)和专供奴隶主贵族歌舞享乐的乐舞奴隶,他们是最早的专业演员。春秋、战国之际,又出现了大批的女乐和优(又称倡优、俳优或优伶,多由侏儒充之)。女乐是歌舞演员,依然是奴隶身份。优也是宫廷或贵族豢养的演员,除表演歌舞外,也从事笑谑的滑稽表演,甚至还可以通过滑稽表演对统治者起讽谏的作用。

二、傩舞和巫舞

在先泰的各种歌舞艺术中且有较多戏剧因素的还要数祭祀活动时演出的一些歌舞,主要是傩舞和巫舞。

傩舞,严格说,也属巫舞系统。但巫舞主要是祭神,而傩舞则主要是驱鬼,二者有所区别。傩舞周代已很盛行。据说驱鬼时要发出"傩傩……"的呼喊声,故名。一路上跳着《方相舞》和《十二兽舞》。到了汉代,还增加了奏乐和歌唱。跳舞时唱的歌中有这样的词句:十二神,追凶恶!碎裂你(指恶鬼)的身躯,折断你的肢体!砍你的肉,抽你的肠!你要不快走,留下当口粮!

巫舞,作为一种祭神歌舞,既是娱神的,也是娱人的。先秦时期流行于全国各地,尤以楚国为盛。其表演者为巫,楚人又称巫为灵。关于楚国巫舞的内容和演出情形,从楚国诗人屈原(前 340—前 278)的《九歌》可见一斑。

《九歌》是屈原根据楚国民间的祭神歌舞加工写成的,共十一章。除最末章《礼魂》为送神曲外,其余十章均各祀一神。从歌词的描写中可知这种歌舞场面宏大,结构严整。一群男女巫师穿戴着漂亮的衣饰,在布置好的场地上,由各种乐器伴奏载歌载舞。开场和结尾均为大场子的群歌群舞,中间是小场子的单人或双人歌舞,也有中场子的多人男子歌舞(《国殇》)。表演者除表示对神的热烈礼赞外,也间有模拟人物(神)的种种表演,以抒发他们的相思、幽怨等多种情感。特别是《湘君》和《湘夫人》,都是表演者以第一人称模拟此二神。《湘君》是模拟湘夫人的独唱,《湘夫人》是模拟湘君的独唱。这是两首情歌,内容是抒发他们相互追求而不遇的复杂心情,已具有某些情节性。由此可见,《九歌》中这种以歌舞表演人物和简单情节的段落,已含有较多的戏剧因素。这说明,至迟到战国中期,戏剧艺术业已萌芽。正如王国维在《宋元戏剧考》中论述《九歌》时所说:"盖后世戏剧之萌芽,已有存焉者矣。"

三、秦汉时期的百戏

秦汉时期,歌舞艺术更为繁荣。秦统一六国时,曾大规模地把各地歌舞艺术集中到京城。《史记·秦始皇本纪》记载,秦始皇"乃令咸阳之旁二百里内宫观二百七十复道甬道相连,帷帐钟鼓美人充之",集中演出各地的歌舞艺术。这对歌舞艺术的传播和发展,无疑会起很大作用。

到了汉代,不仅国家空前统一,而且出现了长期安定的政治局面。新型的封建生产关系最终得以确立推动了社会生产力的发展。到汉武帝时,又开辟了丝绸之路,促进了中外贸易和文化交流。《史记·平准书》记载:当时"汉兴七十余年之间,国家无事,非遇水旱之灾,民则人给家足,都鄙廪庾皆满,而府库余货财。京师之钱累巨万,贯朽而不可校。太仓之粟陈陈相因,充溢露积于外,至腐败不可食。"府库积累如此充盈,足见当时生产力水平之高。

伴随着经济的发展,文化艺术也呈现出一派繁荣的景象。尤其是歌舞艺术极为流行,演出活动普及到社会的各个阶层,也已成为人们日常生活和社交活动的一项内容。桓宽《盐铁论·散不足》中写道"往者民间酒会,各以党俗弹筝鼓缶而已。今富者钟鼓五乐,歌儿数曹。中者鸣竽调瑟,郑舞赵讴"的情形。从歌舞的形式和体裁上看,更是多种多样。独舞、双人舞、三人舞、群舞、多段结构的大型歌舞、装扮人物和动物的歌舞、器械歌舞、抒情歌舞和情节歌舞等,应有尽有。

除歌舞艺术外，汉代还盛行诸如吞刀、吐火、扛鼎、爬竿、走索、跳丸、角力、扑跌等多种多样的杂技和竞技表演。此外，还有幻术和滑稽表演。这些技艺，连同歌舞，当时统称为百戏(秦时称角抵，汉改称角抵奇戏或鱼龙曼衍百戏，简称百戏)，它们常常在一起演出，形成了"百戏杂陈"的局面。百戏不仅在民间盛行，而且还用来招待外国使臣和宾客。班固《汉书·西域传赞》记载，一次招待"四夷之客"时，"作《巴俞》都卢、海中《砀极》曼衍鱼龙角抵之戏以观视之"。除用来招待外宾外，在城都长安广场上也常举行盛大的百戏演出。《汉书·武帝纪》记载："三年(公元前108)春，作角抵戏，三百里内皆(来)观。"可见当时广大群众是何等喜爱百戏。

关于百戏的演出情形，东汉人张衡在《西京赋》(见《文选》)中描述颇详。赋中所说的在西京长安平乐观前广场"程角抵之妙戏"，内中除有前面提到的各种杂技、幻术外，最值得重视的是大型歌舞《总会仙倡》和角抵戏《东海黄公》，因为二者与戏剧的关系更为密切。

四、两晋南北朝百戏

在两晋南北朝300多年里，除西晋初期有过短暂的统一外，其余时期都是处于分裂和战乱之中。致使民间表演艺术遭到了一定程度的破坏，前一时期已经出现的戏剧雏形向戏剧转化的进程也极为缓慢。但由于承袭前代遗风歌舞百戏业已成为人们主要的娱乐手段，在民间自然不会断绝；而各朝统治者又毫无例外地都要征歌选舞，纵情声色。在机构设置上，亦多沿袭秦汉乐府旧制，在太常寺内设太乐署专门管理散乐。特别是这一时期，在中国的北半部，又先后出现了几个少数民族掌权的国家，有匈奴族刘渊的汉国、羯族石勒的后赵，鲜卑族慕容偶的前燕、氐族苻坚的前秦、鲜卑族拓跋氏的北魏(后分裂为西魏和东魏)、高洋的北齐等。一时间，少数民族大量涌入中原使得各少数民族文化与汉族文化得以长期相互影响和融合。加之这一时期佛教、道教盛行，在各种宗教仪式之中也大量运用歌舞百戏，宗教艺术就此兴盛。杨衒之《洛阳伽蓝记》记述北魏洛阳寺庙在佛诞日"行象"大会盛况为："蠹梵乐法音，聒动天地，百戏腾骧，所在骈比。"《北史·周本纪》记载北周宣帝宇文赟大象元年十月于道会苑大醮，"大陈杂戏，令京城士庶纵观。"综上诸多原因，使各种歌舞百戏又都有所发展，特别是那些与促进后世戏剧形成关系比较密切的装扮人物的歌舞、傀儡及滑稽表演等，更是层出不穷。所以说，晋南北朝，也就成了戏剧孕育并趋于形成的重要时期。

第三节 唐宋滑稽戏

一、唐代滑稽戏

滑稽戏是从开元时期兴盛起来的一种表演技艺。其来源说法不一。

如果说唐代的歌舞戏是继承前代的乐舞传统而形成,那么参军戏乃是继承了秦汉以来俳优们那种幽默讽刺的传统而逐步发展起来的。而且,唐代歌舞戏和参军戏,在其发展过程之中,还相互影响,趋向于综合。

参军戏一般由两个演员表演,一名"参军",一名"苍鹘",相对问答责难,以滑稽讽刺为主或有简单情节或有即兴表演,最后总是以饰"参军者"错误百出,由饰"苍鹘"者痛打"参军"而收场。这种演出形式有点类似现代的"相声"。"参军"逗哏,"苍髓"捧哏。所不同的是,参军戏系通过人物装扮,技定的情节进行表演。据有关记载,借助参军戏的表演,除了讽刺当时的贪官污吏,对帝王圣贤也敢作尖锐的嘲讽。例如,唐代太和年间,宫廷里就曾演出过"弄孔子"即所谓的"三教论衡",由于对这位"至圣先师"以及释迦牟尼和太上老君嘲弄备至,终使皇帝不得不"亟命驱出",并禁止再演的决定。

参军戏也并非只限于逗乐,唐代中叶已逐渐地综合了歌舞成分。诗人元稹访浙东时,曾看到来自扬州的艺人弄"陆参军""歌声彻云",元稹赠女艺人刘采春的诗有"言辞雅措风流足,举止低回秀媚多。更有恼人断肠处,选词能唱望夫哥"之句。另外,在薛能《吴姬》的诗里也有"楼台重叠满天云,殷殷鸣鼍世上闻,此日杨花初似雪,女儿弦管弄参军"的颂句。这就可以看出,参军戏在民间广泛的流传中,得到了不断地发展。它不仅容纳了歌舞,成为有唱有白,而且还有女艺人参加演出。

戏剧艺术原始的"角色"分行,也伴随着"参军戏"而开始形成,即"参军"成了戏剧中的"付净","苍鹘"则成了戏剧中的"付末"。

二、宋代滑稽戏

今日流传之古剧,其最古者出于金、元之间。观其结构,实综合前此所有之滑稽戏及杂戏、小说为之。又宋、元之际,始有南曲、北曲之分,此二者,亦皆综合宋代各种乐曲而为之者也。今欲溯其发达之迹,当分为三章论之:一是宋之滑稽戏,二是宋之杂戏小说,三是宋之乐曲是也。

宋之滑稽戏,大略与唐滑稽戏同,当时亦谓之杂剧。

范镇《东斋纪事》(卷一):"赏花、钓鱼、赋诗,往往有宿构者。天圣中,永兴军进山水石适至,会命赋山水石适至,会命赋山水石,其间多荒恶者,盖出其不意耳。中坐,优人入戏,各执竿若吟咏状。其一人忽仆于界石上,众扶掖起之。既起,曰:'数日来作赏花钓鱼诗,准备应制,却被这石头擦倒。'左右皆大笑。翌日,降出其诗,令中书铨定。秘阁校理韩义最为鄙恶,落职与外任。"

《金史·后妃传》:章宗元妃李氏,"势位熏赫,与皇后侔。一日,宴官中,优人玳瑁头者,戏于上前。或问:'上国有何符瑞?'优曰:'汝不闻凤凰见乎?'曰:'知之而未闻其详。'优曰:'其飞有四,所应亦异。若向上飞,则风雨顺时;向下飞,则五谷丰登;向外飞,则四国来朝;向里飞(音同李妃),则加官进禄。'上笑而罢。"

宋、辽、金三朝之滑稽剧,其见于载籍者略具于此。此种滑稽剧,宋人亦谓之杂剧,或谓之杂戏。吕本中《童蒙训》曰:"作杂剧者,打猛浑入,却打猛浑出。"吴自牧《梦粱录》亦云:"杂剧全用故事,务在滑稽。"孟元老《东京梦华录》云:"圣节内殿杂戏,为有使人预宴,不敢深作谐谑。"则无使人时可知。是宋人杂剧,固纯以诙谐为主,与唐之滑稽剧无异。但其中角色,较为著名,而布置亦稍复杂:然不能被以歌舞,其去真正戏剧尚远。然谓宋人戏剧,遂止于此,则大不然。虽明之中叶,尚有此种滑稽剧,观文林《琅琊漫钞》、徐咸《西园杂记》、沈德符《万历野获编》所载者,全与宋滑稽剧无异。若以此概明之戏剧,未有不笑之者也。宋剧亦然。故欲知宋元戏剧之渊源,不可不兼于他方面求之也。

第四节 南 戏

南戏是以南方的方言和乐曲演唱的长篇戏曲样式,有"永嘉杂剧""南词""戏文"等多个不同称谓。

一、宋元南戏的创生发展

北宋末南宋初,南戏在浙江温州一带萌芽,大约经过六七十年时间的发展,到南宋光宗朝已走向成熟并流播到福建和浙江的杭州等多地、产生了较大影响。元灭南宋统一全国后,受传入南方的北杂剧的影响,南戏有明显发展,这具体表现在南戏改编移植北杂剧剧目,在坚持以南曲为主的同时,又吸纳北杂剧音乐的长处,曲牌联套的规范性得以强化,实行"南北合套",音乐的表现力有所增强,使南戏入元后不但仍在民间流传,而且还吸引了像高明那样的著名文人加入南戏创作队伍,使南戏的文学性得到很大提升。元代末年出现了被誉为"南戏之宗"的名剧《琵琶记》,南戏对北杂剧创作也产生过一定影响。不过,就传播流域、作品质量、繁荣程度进行比较,从整体上看,元代南戏仍无法与元杂剧相比。

进入明代之后,由于文人作者日渐增多,原先相对散漫的南戏程式化程度日益提高,最终演变为由文人主导、主要面向文人士大夫的传奇。

二、宋元南戏的体制

经文人整理的南戏为曲牌联套体,它把不同宫调(常用的是 9 个宫调,大体相当于西洋音乐术语的"调式",如 A 调、B 调、C 调等)的多首曲子按照一定的规则连接在一起来演唱一个故事。这些曲子主要来自民间小曲,也有一部分文人所创作的词乐。南戏在流播过程中与当地的方言和音乐相结合、形成多个不同的声腔,其中,萌芽于南宋中叶的海盐腔在元代时经过北方文艺家贯云石、杨梓等人的加工改造,表现力大大增强。[①]

早期南戏只用南方乐曲,而且主要使用村坊小曲和词乐,但从元代中期开始,受北杂剧影响,南戏采用南北合套的形式。所谓南北合套,是指在一个套曲中兼用南曲和北曲的联套体式。南北合套形式有多种,大多是一北一南间用,但也有加叠前曲之后再一北一南,也可南、北曲各自加叠并相间,有的还间入带过曲,还有在一套北曲中反复间入同一南曲,或在一套北曲中插入几支不同的南曲等体式。南北合套须注意选取同一宫调的南、北曲来组套。

南戏用韵起先并无韵书可依,大抵以平水诗韵为根据而放宽通押标

---

① 祁志祥.中国古代文学理论[M].太原:山西教育出版社,2008.

准,入声单押,这是因为南方方言中的入声并未像金元时期的北方方言那样派入平、上、去三声。

　　早期南戏不分出,以人物上下场的形式连缀编排。明初类书《永乐大典》所收录的南戏剧本《张协状元》《宦门子弟错立身》《小孙屠》(合称《永乐大典戏文三种》)就是如此。钱南扬先生在校注这几个剧本时,为了称引方便,才仿照后期南戏和传奇体例将每个剧本分出。经明代嘉靖以来的文人整理或新编的南戏剧本一般都分上、下卷,分出(有的称"折"),有的还标有"出目"。剧作的开头通常有4句七言诗介绍剧情,最后一句一般就是剧名。每出戏的最后有的有4句下场诗。

　　南戏形成了以生、旦为主,净、丑为辅的角色体制。生扮演男性角色,旦扮演女性角色,净、丑既可以扮男,也可以扮女。登场角色都可以唱,除独唱外,还有对唱、合唱、轮唱、帮腔等形式。据明后期曲家王骥德《曲律》说,南戏以拍板和鼓为主要伴奏乐器。当代学者刘念兹在《南戏新证》中认为,南戏的伴奏乐器一种是保留宋杂剧以鼓、笛、拍板为主要乐器的伴奏形式,这与早期元杂剧的伴奏乐器大体相同;另一种是以筚篥(出自西域少数民族的吹管乐器,以木制成,头大尾小,形似倒置的小喇叭,八孔,用芦、竹制成的哨子吹奏,音色凄厉而哀怨)为主,再配以鼓和拍板。

第五节　元杂剧

一、元杂剧概说

从体制层面认识元杂剧:

(一)"四折—楔子"的剧本结构

楔子开场;
四折:开端、发展、高潮、结局。
剧末:题目正名。
这是元杂剧的基本结构形式,是以四折外加一段楔子为一本。楔子在一部杂剧中是相对自由的部分,可以没有,也可以用到两三个。一个楔子通常只有一、两支曲子,不用套曲,也不限由何角色演唱。

（二）"唱""云""科"为三大艺术表演手段

"唱"：一人主唱一宫到底的演唱体制。

元杂剧的核心部分是唱词，曲词为主说白为宾是元杂剧文学性的体现。每一曲牌的句式、字数、平仄等都有严密的格律定式，却又并不死板，允许在定格中加衬字，部分曲牌还可增句。北曲流行的宫调有五宫四调，用琵琶、筝等伴奏。所谓"一宫到底"，是指每折采用一种宫调，四折的宫调不重复，全剧由四大套曲组成，每段曲子前一般都标明宫调和曲牌名。按惯例采用宫调和该宫调的音乐品格如下例：

> 楔子：仙吕
> 第一折：仙吕——清新平和
> 第二折：男吕——悲叹感伤
> 第三折：正宫——悲壮慷慨

可以看出，四种宫调的音乐情绪恰好跟四折开端、发展、高潮、结局的剧情变化相统一。如此诗词之美境与音乐之情绪互相融通，很好地传达了剧情。

"云"：指剧中人的说白、道白，规范称"宾白"。

"科"：科范的简称，指舞台做工，包括动作、表情、舞蹈、效果。

元杂剧的"科"表示四个方面的意思。一是人物一般的动作，如《窦娥冤》第一折，赛卢医欲勒死蔡婆婆，剧本中提示"做拿绳科"；二是表示人物的表情，如《赵氏孤儿》第一折，韩厥支走小校，发现了药箱里的孤儿剧本中提示"程婴做慌，跪伏科"，《汉宫秋》第三折提示汉元帝"与旦打悲科"，《拜月亭》中的"正旦做害羞科"，"正旦做慌折惨打悲的科"；三是表示舞蹈、武打场面，如《梧桐雨》第二折杨玉环的舞蹈，剧本提示"正旦做舞科"；四是指剧中的舞台效果，如《汉宫秋》第三折，剧本提示"奏胡乐科""雁叫科""内作风科"。

（三）脚色行当：旦、末、净、外、杂

以五大行当把剧中人物分为若干类型，主要人物为正色，以便程式化的表演。旦行扮演正面女脚色，末行扮演正面男脚色，净行扮演勇猛人物或滑稽、反面人物，外行是旦、末、净等行当的次要脚色，杂行扮演陪衬性人物，男女均可。各行当可细分如下：

> 旦：正旦、外旦、小旦、老旦、副旦、贴旦、搭旦、丑旦。
> 末：正末、副末、外末、小末、冲末。
> 净：净、外净、副净。

外：外、外末、外旦、外净。

　　杂：宰老、细酸、邦老、卜儿、俫儿、驾、孤。

　　以上杂剧脚色按其在剧中主次地位，大致可归为三类：第一类是末、旦中担任主唱的脚色，谓之正末、正旦；第二类为末、旦中不唱的脚色，谓之外末、冲末、外旦等；第三类为末旦以外不唱的净脚、丑脚等。

　　（四）题目正名

　　元杂剧通常用两句或四句字数相同的对句，表示出全剧的表演纲目，然后再以其中最为精简确当的文字，作为本剧的剧名，如马致远《汉宫秋》杂剧：

　　　　题目：沉黑江明妃青冢恨

　　　　正名：破幽梦孤雁汉宫秋

二、关汉卿和他的杂剧创作

　　（一）关汉卿的生平与个性

　　关汉卿是元代最早从事剧本创作的作家之一，他长期生活于勾栏瓦肆，有着丰富的舞台经验，与一些著名艺人也相当熟悉，今尚存有他赠珠帘秀的套数。他浪子风流才气横溢，尽情放纵，无所顾忌。具有桀骜不驯、愤世嫉俗、傲视现实的个性，诙谐幽默的风格，和从事戏剧活动百折不挠的意志。他以多方面的艺术才能，用杂剧艺术向整个黑暗势力宣战——"一管笔在手，敢溺孙吴兵斗"，他的剧作以斗士的态度，丰富的题材，众多的数量，以及精深的思想和精湛的艺术，引领了元杂剧的黄金时代。[①]

　　（二）关汉卿的杂剧作品

　　关汉卿见于载录的杂剧共 66 种，现存 18 种：按照习惯，可以分为公案传奇、烟花粉黛、历史英豪三类。

　　公案传奇的三部代表作分别为《窦娥冤》《蝴蝶梦》《鲁斋郎》，也被归类为"社会剧"。

　　　　《窦娥冤》

　　　　故事梗概：

　　　　楔子——抵债别父

---

① 王金寿.中国古代文学传播概论[M].兰州：甘肃教育出版社，2009.

第一折——守寡拒婚

第二折——受诬蒙冤

第三折——临刑誓愿

第四折——鬼魂雪冤

角色扮演——正旦：窦娥(端云)。冲末：窦天章。卜儿：蔡婆。净：赛卢医。副净：张驴儿。净：桃杌太守(孤)。孛老：张驴儿之父。外：监斩官。魂旦：窦娥鬼魂。

旦本剧由正旦窦娥主唱。

《窦娥冤》的核心问题，是揭露社会的不公正。安分守己、善良柔顺、恪守节孝伦常的窦娥，一心听从命运安排，按天理行事做人，却被推向了刑场。惊心动魄的人间惨剧反映的是元代人民极度恶化的生存空间。窦娥的遭遇，典型地显示出善良百姓被推向深渊的过程，传达了人们强烈的怨愤和反抗情绪。第四折三桩誓愿相继应验，冤案昭雪，展现的是人间正义最终胜利的美好愿望。

窦娥幼失母爱，七岁被抵债做童养媳，成婚两年又遭夫亡。后又煎迫于张驴儿父子招亲的搅闹纠缠，张父被毒死后，为救婆婆她含冤认罪以将赴刑场处斩时，人生罕见的痛楚不幸、天大的冤屈愤恨喷薄而出，对天地提出了强烈的质问"有日月朝暮悬、有鬼神掌着生死权"，人们的命运本应庇护在公正无私廓清是非的正常秩序之中，但主宰万物、维持秩序的天地却为何是非不分、曲直不明？铿锵直指现实的荒唐不公："坏人得志，好人受欺，这与应有的公理形成鲜明对比。天也，你错勘贤愚枉做天！"悲愤至极的窦娥，把所受冤屈之由直接归结到了天的身上，有力地指斥控诉了统治者所赖以维系的精神图腾，颇具民主主义思想端倪，这也是关汉卿借窦娥之口慷慨激昂地抒发一己之愤的例证。

窦娥是中国封建社会被压迫妇女的典型，一个悲剧形象。首先，她恪守封建道德伦常，尽孝守节，好女不嫁二夫；其次，窦娥是孝顺善良的，公堂之上，窦娥本来是忍受毒打决不肯屈招的，但当糊涂官要当着她的面毒打蔡婆婆时，她为了保全婆婆的性命才挺身屈打成招，招致死刑；最后，窦娥是刚强的，是富有斗争精神的，面对张驴儿的要挟，她不肯屈服，面对行刑，她以三桩誓愿，做出了最后反抗，成就了中国戏曲史上第一个反抗者的悲剧形象。

《救风尘》

剧情梗概：

第一折——阻嫁

第二折——闻变

第三折——解救

第四折——官判

角色扮演——正旦：赵盼儿。外旦：宋引章。冲末：周舍。外：安秀实。卜儿：宋引章之母。丑：张小闲。外(孤)：郑州守李公弼。

旦本剧由正旦赵盼儿主唱。

《单刀会》

剧情梗概：

第一折——定计

第二折——劝阻

第三折——训子

第四折——刀会

角色扮演—正末：乔公(第一折)，司马徽(第二折)，关羽(第三、四折)。冲末：鲁肃。杂：关平、关兴、周仓、黄文(东吴信使)。

末本剧由乔公、司马徽、关羽主唱。

第一、二折为铺垫，主要人物关羽均未出场，第三折关羽方出场。第四折关羽单刀赴会为全剧高潮所在，与一般元杂剧高潮在第三折有异。

（三）关汉卿杂剧的艺术成就

1. 新鲜的社会意识与人文追求

作为一个向戏曲舞台提供演出剧本的"书会才人"，关汉卿并不想通过作品中华丽绚烂的辞藻来展现自身文采，他在语言运用和人物形象的刻画方面都格外重视舞台的演出效果，贴合观众审美欣赏，通过饱满的艺术情绪，呈现自身人文意识与社会追求，充分发挥戏剧这一新兴文艺样式是他的剧本的唯一宗旨。关汉卿能够成为元杂剧的奠基人的根本原因就在这里。

2. 用戏剧传递市民阶层改善社会秩序的需求愿望

关剧总能站在普通老百姓的角度，选取关乎公平正义的严峻话题向社会发问。尖锐的提出"弱者在社会上没有公平可言"这个问题，描述并支持弱者通过自身机智斗争来获得社会正义，表现了作家的良知，体现着改善社会秩序的愿望，也是正在发展着的市民阶层通过作家所发出的呼吁。借助戏剧这种极具煽动性的文学表现形式，这类文学题材所产生的社会效果也十分突出。

3. 善于营造激烈的戏剧冲突,使舞台演出内容丰富精彩

关汉卿常通过适当的剪裁、布局,有效利用戏剧结构艺术等方式,使短小的体制篇幅最大限度地容纳了丰富的内容,从而打破了元杂剧四折的体制限制。在此基础上,作品呈现出激烈的戏剧矛盾冲突、多姿的剧情变化以及丰富多彩的舞台形式。

4. 善于塑造各种类型的鲜明的性格

从风尘女子到大家闺秀,从地痞恶棍到强权豪贵,从市井小人到巾帼英雄……无不在关汉卿笔下栩栩如生。关汉卿善于刻画出人物复杂深邃的内心世界,表现出鲜明的性格。例如,《窦娥冤》中与窦娥相依为命的蔡婆婆,《救风尘》中勇敢泼辣的赵盼儿,《望江亭》中的机警勇敢的谭记儿等。

第六节　院本与传奇

一、院本

两宋时期的戏剧都被称为"杂剧",是院本的前身,自金起,才开始有了"院本"这个称呼。北宋年间,汴京被金军入侵,宋徽宗及其子皆为俘虏。宋徽宗第八个儿子建立南宋,在淮河畔想同金人和解,于是拉开了宋金对峙的序幕。在北方金国,宋杂剧则直接发展成一种供民间组织或妓院演出的剧本。

元代陶宗仪《辍耕录》记载的"院本名目"共 690 种,种类很多,有以人名来命名的,如《庄周梦》《蔡伯喈》;有以故事来命名的,如《蝴蝶梦》《淹兰桥》;有以曲调命名的,如《王子高六幺》《裴少俊伊州》;有以角色命名的,如《迓鼓孤》《老姑遣旦》(姑即"孤",姐即"旦")等。院本也是一种以滑稽调笑为主,并辅以歌舞小段的短剧,其体制、形态、角色、剧目基本上保留了宋杂剧的面貌,但随着时代的推移,受到北方少数民族风俗和音乐的影响,也有了一些演变和发展。

宋代是戏曲发展的重要时期。受参军戏的影响,宋代戏曲融入了讲唱、民间说话、歌舞、杂扮、影戏的艺术成就,将歌舞戏与滑稽故事演出巧妙融合,促进了诸宫调、宋杂剧、金院本以及戏文等新文学形式的出现。

二、传奇

（一）明时期的传奇

1. 缓慢发展的明前期

这一时期传奇虽发展缓慢，却也日臻完善，不仅确立了剧本体制，而且在演唱上也已形成了以南九宫为主体的南曲系统。如代表作品《绣襦记》。

《绣襦记》的作者众说纷纭，有的说是徐霖，有的说是薛近兖所作，吕天成的《曲品》说之为无名氏所作，从吕天成之说似乎更加保险一些。剧本故事源于唐白行简小说《李娃传》，是在宋元南戏《李亚仙》、元高文秀杂剧《郑元和风雪打瓦罐》、石君宝杂剧《李亚仙花洒曲江池》等基础上改编而成的，写唐代妓女李亚仙和贵公子郑元和的爱情故事。郑元和执恋李亚仙，因金钱荡尽而被老鸨设计逐出，流落下层，以送殡唱挽歌为生。其父常州刺史进京述职，见元和与人赌唱歌词，以其有辱家门，鞭笞几死，弃于荒野。后元和被人救活，寄养于阜田院，行乞于长安市上。一日风雪严寒，元和持破罐，唱着莲花落、沿街乞讨。行至亚仙居处，亚仙认出元和，扶入暖阁，又说动鸨母，自赎其身，赁屋与元和同居，亚仙为督促元和发愤读书。卖钗环，买书籍，自毁容貌。等元和中状元后，元和拒绝了尚书的招赘，亚仙则以自己出身低贱，不肯同元和一起赴任，劝其另娶。元和坚持让亚仙同自己一道赴任。在元和携亚仙任成都参军一职时，郑父也擢升为成都府尹，一家人在驿馆相会，前嫌尽释，郑李正式结为夫妇。

《绣襦记》通过曲折生动的故事情节，歌颂了青年男女真挚的爱情，批判了封建门第观念和势力小人的无情无义，成功地塑造了一对情深义重的青年恋人的形象。这出戏对社会下层的妓院、凶肆和市人、帮闲、乞儿的描写非常逼真，艺术手法相当精练，情节离奇却不枝不蔓，浓淡深浅均恰到好处。近世许多地方剧种都有根据《绣襦记》改编的传统剧目。

2. 明后期创作的繁荣

这一时期自喜靖、隆庆年间，李开先的《宝剑记》、无名氏的《鸣凤记》、梁辰鱼的《浣纱记》堪称上乘之作，陆采的《明珠记》、张凤翼的《红拂记》也有相当高的艺术性和思想性。

（1）李开先的《宝剑记》

李开先（1502–1568 年），字伯华，号中麓，他的《宝剑记》共 52 出，写林冲被逼上梁山的故事,故事取材于小说《水浒》。林冲原任征西统制之职,"只知忠君爱国,不解附势趋时",因上本弹劾童贯而被谪降为提辖。他被降职后,仍不改往日的做派,又参奏太尉高俅,因而被高俅以看宝剑为名,将林冲骗入重地白虎节堂。问成重罪。林妻张贞娘拼死击鼓鸣冤。林冲被刺配沧州充军,高俅又多次加害,欲将其罢之死地。林冲被逼无奈,杀死奸细,投奔柴进,并在柴进的引荐下上梁山聚义。高俅之子高衙内图谋霸占张贞娘,贞娘逃出汴城,侍女锦儿代嫁,在洞房中自尽。贞娘在逃亡途中为尼姑所救,在白云庵出家。梁山英雄起兵攻打汴京,朝廷招安林冲宋江等人,加封官职,并将高俅父子交由林冲发落。林冲报仇后,在白云庵与张贞娘相遇,夫妻团圆。

《宝剑记》中林冲与高俅等人的矛盾,主要是由于林冲一再上本参奏童贯、高俅等人结党营私,祸国殃民。他被逼上梁山,更多的是政治原因,而不仅仅是因为《水浒》中所写到的高衙内想霸占林妻这样的个人恩怨。作品的着眼点。在于抨击当时的政治腐败,这样就比《水浒》中的描写有了更深一层的社会意义。当然,林冲被招安后得以报仇,虽然有作恶者终无好下场的警示作用,但总让人觉得现实根据不足,带有过分强烈的主观色彩;他报仇后,在白云庵与张贞娘团员的故事也未免落入大团圆的俗套了。剧中的几个主要人物－忧国忧民的林冲、坚贞不屈的贞娘、奸佞恶毒的高俅都写得比较成功,对后世的影响也比较大,其中《夜奔》二场一直是昆曲的保留节目。

(2)梁辰鱼的《浣纱记》

嘉靖中时,魏良辅改革昆山腔,使昆山腔的艺术形式有了很大改变,达到很高的水平。梁辰鱼得到魏良辅的传授,他创作的《浣纱记》在昆曲发展史上有很重要的作用,它使昆山腔名声大振,其思想内容也是十分可取的。

梁辰鱼(1519-1591年),字伯龙,昆山人。《浣纱记》原名《吴越春秋》,共45出。通过西施和范蠡的悲欢离合,写春秋时吴越两国的兴亡之事。吴越争斗,越国战败,越王勾践被俘。与臣下忍辱负重,得赦返越。越王用范蠡之计,向吴王进献浣纱女西施。西施入吴后,离间吴国君臣。后来越过反攻,占领吴宫,吴王夫差自杀,范蠡功成身退,携西施泛舟而去。这部作品歌颂了越国君臣团结一心,奋发图强的精神,对夫差的骄奢淫逸、刚愎自用、信奸拒谏的行为进行了揭露和批判。在这个历史故事中,寄托了作者自己对明王朝的不满。《浣纱记》大约写于嘉靖、隆庆之中,当时专权祸国的严嵩奸党势焰才消,朝政腐败,国势衰落,外番也正虎视耽耽于中原大地,边境地区外族入侵不断,人民生活苦不堪言。梁辰鱼实则是以历史故事反映现实的政治。

作为戏剧主人公的西施和范蠡的爱情故事,跳出了个人恩怨的圈子,将国家的兴亡蕴于这一个爱情故事之中,则是一个创新。这种借生旦的爱情故事抒发兴亡之感的做法,对后来洪昇的《长生殿》和孔尚任的《桃花扇》都有一定的影响。范蠡的功成身退,说明范蠡对封建君主有清醒的认识。也说明作者看透了险恶的现实,深感功成身退,避谗远祸才是正确的道路,这中间有着作者的寄托。同时,范蠡与西施的团圆,表明他们的爱情是以相互理解和共同的志向为基础,而不受封建贞操观念的影响,这在当时社会里也是难能可贵的。但是受《琵琶记》典雅一面的影响和《香囊记》等传奇骈丽作风的习染,《浣纱记》的文词文雅而僵化,说白也像骈文,造成了所谓传奇史上昆山派的作风。其结构也颇为松散,人物形象因过分主观化而不够鲜明生动。

《浣纱记》对后世的戏曲影响也很大,《回营》《转马》《进施》《寄子》《采莲》《游湖》等出一直是昆曲舞台上的折子戏,后来流行在戏剧舞台上的西施故事多源于《浣纱记》。

（3）《凤记》

《鸣凤记》的作者不详,相传为王世贞的门人所作,但无确证。这是一部表现当时重大社会斗争的现实题材的戏,是反对奸相严嵩的著名作品。它为明代的时事戏创作开了先河,对明清传奇的创作具有重大影响,如李玉的《清忠谱》、孔尚任的《桃花扇》都从这里受到影响。

剧情网罗反严嵩集团和严氏奸党的几次重大斗争,概括了 15 年间的斗争史实。夏言和曾铣主张收复被俺答侵占的河套,严嵩奸党坚决反对。忠与奸、爱国与误国,展开了不可调和的斗争。嘉靖二十七年（1548 年）严党谗杀三边总督曾铣,继而又杀夏言,斗争在继续。三年后,锦衣卫经历沈炼奏劾严嵩十大罪而被贬;再过两年,兵部员外郎杨继盛又劾严嵩十罪五奸,被捕下狱;适逢严党赵文华诬劾办理防倭事宜的张经,问成死罪,杨继盛也牵附被害。又过三年,沈炼也遇害。朝堂上每屠杀一次,外族的入侵就加一分。兵费连年增加,币藏枯竭,入不敷出,人民的赋税成倍增长,海内外怨声载道,农民起义此起彼伏,明朝国势每况愈下,经过最后的较量,严嵩罢官,严世藩等下狱,二十年的专横统治终于告一段落。《鸣凤记》就是按照这个线索串联成章的。剧本把这些忠臣前赴后继与奸党作斗争的精神喻为"丹凤朝阳一起鸣"。

《鸣凤记》的主题具有庄严的悲壮性,它愤怒地揭露了严党结党营私、把持朝政、陷害忠良、祸国殃民的丑恶嘴脸,歌颂了一批忠臣不屈挠的斗争精神,具有很强的现实意义,在明代很流行。剧本以八谏官的斗争为主线,打破了传统的生旦悲欢离合为主的格局。但正面人物的斗争方法单一,只知上本死谏,把解决矛盾的希望寄托于皇帝的英明上,这是作品的局限性所在,同时剧本也存在结构松散、语言过于典雅,人物形象因概念化而苍白浮泛、缺乏鲜明个性的缺点。

(二)清代前期的传奇

1.李玉的《清忠谱》

李玉,生卒年不详,明末清初吴县人,字玄玉。一字元玉,人称"一笠庵主人"。李玉一生所著传奇约40种,现存18种。他精于曲律,剧作是直接为戏班的演出而作,每有新作脱稿,各戏班便争相排演。他的剧作能够从当时当地的现实生活中汲取题材,积极反映人民群众的生活斗争和思想感情。他为昆曲突破小庭深院的范围,深入到广大人民群众中去起了很大的作用,他的许多作品在昆曲中一直演唱不衰,后来的京剧和地方戏也常改编。

李玉的成名作是被称作"一、人、永、占"的《一捧雪》《人兽关》《永团圆》和《占花魁》,写于明代,其题材较为广泛,既注意到社会的世态炎凉,又描绘着婚姻和爱情的悲欢离合;既揭露统治集团的黑暗,又忧虑民族国家的危亡。他的代表作是创作于清初的《清忠谱》。

《清史谱》真实地反映了明天启六年苏州发生的一场市民和东林党人共同反对阉党残暴统治的政治斗争。东林党是统治阶级内部的反对派,他们清廉正直,主张改革吏治,反对阉党魏忠贤专权。剧本是从主要人物、东林党人吏部员外郎周顺昌对国事的慨叹中开始的。这时熹宗当朝,权奸蔽日。随剧情展开,作者向我们展示了刚贞之士文震孟因弹劾魏忠贤受严旨罢斥,魏大中因连魏阉而平白受连累,周顺昌惹恼了魏党而被魏家走卒告密,半夜被捉。他受尽锦衣卫种种酷刑,却不屈不挠,大骂魏忠贤,最后被秘密处死。苏州市民为救周顺昌,揭竿而起,市民首领严佩韦挺身而出,视死如归。至思宗即位,阉党倒台,苏州市民又从四面八方赶来拆除魏祠,以魏的头像祭祀周颜等五人。

《清忠谱》的思想意义在于,它继承了《鸣凤记》所开创的明代现实主义时事戏的优良传统,真实地描写了魏忠贤专权时期的政治状况,突出地揭露了魏党迫害正直士大夫和人民群众的暴行,表现了明政权崩溃前夕的种种征兆;在揭露现实的同时,作者以更大的热情歌颂了以周顺昌为代表的东林党人同魏忠贤及其党羽所进行的英勇斗争,热烈地赞扬了周顺昌清廉、刚直、不畏强暴、嫉恶如仇的强硬性格和高尚情操,伸张了正义,使读者和观众为之感奋。李玉的这部作品继他的《万民安》之后，又一次在作品中反映市民的斗争，这表明作者给予当时新兴的社会力量以热情的关注，这是李玉作品中新时代气息的体现，也是他深刻的现实主义的实质所在。

《清忠谱》全剧人物众多，斗争场面波澜壮阔场景变换频繁，但剧本却不让人感到杂乱，而是情节开展得有条不紊，结构也比较严谨。同时，作者还善于用不同的艺术手法塑造不同的人物形象。他将才子佳人式的生旦变成了社会斗争中的英雄人物，把人物放到尖锐的社会矛盾中，也放人尖锐的戏曲冲突中。不仅在戏曲中朔造了具有时代特点的英雄人物，而且为在尖锐的戏剧冲突中塑造人物提供了成功的范例。

剧本的语言也很有特色，突出了念白的作用。念白的总体特征是通俗流畅节奉性强、切合人物性格。剧本的舞台性也很强，处处考虑舞台演出人物的舞台动作着装打扮都尽量揭示清楚。足见出作者对舞台演出的熟悉程度。当然李玉的思想倾向也是十分复杂的，他歌颂英雄，同情下层人物。但他作品中却时时流露出忠孝节义等封建道德礼教，这些表明了他思想的局限性。

2. 洪昇的《长生殿》

洪昇（1645-1704 年）字昉思号稗畦浙江钱塘人洪昇的戏曲创作，现知有传奇 9 种，杂剧 1 种。现存剧作 2 种：传奇《长生殿》和杂剧《四婵娟》《长生殿》是他的代表作。

《长生殿》的写作前后经历十余年，作者三易其稿。它描写的是唐明皇李隆基和杨玉环的爱情故事。这是一个传统题材，自白居易的《长恨歌》开始，经宋、元、明三代，各类文艺作品中都有写这个故事的，戏曲作品有名目可考者就不下 10 种，其中以元白朴的杂剧《梧桐雨》最为著名。《长生殿》借李杨故事来歌颂和表现生死不渝的爱情，使之带有一定的理想色彩，并联系爱情来写政治，扩大作品反映生活面，使读者感喟于一个爱情故事的同时，汲取政治上的教训。

贯穿全剧的是为世人所熟知的李杨"精诚不散"的感情纠葛，歌颂了生死不渝的爱情。洪昇巧妙地将人物的历史身份与传说形象结合起来，不写杨玉环原是李隆基之子寿王妃和杨玉环与安禄山、宁王等私通这样的秽事，即使是写李隆基对虢国夫人和梅妃的宠幸，也是采用一种虚写和侧面交待的方法，并不施以正面描述，这样一来使低级趣味的东西尽可能减少纯化了李杨的爱情；二来从侧面衬托了杨玉环的娇痴性格；三来也使爱情在波折中更显珍贵和炽烈，达到"密誓"的效果。这样就使得作者对李杨爱情的歌颂更为合理。但皇帝和宠妃的爱情,一向不会是两个男女个人之间的事,他是帝王后妃宫廷生活的一个方面,牵扯到上层统治阶级一系列政治权利和经济利益,在一定的条件下甚至关乎国家的兴衰。李杨的爱情在玉环刚受册封、一派升平、宠爱有加的气氛中开始,但这种升平中已经隐含着危机,因为这种联姻本身就是一种政治行为,它加强了杨氏一门的政治势力,玉环的哥哥杨国忠大权专揽,为奸作恶,又通过杨国忠对安禄山求宽罪、通关节的处理,既表现了杨国忠的气焰与奸猾,又表现了安禄山的野心,内忧外患,从爱情生活的开始就萌发了。这样,围绕爱情这条主线,就有了社会政治内容爱情与政治这两条线索在《长生殿》中就这样相互交织在一起,在抒写一首爱情赞歌的同时,也揭露了当时社会政治、经济、军事、社会生活的诸种矛盾。

在《长生殿》中,作者将歌颂爱情与抒发兴亡之感二者紧密结合,既指出二者因果关系,又抒发了兴亡之恨。

《长生殿》在音律安排上也相当精确,很适合演唱,语言则生动、流畅清丽、准确,佳句妙语叠出。它在语言音律上的成就,也是它倍受欢迎的重要原因。在清代大兴文字狱,思相统治异常严厉的情况下,作者的兴亡之恨,只好靠"旧霓裳、翻新弄"来曲折表达,虽然它不及《桃花扇》那样直截了当,却也难能可贵。

《长生殿》问世后,深受广大观众欢迎,产生了广泛的社会影响,轰动了当时的剧坛,不论民间职业剧团还是豪门家乐,都纷纷上演。当时剧坛有"南洪北孔"之称,能与洪昇相提并论的只有《桃花扇》的作者孔尚任。时至今日,一些折子戏尚保留在某些剧种里,京剧大师梅兰芳还曾全本演出过该剧,足见其艺术魅力的深厚。

第七章　汉语言文学中的小说分析

　　中国古代小说在汉语言文学中具有重要的地位。小说在中国古代文学中的历史悠久，在长期的发展过程中不断演变，不同时期形成了不同类型的小说形式。本章主要研究不同类型小说的典型特色。

第一节　文言小说

　　我国宋代以前的小说，基本上都是文言小说。宋以后，在文言小说的哺育下，以及其他因素的作用下，白话小说异军突起，很快地取代了文言小说而成为古代小说的主要形式。但作为白话小说源头之一的文言小说并未绝响，它一方面继续给白话小说以一定的影响，另一方面仍以其独特的精神风貌和强大的生命力，在古代小说的领域里拥有自己的天地，毫不示弱地伴随着中国古代小说走完它最后的路程。

一、小说的界定和分类

　　研究小说史，首先要界定什么是小说，确定小说史研究的范围。

　　"小说"一词出现在《庄子·外物》篇："饰小说以干县令，其于大达亦远矣。"可见，"小说"指的是与"大道"形成对照的价值不大的琐碎议论。这里所谓的小说，与后世的小说概念是不同的，但也有相通之处。到了东汉才把小说作为一种文体。东汉桓谭《新论》说："若其小说家，合丛残小语，近取譬论，以作短书，治身理家，有可观之辞。"班固《汉书·艺文志》

的"诸子略"列儒、道等十家,小说家为最末一家。"诸子十家,其可观者九家而已","小说家者流,盖出于稗官,街谈巷语,道听途说者之所造也。孔子曰:'虽小道,必有可观者焉,致远恐泥,是以君子弗为也',然亦弗灭也。闾里小知者之所及,亦使缀而不忘。如或一言可采,此亦刍荛狂夫之议也。"著录十五种小说,已不存,只有少量佚文,多杂史杂记类。

从这些论述中,我们可以看到汉人对小说的看法主要是:小说来自民间,"街谈巷语,道听途说者之所造也";作者是小官和小知识分子;它虽然是"小道",但"治身理家,有可观之辞",有可观可采之处;形式是"丛残小语","尺寸短书",都是短篇;艺术上"近取譬论",有比喻、虚构、夸张等特点。

对小说这些看法,成为古代学者和作家的共识。但是它和现代关于小说的概念又有差别;而且,古代小说多以丛集出现,在一个集子里哪些算小说更难区分。[①] 为此,学者提出界定古代小说的四条原则:

(1)叙事原则。把叙事与非叙事作品分开,如《茶经》就不是小说。

(2)虚构原则。把小说与纪实性叙事文体分开,如史传。

(3)形象原则。叙事必备形象。

(4)体制性原则。小说有自己的体例结构,一类是单篇;一类是丛集。这就排除了将从史传类、诸子类中选出的作品当作小说,如《左传》《韩非子》。

文言小说的分类又是一个复杂的问题。

当代学者有的把文言小说分为传奇小说和笔记小说两大类;有的分为志怪、志人和传奇三类;本书则分为志怪、传奇、轶事三类。

二、文言小说的发展历程

(一)战国秦汉是文言小说的萌芽和形成期

先秦的史籍里载有大量的神话传说、迷信故事、地理博物传说;先秦诸子在游说论辩中,为说明事理,编写了不少寓言故事;《左传》《战国策》和一些野史杂传包含了很多小说的因素。但这些作品还不能称之为小说,只是小说的萌芽。到两汉志怪和轶事小说的分野已现端倪。志怪小说的三种体式都已出现,如地理博物体的《山海经》《神异经》和《十洲记》等;杂史杂传体的《穆天子传》《汲冢琐语》《列仙传》《汉武故事》《汉武内传》《汉武洞冥记》等;杂记体的《异闻记》等;而轶事小说的三种体式,才出

---

① 齐裕焜.中国古代小说演变史[M].北京:人民文学出版社,2015.

现了杂记体的《燕丹子》《飞燕外传》,而琐言和笑话都还没有产生。但无论志怪还是轶事小说,都还没有完全摆脱史传体式的束缚,还不够成熟,所以有的学者把它称为"准小说"是恰当的。

（二）魏晋南北朝是文言小说的成长期

这一时期,文言小说的发达情况可以从以下几方面来观察。

首先,作家、作品急剧增多。同时,作品数量也大大超过往昔,据今人统计,这个时期仅志怪作品就有八十余种,而且普遍都是多卷本,有的多达三十卷。

其次,以《搜神记》《博物志》《拾遗记》等为代表的志怪小说,以《世说新语》《笑林》等为代表的轶事小说,现实感和时代感大大增强,艺术想象力和表现力得到提高,对后代的文言小说和白话小说,乃至诗歌、戏曲等文体的创作都产生了重大影响。

（三）唐代是文言小说的黄金期

唐代是中国封建社会的鼎盛期,农业、手工业、商业空前发展,促进了城市经济和文化的繁荣,人们不再满足于以往志怪作品的简短故事。在这种情况下,唐代文人们开始有意识地创作小说,他们从六朝志怪小说、史传文学、唐代变文俗讲及其他各类文体中汲取丰富的营养,融汇各家之长,创造出唐传奇这种新的文言小说体裁,从而奠定了中国文言短篇小说的典型形态。它是中国小说史上的一座辉煌的丰碑。

（四）宋元时期是文言小说的转变期

宋王朝结束了晚唐五代混乱、分裂的局面,重新建立了统一的国家,虽然不及汉唐强盛,但经济发展,城市繁荣,尤其是在文化方面成就辉煌。文言小说处在转变期,其表现之一是文言小说辑集出版,如《太平广记》《类说》等书的出版,不但汇集了宋以前的文言小说,有利于小说的传播,而且通过选择和分类,提高和深化了对小说文体的认识,对文言小说的发展是有益的;表现之二是中国小说史从文言小说的一统天下,进入了以白话小说为主流的时期。

（五）明清两代是文言小说复兴和终结期

明代的前中期,传奇小说在经历了宋以后相对的萧条之后,又有了新的转机。出现了像瞿佑的《剪灯新话》、李祯的《剪灯余话》等比较好的传奇专集。同时,还出现了一些较好的单篇传奇,如《中山狼传》《辽阳海神传》等。到了明末,文人创作传奇之风又盛,一大批造诣较高的诗文作家积极参与了传奇小说的写作,特别是在当时思想解放思潮的影响下,不少作品除了传统的反封建主题外,还表现出一定程度的人道主义和个性解放的色彩,艺术上也更趋完美。

第二节　白话短篇小说

我国古代小说发展到宋元时代,又出现了新的飞跃。随着社会政治、经济的发展变化和"说话"艺术的兴盛,出现了一种新型的小说——"话本小说",这也是我国古代最早的白话小说。

话本产生于宋代,这是当时社会生活的艺术反映,也是文学自身发展的必然结果,是蕴蓄涵泳已久的一种历史产物,它也有一个较长时间的发生发展的过程。唐宋以来在民间广泛流传一种叫作"说话"的表演技艺,"说话"就是讲说故事的意思。话本就是"说话"艺人讲唱故事时所依据的底本。话本的产生与"说话"艺术的发展兴盛有着直接的关系。"说话"起源于我国古代的说唱艺术,我国古代很早就有了说故事和说书的传统。

在诸种技艺中,"说话"是一种重要的技艺,深受市民的喜爱。说话艺人的人数也相当多,据《武林旧事》记载,仅南宋临安城就有说话艺人约一百人。白话短篇小说的发展,从宋元小说话本开始,主要经历了三个阶段,即宋元小说话本——明末的"三言""二拍"——以李渔为代表的明末及清代的其他白话短篇小说。

由元入明,白话短篇小说曾一度衰落。代表明代拟话本最高成就的是冯梦龙的"三言"和凌濛初的"二拍"。冯梦龙和凌濛初在思想上都不同程度地受到李贽个性解放新思潮的影响。读他们的作品,犹如在欣赏一幅幅五光十色、多彩多姿的世俗生活画卷,展现在我们面前的,有献身爱情的青年男女,有专制昏愦的封建家长;有始乱终弃的负心汉子,有挣扎煎熬的勾栏妓女;有贪婪残暴的权贵官吏,有正直高尚的忠臣义士;有奸邪淫荡的恶棍僧尼,有迂腐可笑的儒士酸丁;有气焰熏天的豪绅富商,有沉沦堕落的妒妇美妾;有卑鄙猥琐的走狗帮闲,有善良安分的商人市民……总之,三教九流,形形色色,各类人物齐备。他们多是活跃于当时生活舞台上现实的人物,他们的身上散发着浓郁的时代气息。

明末和清代其他白话短篇小说与李渔的小说相比,又等而下之。成就不高的一个重要原因,是这些作品虽一意仿效"三言""二拍",却往往得其皮毛而失其精髓。过分强调小说惩恶扬善的教化功能,而在具体描写中,又往往无视现实生活的真实和小说创作的艺术规律,以至于一些作品训谕满纸、告诫连篇,大大削弱了作品的形象性和主题的开拓,不再有宋元话本的尖锐新鲜和"三言""二拍"的富于现实的气息。因此,鲁迅先生在《中国小说史略》中谓其"形式仅存而精神与宋迥异"。当然,这只是就总体而言,并不排除其中也出现了一些值得肯定的好作品,这些好作品,往往散落在各个集子中。作为新的历史时期的产物,这些作品反映了"三言""二拍"所没有接触到的社会生活,开拓了小说的题材,它同样是中国小说史不可或缺的一部分。

古代白话短篇小说大约发展到清康熙、乾隆年间,便呈现出难以为继的衰势。虽然最后一部拟话本集子《跻春台》产生于清末的光绪年间,但它却是沉寂近百年之后的一声微弱的回响。与此同时,中国历史在鸦片战争的隆隆炮声中进入了近代社会,随着社会政治、经济的急剧变化,随着中国资产阶级民主革命高潮的到来,我国的白话短篇小说又发生了一次新的飞跃。但这时,小说史已翻开了另外的一页。

第三节　历史演义小说

我国是历史悠久、历史典籍极为丰富的国家。不但每个朝代都有官修的正史,而且还有大量的野史、笔记。史学的成就为历史演义小说的创作提供了坚实的基础。第一,史学的实录精神。这种实录原则,表现在历史学家要尽可能忠实地再现历史的真实面貌;要"秉笔直书","不虚美,不隐恶";要实事求是,不以感情用事,"苟爱而知其丑,憎而知其善"。实录精神演化成古代写实的文学理论,对古代小说作家的创作产生了重要影响。第二,浩如烟海的历史著作为历史演义小说提供了取之不尽的创作素材。第三,志传体、编年体、记事本末体,这"三大史体"为历史演义小说家处理、安排创作素材、构建小说的叙事结构提供了现成的范例。他们只要根据内容,选择一种或综合几种模式,就可以不太费力地形成一部长篇小说的结构规模。第四,《左传》《战国策》《史记》等优秀的历史著作为历史演义小说叙事写人提供了丰富的经验。

除历史著作外,文言小说如《燕丹子》《西京杂记》《世说新语》以及描述汉武帝、隋炀帝、唐明皇、杨贵妃等人故事的小说都为历史演义小说提供了丰富的素材和创作经验。

史传和文言小说,都是文人的作品,都是用文言文写成的。而历史演义小说是俗文学,它更直接的源头是说话中的讲史。

我国的说话伎艺起源于唐代,繁盛于宋元。在和尚宣传宗教教义时,为吸引听众,还讲些历史故事。敦煌藏经洞发现的大批文书中,除宗教典籍及儒家经史子集之外,还有一些俗文学写本,统称为"变文"。这种有说有唱的"变文"已开始说唱王昭君、王陵、季布、伍子胥等历史故事。这些历史题材的"变文",对小说戏曲都有较大影响。《全汉志传》《西汉通俗演义》等都保存了其中的一些故事。①

宋元时代,说话艺术勃兴。在说话四家中,最为发达的是小说和讲史两家。孟元老的《东京梦华录》说,北宋时有专说"三分"的专家霍四究,专说五代史的专家尹常卖等。周密的《武林旧事》记载,仅南宋临安有名的讲史艺人就有乔万卷、许贡士等二十三人。可见,当时讲史的兴盛和分工的细密。

从现存的讲史话本可以看到,它是历史演义小说的雏形。它对历史演义小说的影响表现在:第一是渗入市民阶层的思想情感,如对"发迹变泰"的羡慕,歌颂江湖义气等;第二从题材上看,在史书基础上大量吸收民间的故事、传说;第三从体制上看,讲史话本,有头回,分节叙述,开头有诗词,节末亦有诗词,叙述中间"且说""却说"之类提示段落,这些特点形成了历史演义小说体制上的特点,发展为章回小说,成为我国古代长篇小说的唯一形式;第四从语言上看,讲史创造了一种半文半白的语体,也成为历史演义小说的语体,其成熟形态就是"文不甚深,言不甚俗"的语言风格。

在宋元讲史繁荣的同时,我国戏曲也发展成熟了。在元代戏曲舞台上出现了数量众多的历史剧和历史故事剧。这些戏曲作品与讲史互相吸收、互相促进,从更加广深的角度开掘历史题材,为历史演义小说的创作注入民间艺术生机勃勃的生命,提供了更多可借鉴的丰富生动的故事情节和光彩夺目的人物形象。

元末明初,《三国志通俗演义》创作成功,这种"言不甚深,文不甚俗"的历史演义,既不像历史著作那样深奥难懂,又不像讲史平话那样"言辞鄙谬";既能使读者了解历史,又具有很高的文学价值,使之得到艺术享

---

① 齐裕焜.中国古代小说演变史[M].北京:人民文学出版社,2015.

受,雅俗共赏,受到各阶层人们的普遍欢迎。因而,从明代中叶起,文人们竞相创作,书贾大量印行,造成了历史演义创作出版的热潮。以汉末三国的历史为中心,向两头扩展,上自盘古开天地,下迄清宫演义。每个朝代都有演义,有的一个朝代有几部演义,到了清中叶,就有六十多部。

究竟什么是历史演义?它与历史的关系如何?是否允许艺术虚构?虚构到何种程度?这是我国小说美学领域中的重大课题。

明万历年间著名文学家谢肇淛进一步肯定小说的艺术虚构,提出"虚实相半"的重要论点:"凡为小说及杂剧戏文,须是虚实相半,方为游戏三昧之笔。亦要情景造极而止,不必问其有无也。"谢肇淛肯定了艺术虚构在历史小说创作中的重要地位,而且着眼艺术的审美意象,只要"情景造极",达到审美要求就可以了,"不必问其有无"。这是对正史派的一针见血的批评,划清了文学作品与历史的区别,无疑是正确的。但是,从谢肇淛所举的作品,如《飞燕外传》《天宝遗事》,以至于《琵琶》《西厢》之类的戏曲作品来看,他在这里是泛论文学作品与史传的区别,而不是专指历史演义小说,混淆了历史演义小说与其他文学品种的区别,因而也不够全面,不够有说服力。

明崇祯年间的文学家袁于令指出,历史演义小说的创作,主要不是依据史实,"什之七皆史所未备",主要是"凭己",凭借作者的艺术创造。袁于令在他的论述中指出艺术虚构对历史小说创作的重要性,但没有涉及一个问题,即历史小说的艺术虚构是否有限度、如何区别历史小说与其他小说?所以,他的论述还不能有力地说明历史演义小说特有的艺术特征。清康熙年间,金丰对历史演义小说的论述更为精辟:"从来创说者,不宜尽出于虚,而亦不必尽出于实,苟事事皆虚则过于诞妄,而无以服考古之心;事事皆实则失于平庸,而无以动一时之听。"他针对"贵实"与"贵幻"两种相反见解,提出"不宜尽出于虚","亦不必尽由于实"。因为"尽出于虚",则抹杀了历史演义作为历史小说的特征,与一般文学作品没有区别,使人感到缺乏历史的真实感,"无以服考古之心";"尽由于实",则排斥了艺术虚构,失去了历史演义作为文学作品的艺术特征,与历史著作没有区别,缺乏艺术魅力,"无以动一时之听"。金丰进一步探讨历史演义小说"虚实"之间的界限应如何掌握的问题。他认为主要历史事实与历史人物性格应"实",故事情节则可以"虚"。"如宋徽宗朝有岳武穆之忠,秦桧之奸,兀术之横,其事固实而详焉",其他情节则可以允许虚构。虚实相生,就会产生巨大的艺术魅力。

孙楷第在《中国通俗小说书目》中说:通俗小说中讲史一派,流品至杂……以体例言之,有演一代史事而近于断代为史者;有以一人一家事为主而近于外传、别传及家人传者；有以一事为主而近于纪事本末者；亦有通演古今事与通史同者。具体说有以下几种类型：

（1）基本上是演绎史书的历史演义小说，如《东周列国志》《西汉演义》等。

（2）向英雄传奇转化，比较典型的是隋唐系统小说中的《隋史遗文》《说唐演义全传》等。

（3）从朝代史转向人物传，如《英烈传》《于少保萃忠全传》等。

（4）从历史故事转向当代时事新闻，取材于当时邸报、朝野传闻，反映当时重大政治事件的时事小说，如《樵史通俗演义》等。

（5）体例从单一变为杂糅、融合，最成功的是《南北史演义》，把历史演义和婚恋小说融合。至于虽然取材于历史但主要是写神仙妖魔、灵怪变幻故事的，如《封神演义》《女仙外史》等，我们则把它归入神怪奇幻小说一章；虽然有些历史的影子，但主要来自民间传说，以叙述英雄人物故事为主体的，则归入英雄传奇一章，如《水浒传》《杨家将》等。

当然，同一题材小说在发展演变过程中，有的则发展为按史演义的历史演义小说；有的则博采民间传说，成为英雄传奇小说。为了叙述的方便，我们把同一题材的小说集中在一起，在叙述其演变过程时加以分析与区别。

第四节　英雄传奇小说

英雄传奇和历史演义同属于历史小说的范围，二者既有共同点，又有区别。在文学史、小说史和许多专家的论著中，有的对历史演义与英雄传奇不作区分，有的虽有区分但无明确的界说。至于具体作品，更是意见纷纭，同一作品或归之历史演义，或称为英雄传奇。这说明要把讲史小说作比较明确的分类是相当困难的。我们想做些尝试。我们认为历史演义与英雄传奇主要有以下几方面的区别：

第一，历史演义多从史书上撷取素材，它的主要事件和人物大体上要依据史实。"演义者，本有其事而添设敷演，非无中生有者比也"。英雄传奇则多吸收民间传说故事，虚多实少，主要人物和事件多为虚构。历史演义如戏曲中的历史戏，英雄传奇则似戏曲中的历史故事剧。例如，《三国演义》《东周列国志》大体符合历史的面貌，而《水浒传》《杨家将》除了宋江、杨业在历史上还有点影子外,其他人物和事件大都子虚乌有。金圣叹曾论述《史记》与《水浒传》的区别,指出《史记》是"以文运事",《水浒传》是"因文生事"。实际上历史演义大多也是"以文运事",受历史事实的制约,"是先有事生成如此如此,却要算计出一篇文字来";而英雄传奇不受史实的约束,"因文生事","只是顺着笔性去,削高补低都由我"。

第二,历史演义是从"说话"中的"讲史"发展而来的,英雄传奇的源头却是"说话"中的"小说"。历史演义毫无疑问是从"讲史"发展而来的,英雄传奇情况就比较复杂,它的源头大多是"小说"。鲁迅先生认为"小说"包括银字儿,如烟粉、灵怪、传奇;说公案,"皆是朴刀、杆棒及发迹变泰之事";说铁骑儿,"谓士马金鼓之事"。《醉翁谈录》记载的小说名目,也把"小说"分为灵怪、烟粉、传奇、公案、朴刀、杆棒、神仙、妖术等类。其中与英雄传奇关系最密切的是公案、朴刀、杆棒、说铁骑儿等。当然,明代以后,英雄传奇小说已没有宋元"小说"话本的基础,都是文人的创作,是从历史演义中分化出来的。总而言之,一部分英雄传奇小说是由"小说"发展而来的;另一部分,即后期的英雄传奇则是从历史小说中分化出来的。

第八章　汉语言文学理论的多维度探索

从古至今，人们从未停止过对汉语言文学理论的研究，在长期的研究过程中，形成了各种各样的研究论点，通过对这些观念的学习，有助于我们对汉语言文学有更加深入的认知与了解。

第一节　文学鉴赏论

"知人论世"是一种社会历史的批评方法，这种批评方法不但具有深刻的科学性，而且具有广泛的实用性。中国古代有很多作品确实必须结合作者的身世背景、时代社会才能做出正确的评价，如屈原、陶渊明、李商隐等人的诗歌，柳宗元的山水游记，辛弃疾的词，关汉卿的戏剧，《红楼梦》《儒林外史》诸小说等。实际上，社会历史批评方法也是马克思主义文学批评的基本方法之一，恩格斯在《致斐·拉萨尔》的信中说：我是从美学观点和历史观点，以非常高的，即最高的标准来衡量您的作品的。

以"历史观点"衡量作品的方法是非常科学的，因为作品产生的深层原因在社会历史，所以恩格斯将这种方法视为"最高的标准"之一。马克思主义的这种批评方法在我国现当代文学批评中被广泛推用，如鲁迅、瞿秋白等现代批评大家的批评主要就是社会历史批评。鲁迅曾说文学批评要"顾及作者的全人，以及他处的社会状态，这才较为确凿。要不然，是很容易近乎说梦的"。

解放后学术界对古代各体文学的研究及批评界的文学批评，在很大程度上主要也是采用社会历史批评的方法。即便是在当今高校的文学课堂上，教师在讲述、分析古今中外的作家、作品时，也总是首先要对所讲作家的生平遭遇、思想状况、身世背景等进行介绍,这种介绍其实也就是"知人论世"的方法。孟子提出的这种批评方法之所以在今天仍然被普遍地运用,因为它是一种具有深刻科学性的文学批评方法。

古代文论家论文学鉴赏和批评提出了一系列具有规律性的理论观点和方法,这些观点和方法对于当代的文学鉴赏和批评既有理论研究之意义,又有实际应用之价值。这些理论的当代转化,有益于当代鉴赏批评理论的发展和提高。

第一,"披文以入情"的鉴赏过程论及"辨情""辨味"欣赏性质论都适用于今天的文学鉴赏。通过对作品语言文字的阅读而深入作品的感情世界,是古今鉴赏者进行文学欣赏时的基本程序。古代文论家要求鉴赏者必须"入情""辨情""辨味""得意",即把握作品的审美感情、思想意义及审美特征作为鉴赏的目的,而不能停留在表面文字或形式技巧上。这对于当代的鉴赏者(特别是那些鉴赏水平不高的鉴赏者)来说,具有切实的指导意义,有助于提高他们的鉴赏水平和质量。

第二,"以意逆志""神遇""品味"等鉴赏方法对于当代鉴赏者来说,也是应该掌握的重要鉴赏方法。"以意逆志"要求鉴赏者在把握作品之意的基础上,进一步达到对作者之志的把握,既要把握作品之本义,又要把握作者之意图,这是很高层次的鉴赏要求,这种要求有助于提高读者的鉴赏水平。"神遇"要求鉴赏者以己之神领会作品之内在精神,达到对作品思想精神的透彻把握,这仍是当代读者欣赏文学作品的基本方法。"品味"是针对古代诗词作品的鉴赏而提出的方法,这一方法要求鉴赏者必须对作品展开细致、深入的感受、领悟,通过细致入微的品赏体味而把握作品内在微妙复杂的意味情韵。事实上这也是广大当代读者欣赏文学作品的常用之法。

第三,古代文论家对批评功能的论述适用于当代的文学批评,因为当代文学批评的基本功能仍在于"驳正谬误,指陈是非"。通过批评而指出作品的是非瑕疵,使作品更为完善,促使作家创作出更优秀的作品,是批评家的基本任务之一。古代文论家提出的"审己以度人"的批评态度、"无私于轻重,不偏于憎爱"的客观批评精神在今天尤为重要。"文人相轻"的现象在今天经常出现,不少批评者往往眼高手低、以己为贤,对自己的作品视之过高,而对别人的作品及其成就往往视而不见或认识不足而给予贬低,甚至会因此而引起不正当的争论。对于这些批评者而言,应该认真学习古代文论家的谆谆之教,改变其陋习,使批评走上正途常规。古代文论家提出的"贵真"的思想标准、"惟求其美"的艺术标准,也都是我们今天必须坚持的文学批评标准。

第四，古代文论家提出的"识其大者""知人论世""识兼诸家""以诗解诗"等批评方法，在今天都有切实的应用性。"识其大者"要求批评家必须顾及作品的主要成就，不能求全责备，这是古今文学批评的共同要求。鲁迅要求"倘要论文，最好是顾及全篇。"毛泽东《在〈创业〉作者来信上的批示》中说：此片无大错……不要求全责备。这些都是强调要看作品的整体或总体成就，也就是要"识其大者"。"知人论世"要求文学批评必须联系作者的社会历史背景，这也是当代文学鉴赏、批评及学术研究的基本方法。"识兼诸家"要求今天的批评家应该视野开阔，应该对同时代诸多作家、作品或文学流派都有所了解，对所批评的作家、作品同其他作家、作品进行横向的比较，通过对比而做出中肯的批评。"以诗解诗"要求批评家必须尊重作品自身，从作品出发，根据作品自身的特点来进行批评，这样才会有客观的鉴赏和批评。

其五，"德优""才大""博观"的批评修养观也是当代批评家们所应具备的基本素质。当代文学批评家首先应该做到"德优"，树立高尚的道德品格。当然，今天所提倡的"德"不同于古代文论家所提倡的以儒家道德观念为本旨的"德"，而是指以马克思主义为本旨的思想道德，这是保证批评家展开正确批评的重要条件。"才大"要求当代的批评家应有高超的文学批评才能和高深的文学修养，只有"才大"，才可能有高水平的批评，"才小""才弱"的批评家不可能做出令人佩服的批评。这就要求批评家必须努力提高自己的专业修养和批评才能。"博观"要求批评家应具备丰富的知识，对各种作家、作品和各种批评方式、方法都应有所掌握，这样才能避免文学批评的狭隘性。

第二节　文学风格论

风格的多姿多彩，构成了文学世界的五彩缤纷。风格论作为文学理论体系的一个构成因素，为古今文论家所高度重视。古代文论中的风格理论非常丰富，从风格成因到风格形态，从作家风格到作品风格，从时代风格到地域风格等，都有大量的论述。在源远流长的历史发展过程中，古代文学风格论形成了独具民族特色的理论系统。古代文论家提出了一系列具有普遍规律性的观点，如"文以气为主""各师成心""诗品出于人品""不主一格"等，这些观点具有强盛的理论生命力，当代文论家经常运用这些理论观点来阐释文学风格问题。

古代文学风格论源远流长,先秦时期已有与风格理论相关的思想萌芽。例如,《周易·系辞下》论不同心理状态的人的语言特点云:"将判者其辞惭,中心疑者其辞枝。吉人之辞寡,躁人之辞多,诬善之人其辞游,失其守者其辞屈。"

此论揭示了人的心理状态、性格特征不同,其言辞话语也表现出不同特点。话语言辞与人的心理状态、性格特点之间有密切的对应关系。《周易》虽然不是论文学风格,但对后来风格理论所产生的影响是十分深远的。因为风格的形成与作家的心理思想、气质性格等密切相关。

汉代鲜有关于风格的直接论述,扬雄《法言·问神》提出:"言,心声也。"此观点启示后人,研究风格应联系作家之心。王充《论衡·超奇》篇提出:"实诚在胸臆,文墨著竹帛,外内表里,自相副称。"在王充看来,胸臆中的实诚之思想感情与竹帛上的文墨言辞,是"自相副称"的。这包含了文学风格与作家的思想感情相一致的风格原理。

魏晋南北朝是古代风格理论的形成期,随着文学理论的深入发展,风格也成为文论家们讨论的重要话题。曹丕在《典论·论文》中提出了"四科八体"说和"文气"说,其"四科"即"实""理""雅""丽",实为四种文体风格,这是古代文论史上对文体风格的较早论述。"文气"说论述的是作家的气质个性问题,曹丕提出"文以气为主"这一命题,实际上是说"文"以作家的气质个性为主,涉及作家气质个性与作品风格的关系问题。曹丕的"四科八体"说和"文气"说标志着古代文学风格论的正式产生。之后,陆机在《文赋》中论述了十种文体风格,如"绮靡"为诗之风格特征,"凄怆"为诔的风格特征,"清壮"为箴的风格特征等。《文赋》还指出:"诗目者尚奢,惬心者贵当,言穷者无隘,论达者唯旷。"此论认为个性、爱好不同的人所追求的作品也各有特点,对于作家而言,就会形成不同风格的作品。曹丕、陆机的论述对于古代风格论的创建具有开拓之功,但作为早期的风格理论,其缺点亦十分明显。最大的缺点在于他们都是从文体的角度论风格,这种风格论不但过于简单化,而且研究前途也是十分渺茫的。因为以某种审美特征来概括某种文体的风格,是非常狭隘的。例如,曹丕以"丽"概括诗赋的风格特点,过于宏观,根本概括不了。陆机以"绮靡"概括诗的风格特点,也是非常狭隘的。真正对古代文学风格理论作出重大贡献并促使古代风格理论走向成熟者,是著名理论家刘勰。他吸收了前人的思想资料,在《文心雕龙》中设《体性》《风骨》等篇,从创作论角度论述了风格之产生及作家内在条件与作品风格的关系,并分析了作家的"才""气""学""习"等因素对作品风格的影响,提出了"各师成心,其异如面"的命题,指出了作家之"心"是决定作品风格的关键因素。他还提出了"八体"之说,即典雅、远奥、精约、显附、繁复、壮丽、新奇、轻靡等八种风格形态。此八种风格虽然仍不足以概括多姿多彩的文学风格,但刘勰所论已不属于文体风格,刘勰已超越了曹丕、陆机等前人局限于文体角度论述风格的狭隘视野,而开始论述具有普遍性意义的文学风格了。这实际上是古代文学风格理论的一个巨大飞跃,即从文体风格理论到一般性风格理论(即作家风格、作品风格等),或曰风格形态理论的飞跃,标志着古代文论家对风格的研究已超越了初始阶段的文体风格理论而上升到了对风格形态理论的研究。所以,刘勰的风格论标志着中国文学古代风格论已臻成熟。

唐代是古代风格理论的重大发展时期。文论家主要是对诗歌风格展开了深入的研究,其特征表现在对诗歌风格的细化探索上。唐代文论家提出了更为具体细微的风格形态,如皎然在《诗式》的"辨体十九字"中提出了十九种风格(其中有个别"体"并非严格意义的风格,如"节""志""气""情"等)。之后又出现了诗歌风格论名作《二十四诗品》。所提出的二十四种风格,不但对后世的风格理论研究产生了深远的影响,而且在今天仍有重要的理论价值和实际应用意义。其中含蓄、豪放、雄浑、典雅、旷达、自然、绮丽、飘逸、劲健等风格,在今天仍被普遍地运用着,已经融入当代文学风格理论之中,成为当代文学风格论的重要范畴而被用于文艺评论和风格理论的研究中。

宋明时期风格理论的开拓性进展不大,人们对风格的论述较为零散。虽然风格理论不是他们关注的热点,但仍不乏精粹之论。例如,严羽《沧浪诗话·诗辩》云:"子美不能为太白之飘逸,太白不能为子美之沉郁。"指出了风格与作家个性的关系。又云:"高岑之诗悲壮,读之使人感慨;孟郊之诗刻苦,读之使人不欢。"指出了不同作家的不同风格具有不同的审美功用,给读者以不同的影响。明代唐顺之在《东川子诗集序》中论及地理方位与风格的关系,云:"西北之音慷慨,东南之音柔婉,盖昔人所谓系水土之风气……若其音之出于风土之固然,则未有能相易者也。"这是说地域风俗对文学风格有一定影响。陆时雍《诗镜总论》云:"凡骨峭者音清,骨劲者音越,骨弱者音庳,骨微者音细,骨粗者音豪,骨秀者音冽。声音出于风格间矣。"所谓"骨峭者""骨劲者"等,实指个性气质不同的作家,所谓"声音出于风格间",实为不同的声音风格出于不同气质性格的人。

至清代,桐城派大师刘大櫆以"品藻"论风格的品评,提出"浑""浩""雄""奇""顿挫""跌宕"等风格类型,并认为风格"不可胜数"。对风格理论做出重要贡献者,是桐城派另一大师姚鼐,他根据古代阴阳哲学的理论,从宏观角度将风格分为阴柔和阳刚两大类,《复鲁絜非书》云:"天地之道,阴阳刚柔而已。文者,天地之精英,而阴阳刚柔之发也。惟圣人之言,统二气之会而弗偏,要可以刚柔分矣。"姚鼐还认为,阳刚和阴柔是相生相成的关系,二者相济可生成多种多样的风格。至晚清,刘熙载《艺概·诗概》提出"诗品出于人品"的观点,认为诗歌风格与诗人品格相对应,诗人品格决定诗歌风格,研究风格应与作家本人联系起来。

历代文论家对风格的大量论述,积累了大量的文献资料。古人对风格的论述,包括风格的形成原因、风格的基本形态、作家风格、作品风格、时代风格、地域风格等内容,这些内容构成了古代文学风格的理论系统。

一、"因内而符外"与风格成因论

文学风格是怎样形成的,决定风格形成的原因是什么? 这些就是风格成因论所要探讨的问题。古代文论家认为,风格形成的根本因素,是作家的主体条件,包括人格品德、个性气质、才能学识等,因而提出了"因内而符外"这一命题。

(一)风格概念中的生命意味

风格的形成与作家的主体条件密切相关是中西方文论家的共识。在西方,布封提出"风格即人"之说,当代文论家也是把风格与作家的创作个性联系起来。中国古代文论家则直接把风格形成的原因与人联系起来,提出"文如其人""诗品出于人品"等命题。但风格形成与作家主体条件之关系,还深深地体现在古人对风格概念的运用中。所以,研究古代风格成因论,应率先对古代"风格"之概念进行分析。

在古代文论中,有关"风格"的概念很多。曹丕最初用"科"指称风格,《典论·论文》所说的"四科"即指四种风格。之后,陆机以"体"指称风格,并影响及刘勰,《文心雕龙·体性》篇所论"体"与"性"的关系,也就是风格与作家气质个性之关系。再后,又产生体式、风格、格、体格、品、趣向等术语。但古代文论家较常使用的术语主要是"体"和"风格",而这两个概念都包含着十分浓重的作家主体因素。①

在古代文论中,"体"是一个多义性术语,除风格之义外,还有文体、体裁(即文学样式)和体验、体会、体味(即审美体验)之意义。以"体"指称风格,在古代文论中十分普遍,最初始于陆机。

① 韩荔华.汉语言文学知识 [M].北京:旅游教育出版社,2002.

"体"作为古代风格理论术语,其内涵是非常丰富的。"体"的本义是指人的身体,《说文解字》云:"体,总十二属也。"也就是说,"体"是人的身体的十二个部分的总称。古代文论家为什么用人体之"体"来指称文学风格?很难弄清这一问题。但是,有着近取诸身、以类取譬之思维习惯的中国古人用人体之"体"指称风格,不是完全偶然的。这至少说明,在古代文论家看来,文学风格与人之生命体有一定的联系。另外,古代文论家本来就喜欢以人喻文,他们取其自身身体来比喻具有生命意味、与作家生命密切相关的文学风格,应是情理中的事。他们用蕴含着作家生命意味的"体"来指称文学风格,似乎更能说明文学风格与作家生命的微妙关系,也更能说明文学风格的本质特征和生成原因。以"体"指称风格,更加突出地强调了风格之生成与作家内在生命的密切关系。所以,"体"作为古代风格术语,其内在的理论含蕴是非常深厚微妙的。至少它告诉我们,文学风格之生成、之性质与作家之生命都是密切相关的,探索风格的形成,应从作家生命中寻找原因。刘勰在《文心雕龙》中论风格以"体性"命名篇目,"体"与"性"都与人相关,"体"由人体而来,"性"是作家之气质个性,这就更加强调了作家之生命与风格之间的关系。"体"作为风格概念,不但包蕴着浓郁的生命意味,而且内蕴着风格生成之奥秘及风格具有类似人体那样的多变、独特的特征。虽然我们今天不再以"体"称谓文学风格,但是古代文论家所赋予"体"的内涵本义以及它所含蕴的深刻而微妙的理论思想,非常值得我们思考,对于我们今天研究风格理论是具有重要启发意义的。

（二）"因内而符外"与"才气学习情性陶染"

由上所述可知,古代风格概念所包含的一个最重要观念,就是风格与人关系密切。那么,风格与人的哪些因素有关?作家的内在因素影响风格的道理是什么?这些问题在刘勰那里得到了明确的阐发。刘勰的风格论其价值:一是阐发了作家内在因素对风格形成影响的原因,即"因内而符外";二是阐发了才、气、学、习、情性、陶染等因素的影响;三是他还提出了八种不同的风格形态。

刘勰在《文心雕龙·体性》篇将影响风格的主体因素具体概括为"才、气、学、习、情性、陶染"诸方面,云:才有庸隽,气有刚柔,学有浅深,习有雅郑,并情性所铄,陶染所凝,是以笔区云谲,文苑波诡者矣。

才、气、情性指作家的才能、气质和个性特征,这些因素以先天的成分居多。学、习、陶染指作家的学问知识和所受其他人艺术风格的熏陶影响,以后天所受影响的因素居多。这是较早对风格形成主体因素的探索。

为何作家的这些因素能影响风格呢？刘勰从创作论角度对风格的形成做了极有说服力的阐释，《体性》篇云："夫情动而言行，理发而文现，盖沿隐以至显，因内而符外者也。"

这是说作家内在的思想感情表现出来而形成语言，心中的情理形之于文而构成文章，内在的思想感情如何，必然在作品的外在形式上体现出具体的风貌特征。所以，刘勰此论从创作原理的角度揭示了风格形成的道理。而这一道理具有普遍的意义，因为古今中外一切作家的风格都是在"因内而符外"的创作过程中形成的，离开创作，风格无法形成。所以，刘勰的风格论不但在古代风格理论史上具有重要地位，即扭转了曹丕、陆机以来的文体风格理论向形态风格理论的转变，而且他所揭示的风格一般原理在今天仍有重要价值。刘勰之论对后人产生了深远影响。

二、"不主一格"：风格形态的多样性

古代文论家论文学风格的又一个重要观点，就是认为风格形态具有多样性，不同风格各有其美，因而提出"不主一格""体有万殊""其异如面"等观点，要求文学风格五彩缤纷、多种多样。

风格形态的多样性，体现于不同的层面。有时代风格，如建安风骨的悲凉慷慨，六朝诗风的浮艳柔靡，盛唐气象的恢宏壮丽等。有诗人风格，如陶诗之平淡，李白之飘逸，杜甫之沉郁等。有作品风格，如雄浑、豪放、含蓄、自然、绮靡、艳丽、典雅、纤秾、冲淡、瘦硬等，此类风格最繁多。有流派风格，如王孟山水诗派之自然平淡，韩孟诗派之险奇怪诞，元白诗派之通俗平易，辛派词风之粗犷豪放，竟陵诗派之幽寒孤峭等。有文体风格，如"奏议宜雅，书论宜理，铭诔尚实，诗赋欲丽"；"诗缘情而绮靡，赋体物而浏亮。碑披文以相质，诔缠绵而悽怆"等。可见，古代文论家对风格形态的论述也是十分丰富的。

（一）时代风格

时代风格指一个时代文学创作的总体风貌特征，是从宏观角度对一个历史时期文学基本特色的整体概括。文学的时代风格在古代文学史上体现得非常充分，因为中国古代文学具有鲜明的时代性。

古代文论家对文学时代风格的认识很早，《毛诗序》中有"治世之音安以乐，其政和；乱世之音怨以怒，其政乖；亡国之音哀以思，其民困"之

说,此论虽然不是论述文学的时代风格问题,但已透露出不同时代的诗歌有不同特征的观点,启示文论家们思考文学风格的时代性。刘勰《文心雕龙》论文体,采用历史方法溯流探源,亦常常表露出对文学时代风格特点的评述,如《明诗》篇云:"尧有《大唐》之歌,舜造《南风》之诗,观其二文,辞达而已。

（二）地域风格

文学的地域风格,主要受地理环境条件的影响。地域风格在诗歌和戏曲中表现得尤为突出,这可能是由于诗歌、戏曲是韵文,与音韵关系密切,而中国幅员广大,不同的地域有不同的方言,在发音、音韵方面有很大不同。明代唐顺之《东川子诗集序》云:"西北之音慷慨,东南之音柔婉,盖昔人所谓系水土之风气。……若其音之出于风土之固然,则未有能相易者也。故其陈之则足以观其风,其歌之则足以贡其俗。"西北与东南之音有"慷慨"洪亮与"柔婉"纤弱之分,所以南方诗歌往往感情柔婉、音调永长;而北方诗歌则充满慷慨豪放之情,声调高亢响亮。戏曲是演唱文学,南北曲的风格差异更为明显,如王世贞《曲藻》云:"凡曲,北字多而调促,促处见筋;南字少而调缓,缓处见眼。北则辞情多而声情少,南则辞情少而声情多。北力在弦,南力在板。北宜和歌,南宜独奏。北气易粗,南气易弱。"南方人和北方人发音、声调的不同,在情感表现方面也产生了差异,南曲"声情多",因为南方的声韵较北方更富于感情色彩。

（三）作家风格

每个作家都有自己的风格,时代风格、地域风格等往往都是由作家风格构成的。古代文论家论作家风格,主要有如下观点。

其一,作家应具备独立的风格。宋代宋祁《宋景文公笔记》云:"夫文章必自名(一作成)一家,然后可以传不朽。古人讥屋下作屋,信然。"黄庭坚《题乐毅论后》云:"随人作计终后人,自成一家始逼真。""自名一家""自成一家"即有自己的独特风格,这是"可以传不朽"的重要条件。之所以如此,是因为独特的风格才能给读者独特的审美感受,从而为读者所接受。

其二,作家风格的特点是"其异如面",多姿多彩。刘勰说风格的创造是"各师成心,其异如面",此论也道出了作家风格的基本特点。作家的人品精神、气质性格、才能修养、学识习染诸方面条件的不同,必然使其风格各有特色。

其三,作家的主体风格与风格的多样性。古代文论家认为,就作家个人特别是大作家而言,往往是既有主体风格,又有其他风格,作家风格是主体风格与多种风格的统一。所谓主体风格,也就是一个作家的基本风格或主要风格,如曹操的悲凉古朴、陶渊明的平淡自然、李白的飘逸、杜甫的沉郁顿挫等。大作家除主体风格外,往往又有其他风格。

第三节　文学欣赏论与文学批评论

一、文学欣赏论

古代文学欣赏论主要包括欣赏性质论、欣赏过程论、欣赏方法论,此外还有关于欣赏主体条件及读者接受心理等方面的论述。欣赏性质论是古代文论家对文学欣赏性质的根本看法,对欣赏性质的认识关系到文学欣赏能否正确展开;欣赏过程论是古代文论家对文学欣赏过程及其特点的论述,欣赏过程受欣赏性质的制约,并体现着欣赏性质;欣赏方法论是古代文论家根据欣赏实践活动而提出的各种文学欣赏方法。文学欣赏以欣赏能力为基础,并受其水平的限制,文学欣赏又与欣赏者的心理情绪相关,欣赏主体的这些内在条件对文学欣赏都有重要影响。古代文论家对这些内容的论述,揭示了文学欣赏的基本性质、一般规律及基本方法,古人所论在今天都具有应用性,因为古今文学欣赏的根本性质、基本过程及很多方法都具有相通之处。

（一）"披文以入情""憶得而言丧"：欣赏过程论

欣赏过程是对作品思想内容、审美意味的感受、认知、把握的过程,王充《论衡·佚文》云："文具情显……观文以知情。"刘勰《知音》篇云："夫缀文者情动而辞发,观文者披文以入情,沿波讨源,虽幽必显。"

"文具情显""情动而辞发"是"缀文者"的创作过程;"观文以知情""披文以入情"是"观文者"的欣赏过程。创作是由情而文、由内而外,欣赏则是由文而情、由外而内,即读者通过对语言文字的阅读而达到对作品内容的把握。刘勰之论揭示了欣赏过程的基本特点,不但古代"观文者"的欣赏是"披文以入情"的过程,现在及将来"观文者"的欣赏依然如此。刘勰之论给我们三方面启示。其一,文学欣赏以语言文字的阅读为起点,通过"披文"而后"入情",欣赏是"不离文字"的。其二,文学欣赏的最终目的是"入情",即进入作品的审美感情、审美意蕴世界。这就要求读者不能将欣赏活动局限于语言文字的层面,而必须从对语言文字的阅读而达到对语言文字的超越,也就是庄子所说的"得意而忘言"。这一点对于欣赏水平不高的读者来说,具有格外重要的意义。因为水平不高的读者的欣赏水平往往停留在语言技巧的层次,或过分追求故事情节,而对于作品深厚的内在审美情韵、作家的创作意图、人物性格特征等因素,特别是对于作品的"言外之意"、那些"最有趣"而又"没有写出的部分",往往不去把握或把握不到。"入情"的欣赏目的告诉读者必须进入作品的审美感情世界,而不能仅仅满足于形式技巧的高超或故事情节的紧张动人。其三,欣赏过程受欣赏性质的制约,也是欣赏性质的体现。欣赏的性质在于"辨情",它要求欣赏过程以"入情"为终结。"入情"作为欣赏的终点,正好体现了欣赏的性质。

（二）品味、意会、妙悟：欣赏方法论

正确的欣赏方法是有效展开欣赏活动的重要条件。欣赏方法与欣赏对象的审美特征是对应的,古代文学的艺术特征,决定了古代文学欣赏方法的基本特点。这些特点主要表现如下。其一,以诗文欣赏方法为主。中国古代文学以诗文为主流,叙事性的小说、戏曲出现和成熟较晚,且一直被视为不能登大雅之堂的小道、末技,这种情况导致了古代文学欣赏方法论也以诗文欣赏方法为主要成分,小说、戏曲欣赏方法所占比例甚小,如神遇、以意逆志、讽咏、吟咏、品味、意会、妙悟、熟参、咀嚼等古代文学的主要欣赏方法,都是针对诗文欣赏而提出来的。其二,古代文学欣赏方法具有鲜明的心理学色彩。文学欣赏实质上是一种心理活动,如上面所列诸欣赏方法都体现出了心理学的特点,神遇、以意逆志、品味、意会、想象、妙悟等都是读者的心理活动。所以,古代文学欣赏方法论突出地体现了"心理活动"这一文学欣赏的实质。其三,古代文学欣赏方法是古代文论家在欣赏活动实践过程中总结提炼出来的,具有很强的应用性。这种应用性不但体现在欣赏古代文学作品方面,很多方法也能应用于今天的文学欣赏,如以意逆志、神遇、想象、品味、妙悟等方法,仍然是今天文学欣赏的基本方法。

二、文学批评论

有创作就有欣赏,欣赏又导致批评。文学批评是文学活动中不可缺少的一个环节,它对创作和欣赏都有促进作用。文学批评是在欣赏基础上的提高,主要是对文学作品的评论分析,也包括对作家、创作、文学现象、文学思潮等方面的评论分析。文学批评以理性分析为特色,故刘昼说它是"绳理"。

在古代文论中,批评理论比欣赏理论成熟和发展得早。先秦时期,季札对周乐的评论及孔子对《诗三百》的评论,标志着已有文学批评了。特别是孔子对《诗》的评论,文学批评的色彩很浓。例如,《论语·为政》云:"《诗三百》,一言以蔽之,思无邪。""思无邪"就是对《诗三百》思想内容的评价。《论语·八佾》云:"《关雎》,乐而不淫,哀而不伤。""哀乐中和,不淫不伤"是对《关雎》思想感情的评价。孟子提出"知人论世"的批评方法,影响极为深远。批评理论之所以早于欣赏理论,大概是因为先秦时期《诗三百》作为政治应用工具在社会上广泛流行,思想家们自然要对其作出一定的评价,从而形成批评理论。到汉代,《诗》在政治外交方面的应用性虽不如先秦时期,但由于它上升为"经",经学家们对它的研究格外热衷,构成了汉代文学批评的重要内容。汉儒在经学阐释中也提出了一定的批评思想。例如,《毛诗序》提出的"止乎礼义""主文而谲谏"等,体现了儒家的诗学批评思想。而王充对复古、崇古之风的批评,对"文必艰深论"的批评,具有鲜明的文学批评色彩。进入魏晋南北朝,批评论亦进入成熟期,曹丕《典论·论文》就是一篇极为重要的文学批评文章,文中对"文人相轻""闇于自见""贵远贱近,向声背实"等不良文学风气的批评及"审己以度人"批评态度的提出,标志着文学批评的发展。刘勰《文心雕龙》设《知音》篇论述欣赏批评问题,并提出"奇正""复义""六观"等批评标准。钟嵘的《诗品》作为第一部诗歌论著,也是一部成熟的文学批评著作,建立了以审美为中心的文学批评原则。唐代以降,批评理论大量出现,特别是到了明清时期,小说、戏曲理论亦出现于文学批评领域,标志着古代文学批评理论全面展开。

源远流长的古代文学批评理论在发展过程中积累了大量的资料,形成了自己的特点和理论系统。古代文论家对文学批评的论述,主要包括批评过程、批评功能、批评态度、批评标准、批评方法及批评家的修养等内容。

第四节　古代艺术表现论

一、古代艺术表现论的历史发展

先秦时期已有艺术表现论的思想萌芽。孔子所提出的"辞达而已""文质彬彬""情欲信,辞欲巧"等命题,虽然不是直接论述艺术表现问题的,却都与艺术表现问题相关,并对后世的艺术表现理论产生了重大而深远的影响。《墨子·非命中》认为:"凡出言谈,由文学为之道也。则不可不先立义法。"作文之"法"与艺术表现密切相关,后来清代桐城派领袖方苞论文就提倡"义法"说。《庄子·寓言》提出:"鸣而当律,言而当法。"若言而无法,也难有理想的效果。庄子还提出"无为""自然""适性"等哲学观点,反对人为修饰,这不但对中国古代重平淡自然之审美理想的形成有重要影响,而且也为后来艺术创作的"不法而法""活法""无法"等表现方法的形成,提供了思想理论依据。另外,《庄子》《易传》对言意关系的论述,亦与艺术表现问题密切相关。

《庄子》对言意关系的论述主要见于《天道》和《外物》。其基本观点是,意为主,言为次;意以言传,而言又不能达意,即《天道》篇所说:"语之所贵者意也,意有所随。意之所随者,不可以言传也。"因而,庄子在《外物》篇提出了"言者所以在意,得意而忘言"之论。此论启示作家在创作时,应以意的表现为根本。《易传》认为,虽然"言不尽意",但可以"立象以尽意"。由言而象、由象而意的意义传达模式,与文学创作中的艺术表现模式是一致相通的。因为文学创作也就是通过语言创造艺术形象,通过艺术形象表现感情思想,作家所要处理的也就是言与意的关系问题。先秦的言意论被魏晋时期著名玄学家王弼作了更为精辟的阐发,对陆机、刘勰等人的艺术表现思想都产生了重大影响。

到汉代,《礼记》中的《春官·大师》篇已有关于"赋""比""兴"的记载。汉儒郑众、郑玄等开始从方法论角度对赋、比、兴展开论述。文论家扬雄提出"足言足容""言不能达其心,书不能达其言,难矣哉"等观点。王充《论衡》对"增"即艺术夸张的探讨,都与艺术表现理论相关。

魏晋南北朝是古代艺术表现论的成熟时期,这首先得益于王弼对言、象、意关系的分析。王弼认为,言的功能在于明象,象的功能在于尽意。言的达意功能不如象,因言立象,以象达意,是传达表现"意"的最佳途径。

王弼对言、象、意三者的关系所作的透彻精辟的论述,虽然不是论述艺术表现问题,但其原理与艺术表现之原理完全相通,所以对其后的艺术表现理论产生了直接的影响。例如,陆机所提出的"恒患意不称物,文不逮意"的问题,不难看出受王弼言象意论的思想影响。"意称物,文逮意"就是创作过程的艺术构思和艺术表现问题。"意称物"属于艺术构思问题,就是作家的情思、意图要与一定的物象密切结合,做到意在物中、物中有意,意与物结合一起,也就构成了审美意象。"文逮意"属于艺术表现问题,就是作家如何运用语言文字将情思意图表现出来。文要逮意,实际上还必须借助"象"(即审美意象)的创造。作家构思时的"意称物",就是使物与意相称,实际上也就是进行审美意象的创造。因为物意相称、意在物中、物中有意实际就是审美意象。"文逮意"就是用语言文字将"称物"之"意"即审美意象表现出来,因为"文逮意"的"意"是"称物"之"意",也就是与物象紧密结合的"意",而不是单纯的主观精神性的"意"。

此外,陆机根据自己创作经验的切身体会,在《文赋》中还提出"考辞就班""辞达而理举""遣言贵妍""音声迭代""立警策之言"等涉及作家情意之表达、用字遣词、艺术技巧等问题。刘勰是古代艺术表现论的集大成者。《文心雕龙》中的《神思》《定势》《熔裁》《声律》《章句》《丽辞》《比兴》《夸饰》《事类》《练字》《指瑕》《附会》《总术》等篇,论述了艺术表现过程中的声律音韵、句法章法、比兴方法、艺术夸张、引事用典、作品修改等问题,几乎涉及艺术表现论的方方面面。特别是刘勰所提出的"神用象通"的命题,要求作家通过"象"的创造来表达"神",也就是通过艺术形象的创造来表现作家的思想感情,这一命题对于艺术表现来说,具有原则性意义。可以说,到了刘勰的《文心雕龙》,中国古代艺术表现论已经相当成熟和完备了。

唐宋时期的艺术表现理论主要围绕诗歌的表现方法技巧而展开。在唐代,出现了不少《诗格》一类的著作,或者说是如何写诗的入门书,其中有很多关于诗歌创作方法技巧的论述,这就涉及艺术表现问题。如李峤的《评诗格》论述了九种诗歌对仗形式;王昌龄的《诗格》,以十七势论述诗歌创作的具体技巧,特别重视诗意的表现方法,对于诗歌的入作、落句、联句、转折、景与理的表现等都有具体的探索。作者尚有颇大争议的《二十四诗品》也有很多艺术表现论的精到之见,如"不著一字,尽得风流"的含蓄方法;"万取一收"的典型化方法;"离形得似"的传神方法;"意象欲出,造化已奇"的意象创造方法等。这些艺术表现理论的命题,在今天仍被人们所经常论述和运用。晚唐徐寅的《雅道机要》对诗之内外意的处理、章法结构的安排、字句的锤炼、意象的创造等,都有论述。宋代出现了众多的《诗话》著作,其中就有大量的艺术表现论思想,如梅尧臣《续金针诗格》对诗歌创作的具体表现技巧,提出"四格"(十字句、十四字、五字句、拗背字句)、"四得"(句欲得健、字欲得清、意欲得圆、格澈得高)、"四炼"(炼句、炼字、炼意、炼格)等,对诗歌艺术表现的造句、炼字、对仗、声律、用韵等都做了很有意义的分析。吕本中针对江西派拘泥于固定诗法而提出的"活法"说,强调诗人应活用其法,反对固定不变的"死法",体现出了灵活而辩证的艺术方法观。姜夔《白石道人诗说》对诗歌表现方法亦有大量论述,所论涉及布局、措辞、说理、用事、写景、对仗等。他所提出的"语贵含蓄""词意俱不尽",不但是重要的表现方法,也是极高的审美理想。还提出诗人应知诗法,认为:"不知诗病,何由能诗? 不知诗法,何由知病?"知诗法,知诗病,才能更好地创作。

明代的艺术表现理论主要有二:

一是关于诗歌艺术表现的看法。李东阳在《怀麓堂诗话》中提出"意象具足"的观点,强调艺术表现中"意"和"象"二因素都要充分。这比"以意为主"的观点更加合理,因为艺术表现就是以象达意。"意象具足"才有更完美的意象创造。对于诗歌节奏变化也提出了很好的意见,《怀麓堂诗话》云:"长篇中须有节奏,有操有纵,有正有变。若平铺稳布,虽多无益。"其要求诗歌"顿挫起伏,变化不测"。此论不但适用于诗歌创作的艺术表现,亦适用于其他文学样式的创作。文学创作都有节奏的变化,"顿挫起伏,变化不测"的节奏能给读者带来很好的审美效果。谢榛《诗家直说》对诗歌的艺术表现也提出了独到的见解,他对诗歌的句法体制、声调韵律、虚实对偶等都有很好的论述。他还对诗歌的情景关系做了精辟论述:"景乃诗之媒,情乃诗之胚,合而为诗。"情景关系是诗歌构成和诗歌审美特征的重要问题,也是诗歌创作、艺术表现过程中的重要问题。如何处理二者的关系,是艺术表现是否成功、能否创作出优秀作品的关键。

二是关于小说戏曲艺术表现的看法。这主要是讨论了虚实真幻的关系。小说戏曲作为叙事文学,以人物事件为主要叙述内容。如何处理作品中人物事件与生活中人物事件的关系,是小说戏曲艺术表现阶段的重要问题。由于古代小说受史书影响甚深,明代以前的理论家多信奉"实录"观念。明代理论家对此做了重大突破,袁于令在《西游记·题辞》中提出小说"文不幻不文,幻不极不幻"。也就是说小说的构思、布局、情景、人物、事件都应虚构创造。虚实真幻的论述不但体现了明代理论家对小说戏曲艺术表现的看法,也体现了他们对叙事文学的基本态度。此外,王骥德对戏曲结构的论述,也非常深刻,并且影响极为深远。

清代艺术表现理论进一步发展。在诗歌创作方面,王夫之、叶燮、袁枚、刘熙载、王国维等人对诗歌的情景关系、定法与活法、诗歌语言、意境创造等问题都做了重要论述。在散文创作方面，桐城派提出了"义法"说、"神气、音节、文字"说、"神理趣味格律声色"说等，将散文创作中的艺术表现理论推向了一个新阶段。以金圣叹、张竹坡、毛宗岗、脂砚斋等人为代表的一批小说评点家，将中国古代小说理论推向了新的高峰，小说的艺术表现思想也十分突出。例如，金圣叹对小说人物塑造方法的论述，对小说结构的论述，对典型人物的论述，对情节的论述等，都是前无古人的。他评《水浒传》总结出了多种艺术方法，如倒插法、弄引法、獭尾法、正犯法、略犯法、极不省法、夹叙法、草蛇灰线法、背面铺粉法、横云断山法、欲合故纵法、疏密相间法、避实取虚法等，涉及小说情节、结构及人物塑造。毛宗岗对人物塑造、结构布局、情节设计等亦有独到之见。张竹坡对小说人物、情节结构、技巧方法等也有很多论述，如提出白描法、穿插法、笔不到意到法等一清代戏曲理论以李渔为代表，并把古代戏曲理论推向了新的高峰。李渔对戏曲创作的结构、情节、语言、科范动作等都有论述。他提出"先为制定全形"的整体性结构方法、"减头绪"的情节简明方法、"密针线"的逻辑严密方法等等，这些都与艺术表现理论密切相关。李渔的这些理论对现代戏剧创作都有重要的借鉴价值。

二、"神用象通"：艺术表现的基本原则

"神用象通"是刘勰在《文心雕龙·神思》篇末赞中提出的理论命题，云：神用象通，情变所孕。

"神"即作家的内在精神，包括审美情感、理想志向、思想意趣及创作意图等因素，是作家主体精神的总和。"象"指作品所描写的各种景物、景色、景象或场景。"通"即疏通、沟通，可引申为表达、表现。"神用象通"就是作家借助于各种景物、景色、景象或场景而将自己的审美感情、思想精神表现出来。所以，"神用象通"虽然是刘勰论神思提出的观点，实际上揭示了艺术表现的基本原理，因而作为艺术表现的理论命题更恰当。刘勰又认为，"神用象通"又是作家"情变所孕"的结果，即作家审美感情的作用而导致了"神用象通"的进行，作家之"情"是"神用象通"即艺术表现的根本所在。没有作家的"情变"，就没有"神与物游"的神思想象活动，也不会有"神用象通"的艺术表现活动。

"神用象通"作为艺术表现论的基本命题，其本义内涵就是要求作家在创作时，必须借助"象"来表现"神"，而不可让作家之"神"直截了当地

表现于作品。借助"象"来表现"神",也就是当代文论家所要求的通过形象来表现作家的意图思想。这是文学创作的基本规律，因为形象性是文学的基本特征，没有形象性，文学也就失去了它的基本特征，正如钟嵘在《诗品序》中所批判的"玄言诗"那样："理过其辞，淡乎寡味。"这样的作品是没有任何价值可言的。形象性作为文学的基本特征，要求作家在艺术表现时必须通过"象"的创造来表现主体之情感精神。所以，"神用象通"实际上是艺术表现的一个基本原则。古今中外的作家创作都是遵循"神用象通"的原则，艺术表现过程也就是"神用象通"的过程。陆机《文赋》提出"笼天地于形内，挫万物于笔端""虽离方而遁圆，期穷形而尽相"。

由于时代的限制，刘勰所说"神用象通"的"象"，主要指各种自然景物、景象、景色。作为艺术表现原则，表现作家审美情感、思想精神的"象"是非常丰富的，既包括各种自然景物、景象、景色；也包括各种现实生活场景、人物活动场面；又包括各种人物形象及其活动。对于抒情性文学来说，通神之"象"主要是自然景物、景象、景色。中国古代的抒情诗即是这样。对于叙事性文学来说，表现作家情感思想、创作意图的"象"主要是各种生活场景、人物活动场面及各种人物形象。由此可知，不管是抒情性文学还是叙事性文学，都离不开"象"的描写，都必须遵循"神用象通"这一艺术表现原则。

第五节　古代文学的创作观念

一、中国古代文学的创作构思论

作家要把自己的"情"或"志"通过"物感"转化成艺术，必须经历一个艰苦的、含有创造性的艺术构思过程。这是艺术的内部孕育活动。一个文学作品或文学形象，就是在创作构思中形成的。构思阶段经常是和创作动机几乎同时开始的，后者提供它的活动能量。

（一）构思的完形性

没有创作经历的人，很容易认为"构思"的过程是作家一个词一个词地写、画家一笔一笔地画。如果是抒情作品，作家首先要形成一个整体意境或画面；如果是叙事作品，作家则要对这个故事有一个大致的设计。也就是说,作家要进行创作,首先要形成对创作的整体形象构思,也就是"完形"构思——"胸有成竹"。

对艺术作品的构思,是有其整体性的特点的。也就是说,在特定的瞬间,作者看到的并不仅仅是想象世界中的一个形象,或形象的某个特征,而是看到了这个世界的全部。画家尽管是一枝一叶地画出图像的,然而他之前早已胸有成竹;呈现在他胸中的不是一蹄一毛,而是全马在胸。因此,创作主体面对的不是创作过程中次第出场的单个意象元素,而是由无数意象元素构成的像生活一样丰富完整的、立体的整体性世界。[①]

（二）构思的想象

创作动机唤起了大脑皮质的工作状态,为构思的发生提供了可能性。黑格尔说:"艺术作品既然是由心灵产生出来的,它就需要一种主体的创造活动,它就是这种创造活动的产品……这种创造活动就是艺术家的想象。"想象,是一种只有在无现成材料可资照搬,因而情境具有非常不明确特性的情况下,才被唤起的心理活动。艺术想象是经过感觉、知觉、表象,以现实为基础而又超越现实的审美心理活动。没有想象,也就没有创作。

这些都说明,想象活动虽然以感觉经验为基础,但又必须突破感觉经验的局限,超越时间空间,按照自己的需要创造出形神统一的艺术形象。清代黄侃说"不限于身观,或感物而造端,或凭心而构象"(《文心雕龙札记·神思》),就是这个意思。

现代心理学认为:人类的思维形式分为抽象思维和形象思维,抽象思维是由抽象的概念进行逻辑推理,得出抽象的结论。而形象思维则是以表象为基本材料,在思维过程中,表象被再加工、再组合,成为一个新的、具较高概括性的、可感的形象。文学创作主要靠的就是作家的形象思维。形象思维是作家艺术感受力和丰富想象力的体现,是作家艺术地把握世界的特殊思维方式。

《文心雕龙·神思》说的就是作家在创作过程中的形象思维,而且对形象思维的特征都有所表述。例如,形象思维的具体性,也就是说文学作品在其构思和过程中,始终不能离开具体的形象。

二、中国古代文学的作品论

对于同一部作品,同一篇文章,同一首诗歌,同一句话语,人们常常有

[①] 李莎,王玉娥.文化传承与古代文学[M].长春:吉林文史出版社,2019.

不同的阐释理解。我们把这种现象称之为"诗无达诂"或"诗无定评"。也就是说,对这个作品的理解并不限于一种说法,而是有多种解释。

那么为什么会有这种情况呢?我们认为,这除了读者方面的原因,还有作品本体方面的原因。文学作品不同于科学著作。科学著作运用逻辑思维进行推理,公式、定理、原理、定律,凡此种种,不能有丝毫差错,与之相关的文章表达也要准确无误。而文学作品用形象思维来描写生活,内容要求形象生动,意义要求含蓄模糊,乃至其具有一种空白性、灵虚性。这样的作品就很难"达诂",很难"定评"。中国古代文论从许多方面说明了文学作品的这种特色。

（一）比兴

比者,以彼物比此物也;兴者,先言他物以引起所咏之辞也。

比兴是我国古代诗歌的一种表现手法。最先见于《周礼·春官·大师》,它包括在"六诗"之中,"曰风、曰赋、曰比、曰兴、曰雅、曰颂"。汉代《诗大序》称之为"六义"。

对于比兴概念的基本含义,最早解释的是郑众,他说:"比者,比方于物也;兴者,托事于物也。"（《周礼》注）朱熹阐述道:"比者,以彼物比此物也。""兴者,先言他物以引起所咏之辞也。"（《诗集传》注）

除这类观点外,还有皎然的另一种提法:"取象曰比,取义曰兴。义即象下之义。凡禽鱼、草木、人物、名数,万象之中,义类同者,尽入比兴。"这里最值得注意的是,他把比兴与诗的形象联结起来了。比是描绘物象的手段,兴是物象之中所包含的意蕴。这就把"比"与"兴"结合成了一个整体,形成一个"比兴"的新概念。

总之,比兴是诗歌的一种表现手法:比就是譬喻,包括明喻和暗喻。兴有两种作用:一指用于诗歌发端,二指象征。六朝和唐宋时代的诗论,将比兴手法的特点加以发展,成了兴寄说、兴象说。

兴寄说是指诗歌在政治教化方面的作用,并把政教善恶和美刺比兴联系到一起。例如,《诗大序》说,《关雎》为后妃之德的表现。后刘勰、陈子昂、杜甫、白居易都提倡兴寄。特别是白居易强调诗歌要"补察时政,泄导人情",他所说的"兴寄",已经不是起兴、比喻,而是重在所写的事件中进行规谏、寓有劝戒讽喻之意。

（二）形神

形神是我国古代的美学概念。形神原指人的形体和精神,喻为人和

· 182 ·

物的外部形貌与内在意蕴。庄子最早提出了形神之论。他用许多畸人形象，说明"形残而神全"的可贵。先秦两汉时期尚质重形，不强调传神。魏晋则明确提出在文艺创作中以形传神。唐宋以降，画论都强调传神。

　　为什么写人物要注意传神，即描绘人物的个性、神态、气质呢？宋代陈郁说："盖写其形，必传其神；传其神，必写其心。"也就是说，心物交融是传神的基础。清代画家沈宗骞说："不曰形，曰貌，而曰神者，以天下之人形同者有之，貌类者有之，至于神，则有不能相同者矣。作者若但求之形似，则方圆肥瘦，即数十人之中，且有相似者矣，乌得谓之传神？今有一人焉，前肥而后瘦，前白而后苍，前无须髭而后髯，乍见之或不能相识，即而视之，必恍然曰'此即某某也'，盖形虽变而神不变也。"（《芥舟学画编》）这说明，"神"是人最本质的特点，画人画面难画神。只有把人的思想感情、风骨气质表现出来，才能下笔有神，栩栩如生。使人如见其人，如闻其声。[1]

　　明清时代，传神论张扬蹈厉，大放异彩。在诗歌领域中占主要地位。性灵、神韵、格调之说相继出现，其基本精神都是传神的表现。

---

[1]　祁志祥. 中国古代文学理论 [M]. 太原：山西教育出版社，2008.

参考文献

[1] 邓心强 . 汉语言文学课程教学研究 [M]. 徐州：中国矿业大学出版社,2017.

[2] 国家旅游局人事劳动教育司 . 汉语言文学知识(第 4 版)[M]. 北京：旅游教育出版社,2008.

[3] 韩兆琦,费振刚 . 中国古代散文研究论辩 [M]. 南昌：百花洲文艺出版社,2006.

[4] 何梅琴,叶爱欣 . 中国古代文学二十讲[M]. 西安：陕西人民出版社,2008.

[5] 黄天骥,康保成 . 中国古代戏剧形态研究 [M]. 郑州：河南人民出版社,2009.

[6] 李措吉 . 中国散文 [M]. 上海：同济大学出版社,2007.

[7] 李莎,王玉娥 . 文化传承与古代文学 [M]. 长春：吉林文史出版社,2019.

[8] 李修生,康保成,黄仕忠等 . 中国古代戏剧研究论辩 [M]. 南昌：百花洲文艺出版社,2007.

[9] 刘华民 . 中国古代杂体诗鉴赏 [M]. 苏州：苏州大学出版社,2018.

[10] 潘伟斌,何林英,刘静 . 现代汉语言文学研究的多维视角探索 [M]. 长春：吉林大学出版社,2019.

[11] 齐裕焜 . 中国古代小说演变史 [M]. 北京：人民文学出版社,2015.

[12] 祁志祥 . 中国古代文学理论 [M]. 太原：山西教育出版社,2008.

[13] 田喆,刘佩,石瑾 . 汉语言文学导论 [M]. 长春：吉林文史出版社,2019.

[14] 童庆炳 . 文学理论新编 [M]. 北京：北京师范大学出版社,2010.

[15] 王金寿 . 中国古代文学传播概论 [M]. 兰州：甘肃教育出版社,2009.

[16] 王西维. 汉语言文学与大学生人文素质教育 [M]. 长春：吉林人民出版社,2019.

[17] 吴建民. 中国古代文学理论的当代阐释与转化 [M]. 南京：凤凰出版社,2011.

[18] 新疆维吾尔自治区旅游局. 汉语言文学知识 [M]. 北京：旅游教育出版社,2007.

[19] 许燕. 新媒体环境下汉语言文学教学优化策略 [M]. 长春：吉林文史出版社,2018.

[20] 姚锡远,陈建国. 大学生语言文学修养 [M]. 北京：新华出版社,2008.

[21] 张建均. 中国古代文学心理学 [M]. 天津：天津古籍出版社,2017.

[22] 陈诗. 浅析初中阶段的语文汉语言文学教学 [J]. 青年作家,2014（22）：253-254.

[23] 陈怡洁. 创新创业教育融入汉语言文学专业教育的探讨 [J]. 文学教育(下),2021（11）：74-75.

[24] 陈湛文. "互联网 + 教育"背景下高校教育学的汉语言文学教育创新发展分析 [J]. 数据,2022（02）：95-97.

[25] 邓红华. 新形势下汉语言文学师范专业实践教学问题及对策 [J]. 湘南学院学报,2021,42（06）：104-107.

[26] 樊星. 基于职业教育下汉语言文学教学的改革创新策略研究 [J]. 湖北开放职业学院学报,2022,35（04）：11-13.

[27] 冯志英. 运用微课实施开放性高校汉语言文学教学思考 [J]. 哈尔滨职业技术学院学报,2022（01）：28-30.

[28] 付坚. 基于新媒体环境下大专汉语言文学教学优化策略 [J]. 课外语文,2021（34）：8-10.

[29] 郭燕霞. 网络时代背景下汉语言文学经典的阅读现状与推广策略 [J]. 作家天地,2022（07）：118-120.

[30] 侯丽霞. 新媒体环境下高职汉语言文学教学优化策略研究 [J]. 湖北开放职业学院学报,2022,35（05）：169-170+173.

[31] 侯敏,王潇. 守正与创新：新文科背景下汉语言文学专业转型研究 [J]. 四川民族学院学报,2021,30（05）：48-53.

[32] 霍亮. 新时代网络语言对汉语言文学发展的影响 [J]. 文学教育(下),2021（11）：150-151.

[33] 纪利娟. 汉语言文学研究在文化传承中的价值研究 [J]. 汉字文化,2021（22）：56-57.

[34]姜梦佳.新媒体环境谈汉语言文学发展困境[J].汉字文化,2022（02）:52-54.

[35]李辰雨.文化传承礼仪视野下的汉语言文学创新研究[J].作家天地,2022（05）:79-81.

[36]李慧,于茜.新媒体环境下汉语言文学教学优化策略[J].作家天地,2021（35）:66-68.

[37]李靖雨.网络时代汉语言文学经典阅读策略[J].作家天地,2022（02）:62-64.

[38]李琳.网络时代汉语言文学经典阅读及体验——评《汉语别史——现代中国的语言体验》[J].中国教育学刊,2022（01）:133.

[39]李小玉.新时期背景下汉语言文学发展现状及优化策略研究[J].中国文艺家,2021（12）:172-174.

[40]李彦,司晓辉.论汉语言文学和英语教学的融合[J].山西青年,2021（23）:118-119.

[41]李远东.关于语言在汉语言文学中的应用意境探讨[J].才智,2021（32）:51-53.

[42]刘欣芮,苏蔓.汉语言文学在网络环境下的传播探析[J].公关世界,2021（22）:154-155.

[43]刘雪冰.汉语言文学多元化教学对文学评论的影响——评《文学评论写作》[J].语文建设,2022（08）:87.

[44]龙妍.简要探讨汉语言文学中的语言应用及意境[J].山西青年,2022（04）:109-111.

[45]罗布志玛.汉语言文学专业人才培养模式分析[J].品位·经典,2022（01）:155-157.

[46]吕惠敏.新时期高校汉语言文学教学面临的问题及对策探究[J].作家天地,2022（02）:104-106.

[47]马萧萧.高校汉语言文学教学策略研究[J].才智,2022（09）:106-108.

[48]闵玉红.汉语言文学对中华传统文化的传承研究[J].散文百家(理论),2021（12）:142-144.

[49]秦立果.特殊教育学校汉语言文学教学思路[J].文学教育(下),2021（10）:54-55.

[50]田宏丽.汉语言文学:提供丰厚的精神滋养[J].考试与招生,2022（04）:42-44.

[51]田敏衔.全球化背景下汉语言文学发展的思考[J].散文百家(理

论），2021（12）：178-180.

[52] 王佳 . 网络语言对汉语言文学发展的影响探究 [J]. 作家天地，2021（36）：75-77.

[53] 王开银 . 汉语言文学中的艺术与审美 [J]. 喜剧世界（上半月），2022（01）：55-57.

[54] 王仁芬 . 基于汉语言文学的古今诗歌鉴赏 [J]. 时代报告（奔流），2022（01）：4-6.

[55] 王珊珊 . 关于汉语言文学审美问题的研究 [J]. 参花（中），2022（02）：134-136.

[56] 王新叶，申伟 . 汉语言文学对传统茶文化的影响研究 [J]. 福建茶叶，2022，44（02）：263-265.

[57] 王莹莹 . 论思想政治教育学与汉语言文学的教学联动 [J]. 时代报告（奔流），2022（01）：140-142.

[58] 魏俊 . 网络时代汉语言文学经典的阅读与体验研究 [J]. 作家天地，2022（02）：17-19.

[59] 魏香宁 . 基于计算机多媒体技术辅助汉语言文学教学分析 [J]. 中国新通信，2022，24（02）：179-180.

[60] 毋小利 . 汉语言文学师范生教材驾驭能力提升的路径——以平顶山学院汉语言文学专业为例 [J]. 呼伦贝尔学院学报，2021，29（06）：38-42.

[61] 吴佳佳 . 高校汉语言文学教学弘扬中华传统文化的策略 [J]. 哈尔滨职业技术学院学报，2022（01）：40-42.

[62] 徐文，季俊彤 . 高校汉语言文学教学理论与实践研究——评《汉语言文学导论》[J]. 中国高校科技，2022（03）：107.

[63] 徐媛 . 汉语言文学对生态环境文明建设的影响 [J]. 环境工程，2022，40（03）：323.

[64] 易婧云 . 网络语言在汉语言文学发展中的影响 [J]. 参花（下），2021（11）：38-39.

[65] 于倩 . 少数民族语言文学文化与汉语言文学文化的融合发展 [J]. 文化产业，2021（36）：76-78.

[66] 张娜 . 如何在文学教育中培养学生的文学素养 [J]. 文学教育（下），2021（12）：80-81.

[67] 张燕 . 微课在汉语言文学教学中的应用分析 [J]. 创新创业理论研究与实践，2022，5（07）：166-168.

[68] 张燕 . 新媒体环境下汉语言文学发展困境探究 [J]. 参花（下），2021（12）：31-32.

[69] 张玉姗. 网络环境下汉语言文学的传播分析 [J]. 作家天地, 2022（02）: 95-97.

[70] 仲兰. 汉语言文学专业应用型人才培养的新策略研究 [J]. 吉林省教育学院学报, 2022, 38（03）: 125-128.

[71] 朱丽. 信息技术下汉语言文学专业实践性教学优化探析 [J]. 课外语文, 2022（07）: 11-13.

汉语言文学理论与实践多维透视探索